Jørn Riel

Arluk
große R

Zu diesem Buch

Um das Jahr 1000 n. Chr. machen sich die Inuit aus Kanada auf in ein unbekanntes Land: Grönland, das »Land der großen Erwartungen«. Von Generation zu Generation wird die Geschichte der abenteuerlichen Entdeckung des neuen Landes weitergegeben. Im zweiten Buch der Grönland-Saga wird erzählt, wie Arluk – Nachfahre des großen und mächtigen Schamanen Heq – auf eine Reise rund um Grönland ging, die ein ganzes Leben dauern sollte und auf der er seiner großen Liebe begegnete, einem Wikingermädchen.

»Dieses Buch zeigt ein unbekanntes Land und seine Bewohner mit ihrem täglichen Kampf ums Überleben, ihrer Grausamkeit, Moral, Sexualität und unerschütterlichen Liebe.« *Der evangelische Buchberater*

»Jørn Riel erzählt vergnüglich, spannend und voller Wärme die Geschichten der Menschen, die sich in einer unwirklich schönen wie kargen Natur behaupten müssen.« *Pforzheimer Zeitung*

Der Autor

Jørn Riel, 1931 geboren, kam im Alter von achtzehn Jahren als Mitglied einer Expedition in den Osten Grönlands und blieb dort. Von 1962 bis 1965 unternahm er Reisen nach Westindien, Nordafrika und Südostasien. Zu Fuß durchquerte er Sumatra in elf Monaten. Später arbeitete er im Dienst der UNO im Vorderen Orient, in Syrien und Jordanien. Heute pendelt er zwischen +40 Grad Malaysia und –40 Grad Skandinavien. 1995 wurde ihm vom Dänischen Buchhändlerverband als Autor des Jahres der »Goldene Lorbeer« verliehen.

Im Unionsverlag sind außerdem lieferbar: *Das Haus meiner Väter; Der Raub der Stammesmutter; Vor dem Morgen* und *Zu viel Glück auf einmal.*

Jørn Riel

Arluks große Reise

Die Grönland-Saga 2

Aus dem Dänischen von
Wolfgang Th. Recknagel

Unionsverlag
Zürich

Die Originalausgabe erschien 1984 unter dem Titel *Arluk*
im Verlag Lindhardt og Ringhof, Kopenhagen.
Die deutsche Erstausgabe erschien in der Trilogie *Gesang des Lebens.
Die Grönland-Saga* 2008 im Unionsverlag, Zürich.

Die Übersetzung aus dem Dänischen wurde unterstützt durch
das *Danish Arts Council Comitee for Literature*.

Im Internet
Aktuelle Informationen,
Dokumente, Materialien
www.unionsverlag.com

Unionsverlag Taschenbuch 525

Rieterstrasse 18, CH-8027 Zürich
Telefon 0041-44-283 20 00, Fax 0041-44-283 20 01
mail@unionsverlag.ch

Reihengestaltung: Heinz Unternährer
Umschlaggestaltung: Peter Löffelholz
Umschlagbild: Debra Law, Steve Allen (Montage)
Druck und Bindung: CPI – Clausen & Bosse, Leck
ISBN 978-3-293-20525-3

Vorbemerkung

Ungefähr gleichzeitig mit der Einwanderung der Inuit der Thule-Kultur aus dem arktischen Kanada in das nördlichste Grönland begann eine europäische Auswanderung von Island aus, die eine Ansiedlung in Südgrönland entstehen ließ.

In den ersten beiden Jahrhunderten lebten diese ganz unterschiedlichen Bevölkerungsgruppen in relativ friedlicher Koexistenz. Die Entfernungen waren groß, die Transportmittel langsam, sodass Konfrontationen vermutlich selten waren.

Die Siedlungen der Nordländer, die westliche Siedlung Vestribygd beim heutigen Godthåb (Nuuk) und die östliche Eystribygd bei Julianehåb (Qaqortoq), blühten auf. Zu ihren großen Zeiten gab es dort mehr als dreihundert Höfe, fünfzehn Pfarrkirchen und zwei Dome sowie Klöster für Mönche und auch Nonnen. Dies alles muss ein einzigartiger, aber auch beunruhigender Anblick für die Inuit gewesen sein, die ihre Jagdgebiete nach Süden ausdehnten.

Man weiß, dass die Nordländer zur Wikingerzeit von Grönland auch nach Amerika fuhren, ungefähr fünfhundert Jahre vor Kolumbus' Geburt. Dass eine Ansiedlung großen Umfanges nie stattfand, ist vor allem auf die kriegerischen Inuit und Indianer zurückzuführen, die den Nordländern zahlenmäßig überlegen waren.

Im 14. Jahrhundert begann die westliche Ansiedlung

zu verfallen. Sie lag weiter im Norden und war daher einem raueren Klima ausgesetzt als die Ostsiedlung. Auch wurde sie zuerst von den Inuit heimgesucht, die Richtung Süden zogen. Bereits um 1300 lagen alle Höfe verödet.

Es ist oft die Rede von der friedlichen Gesinnung der Inuit gewesen. Aber vermutlich sind sie weder friedlicher noch kriegerischer als andere Völker. Sie schlagen wie alle anderen zurück, wenn man ihre Jagdgebiete bedroht oder wenn sie angegriffen werden. Eine Bestätigung dieser Annahme findet man in den grönländischen Sagen, die von Zusammenstößen zwischen Grönländern und Inuit berichten, und man hört davon in Berichten aus Labrador aus dem 17. Jahrhundert, in denen von regelrechten Schlachten zwischen europäischen Schiffen und zahlreichen Angreifern der Inuit erzählt wird.

Die östliche Siedlung überlebte noch einige Jahrhunderte. Aber dann musste auch sie aufgegeben werden, vermutlich aus den gleichen Gründen wie die westliche Ansiedlung: Inuit, Veränderungen des Klimas, fehlende Verbindung mit Norwegen (wo sich der grönländische Bischof aufhielt) sowie zahllose Überfälle von Seeräubern.

Die Inuit drängten zur Südspitze Grönlands. Einige zogen weiter zur Ostküste, wo sie sich bis hinauf nach Ammassalik niederließen. Eine zweite Gruppe war früher schon im Norden um Grönland herumgereist und hatte sich längs der Nordostküste angesiedelt, wo die Jagd vorzüglich war. Es ist nur wenig wahrscheinlich, dass diese beiden Gruppen untereinander noch Verbindung hatten.

So verbreiteten sich die Inuit allmählich über die ganze Insel. Dort, wo andere Völker aufgeben mussten, passten sie sich dem Klima der hohen Arktis an und überlebten.

Grönland gehörte den Inuit, und so wird es hoffentlich auch für alle Zukunft bleiben.

Mit dieser Erzählung will ich die Reise eines Menschen durch »alle schönen Länder dieser Erde«, das meint Grönland, beschreiben. Eine Reise, die seine Vorväter von ihm forderten und die er zu Beginn des 16. Jahrhunderts durchführte.

Es war keine schwierige Aufgabe, weil die Personen, die auf den folgenden Seiten zu finden sind, sich schon lange Zeit in meinen Gedanken befunden haben. Darum einen herzlichen Dank an die vielen Grönländer, mit denen ich Jahre gelebt und erlebt habe.

AKILINEQ
Uummannaq
Wohnort von Aka und Ivik
Grotte von Tewee-soo
Kullorssuaq
KALAALLIT
NUNAAT
Agpat
Kangerlussuaq
Tugtilik
Inigsalik
Ammassalik
ISLAND
Vestribygd
Timmiarmiut
Qutdleq
Eystribygd
Kitsissut
Reise von Arluk

I

Es kam ein Jahr, in dem alle in Kullorssuaq unter dem Hunger litten. Es gab weder Fleisch noch Speck, und die Lampen verlöschten, eine nach der anderen, bis es schließlich überhaupt kein Licht mehr in den Häusern gab. In der ersten Zeit lag man im Dunkeln und erzählte. Von guten Zeiten mit reichlichem Fang und von den langen, warmen Tagen des Sommers. Dann aber verstummten alle und wollten keine Gedanken mehr austauschen, weil diese entmutigend waren. Die Kinder weinten häufig zu Beginn der Hungerperiode, aber nach und nach wurden auch sie still.

In diesem Winter wurden zwei Mädchen geboren. Sie wurden sofort nach der Geburt erwürgt und außerhalb der Siedlung ausgesetzt. Die Wölfe holten sie, und der Lärm ihres Kampfes um die beiden kleinen Körper war bis zu den Häusern zu hören.

Die meisten Hunde wurden geschlachtet und verzehrt, aber ihr Fleisch füllte die vielen leeren Mägen nur wenig, weil sie noch ausgehungerter waren als die Menschen. Man teilte sich in diesem Winter den Hunger, wie man sich sonst den Fang geteilt hatte.

Es lebte dort ein Mann mit Namen Kajaka. Er war alt und unnütz und lebte nur, weil seine Enkel ihn brauchten. Am liebsten hätte er sich aufs Pritschenlager gelegt und dem Leben den Rücken zugewendet, aber er konnte es nicht über sich bringen, die Kinder zu verlassen. Diese waren elternlos, weil sein Sohn und seine Schwiegertochter in einem Herbst durch eine Schneebrücke auf dem Inlandeis gestürzt waren und deshalb für tot gehalten wurden.

Als man alle Hunde aufgegessen hatte, kamen zwei Männer zu Kajakas Haus, um nachzusehen, ob der Alte lebte. Einer war Tutigaq, der andere sein Sohn Urukase. Sie brachten für die Kinder den Schenkel eines Fuchses mit, den Urukase in einer Falle gefangen hatte, und während Arluk und Isserfik das zähe, rohe Fleisch vom Knochen lösten, sprachen Vater und Sohn mit Kajaka. Es war ihre Absicht gewesen, ihn zu bitten, einen Geisterflug zu Arnaqarssak, der Mutter des Meeres, zu unternehmen und sie zu bewegen, die Seetiere freizugeben, die sie auf Grund der Unvernunft der Menschen zurückhielt. Jeder wusste, dass die Sünden der Menschen sich wie Schmutz in das lange Haar der Frau setzten und nur ein tüchtiger Geisterbeschwörer sie aufspüren und ihr Haar sauberkämmen konnte. Aber als sie sahen, wie entkräftet Kajaka war, begriffen sie, dass er nicht in der Verfassung für eine anstrengende Beschwörung war, und deshalb erwähnten sie ihr Vorhaben erst gar nicht. Sie redeten nur über Allgemeines, übers Wetter vor allem und dann über die Toten und die, die im Sterben lagen. Nach einiger Zeit verließen sie das Haus.

Dass es Kajaka gelang, Arluk und Isserfik am Leben zu erhalten, lag nicht daran, dass er mehr Essbares als andere besaß, sondern weil er mit ihnen auf eine Art und Weise sprach, die sie den Hunger beinahe vergessen ließ. Der alte Mann lag auf dem Lager und hatte an jeder Seite eines der Kinder, und die Wärme ihrer Körper hielt seine

Gedanken am Leben. Er sprach viel von den Eltern. Isserfik lauschte aufmerksam, während sie dalag und auf einem Stück Kamiksohle kaute. Arluk schloss die Augen, denn hinter geschlossenen Lidern konnte er sich die Erzählungen des Großvaters besser vorstellen.

Kajaka wusste, dass er diesen Winter nicht überleben würde. Darum kam es darauf an, die Kinder auf ein Leben ohne Familie vorzubereiten. Und darum sprach er viel über die Vorväter, denn in diesen Worten über die Alten war eine Kraft, die jenseits der des Fleisches und der Wärme lag. Es war eine Kraft, die ein Geschenk der Geister war; Worte, so stark, dass die Kinder Nahrung aus ihnen saugen konnten, wenn er selbst fortgegangen war.

Sie lagen auf dem Pritschenlager, Tag für Tag, Nacht für Nacht, und sie waren ganz aus der Zeit. Der endlose Winter drang ins Haus mit Kälte und Dunkelheit, und nicht einmal die grauen Lichtwechsel des Mittags erreichten sie.

Kajaka erzählte von Menschen, die aus dem mystischen Land im Westen gekommen waren. Er nannte dieses Land Akilineq. Das Land an der äußersten Grenze der Welt, das Land mit dem größten aller Flüsse, das Land, in dem die furchtbaren Itqiliit wohnten. Er nannte die Namen dieser Menschen früherer Zeiten, denn die Berichte von ihnen waren von Geschlecht zu Geschlecht ohne Veränderungen weitergegeben worden. Am häufigsten erwähnte er den Geisterbeschwörer Heq und dessen Frau mit dem fremdartigen Namen Tewee-soo.

»Ihr beide seid von ihrem Blut«, sagte er, »und es ist ein Blut, das länger als das anderer fließen wird. In unserer

Familie wird man alt, wenn kein Unglück eintrifft, wie es eure Eltern getroffen hat. Auch Heq starb früh, weil die Geister ihn bei sich haben wollten. Sein Tod kam in der Gestalt eines Bären, der sowohl weiß als auch schwarz war. Er wusste um seinen Tod, bevor ihn dieser traf, und er war wohlvorbereitet.«

Kajaka seufzte tief. Er dachte an die große Bucht, in der Heq umgekommen war, und seine Gedanken gingen nach Sardlia, der kleinen Insel vor Kullorssuaq, wo er so oft gesessen und nach Walen Ausschau gehalten hatte. Es waren lichterfüllte, glückliche Tage gewesen. Er sehnte sich nach der Erregung, die ihn jedes Mal ergriff, wenn er eine Schule Weißwale gesichtet hatte, und er sehnte sich danach, wieder den Träumen nachzuhängen, die ihn aus diesem Leben erlösen konnten. Aber als sich die Kinder ungeduldig bewegten und Fragen stellten, fuhr er fort.

»Tewee-soo lebte lange, wie ihr großer Geist Manito es befohlen hatte. Von ihr will ich euch erzählen, was ich gehört habe. So weit geht diese Erzählung in der Zeit zurück, dass sich keiner mehr erinnert, wer diese Worte zuerst im Munde hatte.« Kajaka lachte ein wenig. Er atmete tief und angestrengt ein und blickte mit seinen halb blinden Augen hinauf ins Dunkle.

»Heq war Angakoq, Geisterbeschwörer, und Kalaaluch, Häuptling, für die Menschen am Uummannaq. Vielleicht der größte, den man kennt. Angakoq pulik war er, unser Vorvater, der oberste Geisterbeschwörer. Und sein Tornaq war der schwarze Bär, der schließlich kam und ihn holte. Seine Frau Tewee-soo besaß ihren eigenen Tornaq, einen großen, weißen Wolf, den sie Manito nannte. Durch den Wolf konnte sie verschwundene Seelen finden, gutes Wetter und guten Fang herbeischaffen. Erst jetzt fängt meine Erzählung an.«

Kajakas müde, schwache Stimme wurde auf einmal kräftig und volltönend. So, als spräche plötzlich ein junger Mensch durch seinen Mund. Arluk und Isserfik wussten, dass das, was er jetzt berichtete, Okalugtuaq war, eine wortgetreue Wiedergabe der Überlieferung von den Vorvätern. Vielleicht war die Stimme seine eigene, vielleicht die der Vorväter. Sie wussten es nicht.

»Es ist oft von Tewee-soo gesprochen worden, deren Name ›die immer wandert‹ bedeutet, und deshalb lebt sie immer weiter unter uns. Weil sie sehr alt wurde, geschah es bei verschiedenen Gelegenheiten, dass ihre Seele geraubt und ins Totenreich entführt wurde. Aber weil sie auf den Tod nicht vorbereitet war, zwang sie jedes Mal die Seele wieder in ihren Körper. So eine große Geisterbeschwörerin war sie. Sie brach vom Uummannaq auf und zog mit ihrem Sohn Taq, der selbst ein alter Mann geworden war, seiner Frau Saawi, die Inlandbewohnerin war, Simutaq und den Enkeln zu der Insel, von der man die große Bucht sehen kann. Diese Insel wird Savissivik genannt.

Ihr Sohn Taq hatte mehrere Kinder. Von einigen weiß man noch die Namen, unter anderem von einem Mädchen, das unverheiratet blieb und Itiva genannt wurde. Dieses Mädchen, Taqs jüngste Tochter, war eigensinnig und ähnelte ihrer Großmutter sowohl im Wesen als auch im Aussehen. Sie war groß und rank und hatte große, fremdartige Augen, die die Männer dazu bringen konnten, sich töricht zu benehmen. Aber sie war Tewee-soos

Schülerin gewesen, hatte bei Geisterbeschwörungen auf ihrem Schoß gesessen und auf diese Weise Einsicht in die heimliche Welt gewonnen, die den meisten unbekannt war. Vielleicht weil sie mehr als andere wusste und dadurch Macht besaß, wurde ihr Lager nie aufgesucht. Denn bekanntlich mögen Männer keine Frauen, die ihnen überlegen sind.

In einem Lager bei der großen Bucht wurde Tewee-soo wieder krank. Itiva verließ ihre Pritsche nicht und pflegte sie geduldig. Ab und zu sprachen die Geister durch Tewee-soo, und dann lauschte das Mädchen aufmerksam. Es glückte der alten Geisterbeschwörerin noch einmal, ihre Seele dem Tod zu entwinden, und während sie nach der Krankheit Kräfte sammelte, erzählte sie ihrer Enkelin von den vielen Begebenheiten, die ihr Leben ausmachten. Sie fasste die lange Erzählung mit wenigen Worten zusammen. ›Nichts‹, sagte sie, ›wissen wir. Nur die Ungeborenen und die Toten besitzen Wissen, denn so will es Manito.‹ Manito war ihr großer Geist, ein Geist, den wir nicht kennen, der aber von den Hundemenschen verehrt und gefürchtet wird.

Es konnte geschehen, dass die alte Frau in die Sprache ihrer Kindheit zurückfiel, und dann verstand Itiva sie nicht. Aber sie blieb immer geduldig am Lager sitzen, bis die Alte wieder wie ein Mensch redete. Eines Tages brach es aus Tewee-soo heraus: ›Es geschieht, dass die alles Bestimmenden einzelnen Menschen ein wenig Einsicht gewähren. Hin und wieder hat man selbst ein gewisses Verständnis erlebt, durch die vielen Geheimnisse gesehen. Aber jetzt, wo man alt geworden ist, ist diese Einsicht fort. Manito hat sie entfernt. Denn gerade jetzt, wo der Tod mich umfängt, kann es gefährlich werden. Ob ich gerne dieses Verständnis an meine Lieben weitergeben würde, damit sie besser aufs Leben vorbereitet wären? O ja. Leicht sollten sie mit diesem Verständnis leben, so leicht, dass alles zum Stillstand kommen würde. Denn welcher Jäger würde wohl auf die Jagd gehen, wenn er die innersten Geheimnisse des Lebens kennte? Welche Frau würde Felle gerben oder das Feuer behüten, wenn sie allwissend wäre?‹

Itiva nahm die Worte der Alten in sich auf. Es gab vieles, was sie nicht verstand, aber sie spürte die Weisheit, die ihnen innewohnte, und hoffte, dass es eines Tages die ihre sein würde.

Auch vom Tod sprach Tewee-soo. Sie sprach von ihm, als wäre er ein lieber und langerwarteter Verwandter, der auf Besuchsreise wäre.

›Der Tod‹, sagte sie zu Itiva, ›ist der Vater der Menschen. Nicht streng und ungerecht, sondern liebevoll und zärtlich und verständnisvoll. Und doch klammert sich der Mensch an seine Mutter, die das Leben ist, das Bekannte und Verständliche. Denn alle fürchten wir das Unbekannte. Wir kennen nichts anderes und können deshalb nichts anderes. Aber die Seele gehört dem Tod. Darum fürchten wir die Seelen der Toten, wie wir alles Unbekannte fürchten. Der Tod trennt das gefangene Leben und die freie Seele. Manito, der Vater der Seele, schenkt uns ein Leben, das kein Ende nimmt. Das weiß ich, obgleich alles andere Wissen verschwunden ist. Denn er ist mir in der Gestalt eines weißen Wolfes begegnet, und ich habe von seinem Fleisch gegessen, als ich jung war.‹ Sie lag ein wenig in Gedanken, bevor sie fortfuhr.

›Ich weiß das alles. Aber ich bin ein Mensch und tue mich wie alle anderen Menschen schwer, zu sterben. Nur weil Manito wollte, dass man älter als die meisten werden sollte, lebt man.‹

Da fragte Itiva sie: ›Wie komme ich zu dem großen Wissen, Ninio?‹

Tewee-soo sah das junge Mädchen lange an. Ihre Augen waren ohne die Glut der Jugend, alt und tiefblickend.

›Nur durch Leiden, Einsamkeit und Entbehrung‹, entgegnete sie. ›Dies lehrte mich Heq, als ich jung war, und später lehrte mich das Leben seine Wahrheit.‹

So redeten sie oft miteinander.«

»Es geschah, dass Tewee-soo ihren Sohn darum bat, weit hinunter in die große Bucht zu fahren, wo sie und Itiva sich in einer Grotte niederließen, die zwischen einem großen Gletscher und einem breiten Fluss lag. Es war eine tiefe Grotte mit vereisten Wänden und einer ganz kleinen Eingangsöffnung. Sie verlor sich im Dunkel weit unter dem Felsen, aber als Taq untersuchen wollte, ob sie ganz bis unter das Inlandeis reichte, verbot es ihm seine Mutter. Sie bat ihn, sich zu entfernen und nie wieder zur Grotte zurückzukommen.«

Kajaka schwieg eine Weile. Arluk bewegte sich etwas unruhig. Kajaka hob den Kopf des Jungen und ließ ihn auf seinem Arm ruhen.

»Danach hörte man lange Zeit nichts mehr von den beiden in der Grotte. Vielleicht war Itiva bei der alten Frau, als diese starb, vielleicht kam der Tod gar nicht zu ihnen. Keiner weiß es.« Kajaka schwieg. Nur das Geräusch ihrer Atemzüge und das Kauen Isserfiks auf der

Tierhaut füllte den dunklen Raum. Als er wieder redete, war die jugendliche Stimme verschwunden, und die Kinder wussten, dass das, was jetzt folgte, Oqalualarut war, eine Erzählung, die häufig dem Gespräch oder der Unterhaltung gedient hatte. Kajaka sagte: »So berichtete es mein Großvater, der ein Mann war, der keine Unwahrheit kannte. Angussaq hieß er, und sein Vetter, der auch in dieser Erzählung vorkommt, hieß Ulajuk. Sie waren gleichaltrig und fürchteten nur die Geister, wie es einem Menschen auch zukommt. Oft herrschte zwischen ihnen Wettstreit, da jeder besser als der andere sein wollte. Sie zerstritten sich jedoch nie, weil sie sich wie zwei Brüder liebten.

Schon als Jungen hatten sie die Sage von Tewee-soo und Itiva gehört, und als junge Männer begannen sie, sich nach der Grotte zu sehnen. Aber die Alten in der Siedlung rieten ihnen davon ab, nach Süden zu fahren, da allgemein bekannt war, dass die Frau in der Grotte und ihre Enkelin Reisende töteten, ob diese nun aus dem Norden oder Süden kamen: Darum gab es damals keine Verbindung zwischen den Menschen, die früher nach Süden gezogen waren, und uns nördlich der Bucht.

Aber eines Tages konnten Angussaq und Ulajuk ihre Neugierde nicht mehr beherrschen. Mein Großvater erzählte, dass er lange Zeit Locktöne in seinem Kopf vernommen hatte. Sie wurden ihm vom Wind zugetragen, sie waren genauso zärtlich wie das erste Piepsen der Schneeammer oder das Murmeln des Baches unter dem Schnee im Frühling. So unwiderstehlich waren diese Locktöne, dass die beiden Männer ihre Schlitten beluden und zur Bucht fuhren.

Es war eine beschwerliche Reise, weil sie erst hinauf übers Land und dort hoch über dem Meer auf schmalen Pfaden fahren mussten, um hinunter aufs Eis zu gelangen. An einigen Stellen waren die Pfade nicht breiter als die beiden Kamiksohlen eines Mannes. In Kurven mussten sie die Hunde einzeln ziehen und danach Ladung und Schlitten Stück für Stück herumholen.«

Arluk lag mit geschlossenen Augen und lauschte. Er sah diese gefährliche Fahrt vor seinen Augen und begriff, dass seines Großvaters Großvater ein großer Schlittenführer gewesen war.

»Als sie endlich hinunter aufs Eis kamen«, erzählte Kajaka weiter, »entdeckten sie, dass die Eisstaus größer als alle Staus waren, die sie bisher gesehen hatten. Selbst die berüchtigten Eisbänke, die sich am Übergang vom alten Land nördlich vom Uummannaq aufbauen können, waren im Verhältnis zu diesen hier klein. Darum wurde es eine langsame Reise. Außerdem gab es auf dem Eis nichts zu jagen, obgleich dort eigentlich Robben und Bären hätten sein müssen. O ja, die beiden kamen nur langsam voran, das könnt ihr euch denken.

Wie lange sie in den Eisstaus fuhren, wird nicht erzählt. Es war, als reichte in diesem Punkt das Gedächtnis meines Großvaters nicht weit genug zurück. So ist es oft, wenn man über unangenehme Dinge berichten muss. Vielleicht war es ein halber Mondwechsel, vielleicht länger, vielleicht auch kürzer. Keiner weiß es. Und sie fingen nichts und hungerten viel. Sie waren sehr erschöpft, als sie endlich glattes Eis erreichten. Hier machten sie Halt, und in zwei Tagen fingen sie so viele Robben, dass sie einen Teil des Fleisches in Depots für die Heimreise lagern mussten.

Die Hunde fraßen sich wieder Kräfte an, und die beiden ruhten sich aus und kamen wieder zu Kräften.

Außerhalb der Bucht konnten sie die Küstenlinie sehen, wo ungeheure Gletscher Seite an Seite lagen, ihre langen Zungen leckten auf das zugefrorene Meer. Sie befürchteten, dass sich das Eis im Laufe der Jahre über die Grotte geschoben haben könnte und diese gar nicht mehr sichtbar wäre. Aber als sie dichter unter Land fuhren, sahen sie die Grotte über einem schmalen Küstenstreifen liegen. Auf ihrer einen Seite lag ein Gletscher, auf der anderen ein Flusslauf. Mein Großvater sagte, dass die Grotte vom Strand her wie ein gelbes Auge leuchtete, aber als sie hinaufkamen und in das kleine Loch blickten, das der Eingang war, fanden sie sie leer und dunkel. Sie legten sich vor der Grotte zum Schlafen nieder, wurden aber in der Nacht von Frauengesang geweckt.«

Kajaka hob mit Mühe seinen Oberkörper und zog das Fell über Isserfik, die eingeschlafen war. Er spürte, wie jeder Muskel in seinem Körper schmerzte, und fühlte, dass er nur noch eine kurze Zeit vor sich hatte.

»Es war die Stimme einer Frau«, sagte er, als er sich wieder gelegt hatte. »Mein Großvater und sein Vetter kamen verwirrt aus ihren Fellen, und sie erblickten ein schwaches Licht, das aus der Grotte schimmerte. Furchtsam krochen sie zum Licht hin, so wie man sich an eine schlafende Robbe auf dem Eis anschleicht. Immer tiefer drangen sie in die Grotte ein, von dem flackernden Lichtstreifen geleitet. Sie hatten große Angst, aber die Stimme, die sie vernahmen, war so lockend, dass sie widerstandslos zu ihr hingezogen wurden. Endlich wurde das Licht stärker, und sie merkten, dass es jetzt abwärts ging. Es gab keinen Weg, nur eine schmale Öffnung in der Klippe, eng wie der Gang in einem Schneehaus.

Plötzlich sahen sie die Frau. Sie war alt, so alt, dass sie einem Menschen nicht mehr ähnlich war. Aber sie war freundlich zu ihnen und redete die Sprache der Inuit, jedoch in einem singenden Tonfall.

Sie lud sie ein, zu essen, und sie legten sich jeder auf sein Fell und nahmen das Fleisch, das sie ihnen reichte. Sie selbst sagten nichts, denn sie waren vor Überraschung und Furcht stumm. Nachdem sie von vielerlei Fangtieren gegessen hatten, trat eine junge Frau aus dem Dunkel der Grotte. Auf einmal stand sie vor ihnen mit der großen Lampe, ohne dass sie begriffen, woher sie gekommen war. Auch sie sprach mit ihnen, und sie begriffen, dass sie Itiva war.

Es dauerte nicht lange, da kam eine überwältigende Müdigkeit über sie. Vielleicht war das Fleisch, das sie gegessen hatten, von einer besonders kräftigen Sorte, denn plötzlich mussten sie gähnen und blinzeln. Als Itiva dies sah, teilte sie sich, und je eine Hälfte von ihr legte sich zu einem von ihnen. Es war seltsam, aber überhaupt nicht unangenehm, erzählte mein Großvater, denn die beiden Mädchenhälften hatten alles, was Mädchen zu haben pflegen, und obwohl sie müde waren, schliefen sie in dieser Nacht nur wenig. Sie waren ja lange gereist und hatten fast vergessen, wie herrlich es ist, bei einer Frau zu liegen.«

»Konnte sie sich wirklich zweiteilen?«, fragte Arluk. »Wie machte sie das?«

»Keiner weiß es«, entgegnete Kajaka. »Es gibt so vieles, das wir Menschen nicht erklären können. Und das ist auch gut so. Wir wissen bloß, dass Itiva alt war, wie unsere frühen Vorväter in diesem Land, und darum Wissen über vieles besitzen musste. Hat man das, kann man jedwede Gestalt annehmen und sich zwei- oder dreiteilen, wie man will.«

Arluk nickte. »Was passierte dann, also, nachdem sie sich vergnügt hatten?«

»Ja, als sie bei Itiva gelegen und viel Vergnügen gehabt hatten, fielen sie sofort in den Schlaf. Und beide hatten ihren Traum, aber nur der meines Großvaters ist bekannt. Er träumte von Tewee-soo, die im Traum jung und schön war, obgleich sie nicht wie eine Inuit-Frau war. Ihr Haar war lang und schwarz. Es war zu einem dicken Zopf geflochten, der auf ihrem Rücken lag. Um den Kopf trug sie ein breites, rotes Stirnband, das mit einem Muster aus kleinen Fellstücken verziert war, das wir nicht kennen. Ihr Körper war rank und schlank, sie war größer als unsere Frauen. Ihre Augen waren groß, aber ganz ohne die hinreißenden Fettpolster, die unsere Frauen so schön machen. Sie redete, und so waren ihre Worte, an die mein Großvater sich erinnerte: ›Man hat dich zur Grotte geführt, weil man dir eine Erklärung geben will. Wenn du von hier abreist, sollst du stets wissen, was du erlebt hast. Und du sollst darüber berichten, genauso wie es war, ohne etwas dazuzutun oder etwas wegzulassen. Wahrheitsgetreu sollst du den Menschen vom Zusammentreffen mit uns berichten, weil wir wollen, dass die Vergangenheit mit euch lebt. Wenn du zur Siedlung zurückfährst, sollst du deinen Mitbewohnern sagen, dass sie aufbrechen und in die südlichen Länder reisen sollen. Diejenigen, die von meinem Blut sind, sollen stets die große Unruhe in sich spüren. Und einer von euch soll alle schönen Länder dieser Erde durchreisen. Auf der Rückseite dieser Welt soll er auf die Verwandten stoßen, die nach Norden zogen zu meiner Zeit. So will ich es.‹ Mehr sagte sie nicht.

Mein Großvater erwachte am nächsten Morgen am Eingang der Grotte. Der lange Gang, der zu Tewee-soo geführt hatte, war verschwunden, und er begriff, dass sich die Frau wieder eingeschlossen hatte. Ulajuk lag in seinen Fellen, während Angussaq die Grotte untersuchte, und mein Großvater ließ ihn liegen, weil es ein Unding war, einen schlafenden Menschen zu wecken. Aber als Ulajuk den ganzen Tag liegen blieb, beugte sich Angussaq über ihn und horchte auf seine Atemzüge. Es lag ein kleines Lächeln um Ulajuks Mund, aber kein Atem war zu spüren, weder aus dem Mund noch aus der Nase. Seine Seele war verschwunden, und Angussaq blieb beim Körper einige Tage, um zu sehen, ob sie zurückkehrte. Aber sie kam nicht.

Er begrub Ulajuk in der Grotte und häufte Steine vor dem kleinen Eingang auf. Und dann reiste er zurück zur Siedlung und erzählte genau, was er erlebt hatte, so wie ich es euch jetzt erzählt habe.« Kajaka zog den Jungen etwas an sich. »Es wäre gut, wenn ihr nie vergesst, was ich gerade erzählt habe. Vielleicht bist du derjenige, der alle Länder bereisen und die Verwandten finden soll, die nach Norden zogen.« Er seufzte. »Man selbst reiste zu wenig, weil man das Land, das man von Sardlia aus sieht, zu sehr liebte. Es war mir nicht bestimmt, die Länder der Welt zu erleben. Aber du sollst aufbrechen und unsere Verwandten finden, wenn ich nicht mehr da bin.«

Arluk lag lange und grübelte über Kajakas Worte. Er verstand nicht, dass er weit herumreisen sollte, denn er kannte sehr wohl seine Untauglichkeit als Fänger. Außerdem war er nicht sonderlich kräftig und überhaupt nicht mutig. Dass ausgerechnet er ausersehen sein sollte, eine so abenteuerliche Reise zu unternehmen, erschien ihm unbegreiflich.

2

Eines Tages hörte Kajaka auf, zu den Kindern zu sprechen; er war tot. Arluk war untröstlich. Er blieb dicht an dem alten Mann liegen, streichelte seine kalten Hände und bat ihn, zurückzukommen. Isserfik, die wusste, dass der tote Körper so schnell wie möglich begraben werden musste, damit die Seele Frieden fand, stand auf und entfernte den Fensterrahmen mit der Darmhaut. Keine Leiche durfte durch den Hausgang ins Freie gebracht werden. Mit großer Mühe schafften sie und der weinende Arluk es, den schweren Körper durch die Fensteröffnung hinauszuheben. Sie legten ein Fell unter den schon steifen Körper und zogen ihn vom Haus zu einer schneefreien Fläche am Strand. Hier brachen sie Steine aus dem gefrorenen Boden und häuften sie über die Leiche. Es wurde ein klägliches Grab, denn keiner der beiden besaß die Kraft, größere Steine heranzuschleppen. Obgleich Kajaka wohlgelitten und viele Jahre lang Geisterbeschwörer der Siedlung war und deshalb eine bessere Steinbestattung verdient hätte, gab es keinen, der den Kindern half. Man hatte keine Lust, eine Leiche anzufassen, da die Berührung unrein machte und verlangte, dass man danach lästige Regeln einhielt.

Die Steinbestattung erwies sich als zu schwach. In derselben Nacht schlich sich ein Wolfsrudel, das sich in den Bergen über Kullorssuaq aufhielt, hinunter an den Strand und zerrte die Leiche aus dem Grab. Ein Mann namens Usukutoq hatte dies erwartet. Er lag hinter einem niedrigen Eiswall, als die Wölfe anfingen, Kajakas toten Körper zu fressen, und es glückte ihm, einige große Welpen zu erlegen, bevor das Rudel flüchtete. Er behielt jedoch das meiste Fleisch für sich, und da er ein berüchtigter Totschläger war, protestierte niemand. Nur einen Wolfskopf warf er durch Kajakas Hausgang hinein zu den Kindern, die sich mit Heißhunger darüber hermachten. So bewirkte Kajaka doch einen kleinen Nutzen mit seinem Tod.

Drei Tage lagen Isserfik und Arluk allein im Haus. Keiner besuchte sie, solange sie unrein waren. Aber am vierten Tag kam Usukutoq zurück. Er zog das Fell, das vor dem Eingang hing, weg, sodass ein schwaches, graues Licht ins Haus fiel. Bevor sich die Kinder von der Pritsche erheben konnten, zog er Isserfik aus ihren Schlaffellen. Er war wie besessen und brüllte wie ein Tier, als er sie über den Fußboden zog. Arluk sprang auf und ergriff Kajakas große Harpune. Er schlug so hart er konnte über Usukutoqs Rücken, aber es war, als bemerkte der große Mann die Schläge überhaupt nicht. Er trat nach hinten aus und traf Arluk so hart auf der Brust, dass dieser japsend hintenüberfiel und bewusstlos liegen blieb. Dann fassten seine kräftigen Finger in Isserfiks Haar, und er schleppte sie aus dem Haus, soviel sie auch schrie.

Alle konnten die Entführung sehen. Und die meisten in der Siedlung sahen auch, wie er das Mädchen brutal durch den Schnee schleifte und in den Hausgang seines Hauses stieß. Drinnen im Haus ließ er seine Frau frisches Wolfsfleisch servieren, aber es war Isserfik unmöglich, einen Bissen hinunterzubekommen, so hungrig sie auch war. Sie stand an der Pritsche und starrte Usukutoq entsetzt an. Er war nicht besonders groß, wirkte aber so, weil er enorme Schultern und einen gewaltigen Brustkasten besaß. Seine Arme waren lang, und er hatte die Angewohnheit, seine kräftigen Hände ständig zur Faust zu ballen und wieder zu öffnen, wenn er erregt war. Sein Gesicht war breit, der Kopf saß auf einem ganz kurzen Hals, der fast schon zu den Schultern gehörte. Fünf tätowierte Punkte gaben zu erkennen, dass er fünf Menschen ermordet hatte.

»Iss«, befahl er, und sie führte das Fleisch zum Mund und nahm einen Bissen. Aber die Angst verleidete ihr das Fleisch, sie konnte es nicht hinunterschlucken.

Als Usukutoq gegessen hatte, knetete er kräftig seinen Bauch, bis er rülpste. Dann stand er auf und jagte Frau und Kinder hinaus. Er kroch auf die Pritsche, wo Isserfik saß, und warf sie auf die Felle, und dann tat er ihr Gewalt an, ohne sich um ihr Schreien und Jammern zu kümmern, das in der ganzen Siedlung zu hören war.

Keiner wagte einzugreifen. Es handelte sich trotz allem nur um ein elternloses Mädchen. Wenn Usukutoq sie ins Haus nahm, würde sie nicht länger eine Last für die Gemeinschaft sein. Zudem war es nicht ungewöhnlich, dass ein älterer Mann nach einer jungen Frau verlangte. Und auch das war bekannt, dass ein wohlerzogenes

Mädchen schrie und Widerstand leistete, wenn es entführt wurde.

Auch Arluk hörte die Schreie seiner Schwester. Er legte sich auf die Pritsche und vergrub seinen Kopf in den Fellen und weinte verzweifelt.

Wegen der Verletzungen, die Usukutoq Isserfik zufügte, weil er mit ihr geschlafen hatte, war sie mehrere Tage lang im Unterkörper gelähmt. Sie, die vorher voller Lachen und Lebensfreude gewesen war, wurde stumm und verschlossen und war völlig außerstande zu arbeiten. Sie lernte schnell, sich Usukutoq zu öffnen, wenn er nach ihr verlangte, aber wegen ihrer schlechten Stimmung und der gelähmten Beine hatte er nur wenig Freude an ihr. Usukutoq, der ab und zu Freundlichkeit aufbringen konnte, holte Arluk, weil er meinte, er könnte Isserfik aufmuntern. Als Arluk seine Schwester sah, wurde ihm schwindelig, und erst später wurde ihm bewusst, dass dieses Schwindelgefühl Wut gewesen war.

Das Wolfsfleisch hatte Usukutoq Kraft gegeben, und er ging wieder auf Fang. Es kam vor, dass er einen Fuchs brachte oder einige Schneehühner, und an einem Tag fing er die erste Robbe des Jahres. Das Licht war nun zurückgekommen: zunächst als ein schmales, rosafarbenes Band im Süden, das Tag für Tag höher und breiter wurde und schließlich den ganzen südlichen Himmel ausfüllte. Eines Tages fielen die ersten Sonnenstrahlen auf die Häuser, und an diesem Tag machte die Siedlung einen Großfang.

Arluk war auf dem Weg zu dem Eisberg, aus dem man Eis für den Wassereimer hackte, als er einen Bären sichtete. Es war ein altes Männchen mit gelbem Pelz und großem, magerem Körper. Rasch lief er zurück zum Strand, und als er bei den Häusern war, schrie er aufgeregt: »Nanoq, Nanoq! Eisbär!«

Usukutoq, der aus dem Gebirge kam, wo er Füchse gejagt hatte, hörte seinen Ruf. Er lief, so schnell er konnte, quer über ein kleines Vorgebirge, das die Siedlung vom Süden her verdeckte, um den Bären ungesehen auf dem Eis zu stellen. Aber das Tier kam nicht um das Vorgebirge. Urukase, der Arluks Ruf auch gehört hatte, sprang vom Haus hinunter über den Eissockel direkt auf den Bären zu. Dieser, wild vor Hunger, stellte sich auf die Hinterbeine und brüllte ihm einen Willkommensgruß zu. Ohne sich zu bedenken, sprang Urukase in die Umarmung, bevor der Bär selbst springen konnte. Er stieß seinen linken Arm in das aufgerissene Maul und drehte das Handgelenk hinter die Backenzähne. Und während der Bär ihn festhielt und seinen Brustkasten einzudrücken versuchte, stach er sein Flintmesser in dessen Bauch. Der Bär zog seine langen Krallen über Urukases Rücken und brüllte vor Schmerz. Rasch schlitzte Urukase den Bauch bis zur Brust auf. Seine Finger umfassten das große, klopfende Herz und rissen es von den Adern ab. Langsam ließ die Umklammerung des Bären nach. Er zischte und gurgelte tief im Hals und fiel zur Seite. Urukase fiel mit ihm, er steckte den Kopf in die aufgeschlitzte Brust und schlürfte das gute Blut auf.

Arluk lief mit anderen Siedlungsbewohnern hinauf aufs Eis. Sie stachen alle in den Bären, um sich Fanganteile zu sichern, und Arluk warf symbolisch ein kleines Stückchen Eis auf das tote Tier.

An diesem Abend war Usukutoq ungewöhnlich tückisch, vielleicht, weil er selbst keinen Anteil an dem Bären hatte. Er, der sich sonst früh schlafen legte, blieb auf dem Pritschenrand sitzen, ohne mit seiner Frau oder den Kindern zu sprechen. Er verspeiste im Laufe des Abends das meiste von Arluks Fanganteil, und obwohl seine Kinder nach der Hungerzeit noch magerer waren, bekamen sie nichts. Er warf eine abgenagte Rippe auf den Fußboden, und als Arluk sie aufheben wollte, um das Mark herauszusaugen, bekam Usukutoq einen gewaltigen Wutanfall. Er sprang auf und fiel über den Jungen her, fasste ihn bei den Ohren und hob ihn hoch. Er schrie Unzusammenhängendes und Unverständliches und schüttelte Arluk hin und her, bis ein Ohr abriss. Isserfik schrie, als das Blut über die Wange des Jungen lief. Sie stand zum ersten Mal nach der Entführung auf, ergriff den großen Steintopf und hämmerte ihn dem tobenden Usukutoq auf den Schädel. Der wandte sich erstaunt um und wurde noch einmal über der Stirn getroffen, er schwankte leicht und schüttelte den Kopf, als wollte er die Gedanken ordnen. Aber er besaß eine solche Kraft, dass er nicht umfiel. Er ergriff Isserfik und zwang sie hinunter auf die Pritsche in der Absicht, sich mit ihr zu vergnügen.

Arluk stand auf. Er fasste sich ans Ohr und stellte fest, dass es nicht mehr da war. Der Schmerz verursachte ihm Übelkeit, und er spürte ein Schwindelgefühl, als auf die Furcht die Wut folgte. Er hörte Isserfiks Schrei und ergriff Usukutoqs Speer, der an der Wand beim Eingang lehnte. Mit seinem ganzen Körpergewicht stieß er ihn dem Mann in den Rücken. Der Stoß war so kräftig, dass die Speerspitze Usukutoq durchbohrte und einen Schnitt in Isserfiks Brust ritzte. Der Schaft des Speeres steckte in Rücken und Brust, und als Usukutoq vor Schmerz mit einem wahnsinnigen Gebrüll aufstehen wollte, um den Jungen zu greifen, stieß der Schaft gegen die Wand und riss die Wandbekleidung aus Fell herunter. Isserfik rollte von der Pritsche. Sie fasste Arluks Hand. Er stand wie versteinert und starrte auf den rasenden Hünen. Schnell zog sie ihn aus dem Haus.

Viele in der Siedlung hatten Usukutoqs Gebrüll gehört, und viele Augen waren auf das Haus gerichtet, als die Kinder herauskamen, verfolgt von dem Totschläger. Sie sahen die Lanze, die ihn durchbohrte, und ein Fänger, dessen Sohn Usukutoq ermordet hatte, weil er dessen Frau gewollt hatte, holte Pfeil und Bogen. Andere taten dasselbe, denn viele hatten mit Usukutoq noch eine Rechnung offen.

Ein Pfeil traf den Mörder an der Schulter, als er, wie ein Wolf heulend, an den Häusern vorbeilief, um Arluk zu fangen. Er hielt jäh inne, starrte erstaunt auf den Pfeil und riss ihn heraus, als ob es sich um einen störenden Splitter handelte. Es blutete ziemlich aus der Wunde. Dann sah er seine Siedlungsgenossen neugierig an, als wollte er herausfinden, woher diese ihren Mut nahmen. Plötzlich lachte er laut. Ein unheimliches, dröhnendes Lachen, das von den Felsen zurückgeworfen wurde. Mit steifen Schritten ging er auf Arluk zu, der bei Tutigaq und Urukase Schutz gesucht hatte. Das Lachen brach ab, als Urukases Pfeil in Usukutoqs Kehle drang. Tutigaq hob seine Harpune und durchbohrte mit sicherem Wurf das Herz des Mörders. Der Harpunenschaft brach ab und fiel in den festgetretenen Schnee. Usukutoq schüttelte leicht den Kopf, als wenn er etwas nicht verstanden hätte. Dann gaben die Beine nach, er sackte über dem Harpunenschaft zusammen.

»Heute hat man einen Großfang gemacht«, sagte Urukase. Er zog die Spitze aus der Brust des Gefällten. Dann wandte er sich Arluk zu.

»Nun ist der Fall eingetreten, dass man einen Fangkameraden bekommen hat«, sagte er. »Es wäre erfreulich, wenn du mit deiner Verwandten in das Haus meiner Eltern ziehen würdest, damit wir zukünftig zusammen jagen können.« Er blickte auf Isserfik, und zum ersten Mal seit Kajakas Tod lächelte sie.

Und so kam es auch. Die beiden Geschwister zogen in Tutigaqs Haus, und der junge Jäger lehrte den Jungen alles über das Fangen. Urukase war ein strenger Lehrmeister. Er war der Erste auf dem Eis und der Letzte, der heimkehrte. Weit hinaus aufs Eis gingen sie. Sie mussten ihre Beute selbst nach Hause schleppen, denn in der Siedlung gab es keine Hunde; es war mühsam, weil das Eis zu einem breiten Gürtel draußen vor der Küste übereinandergeschoben war. Aber Arluk klagte nicht. Er bewunderte Urukase und lernte eifrig.

Einige Zeit nach Usukutoqs Tod kam Urukase zu Isserfiks Lager, und er wurde wohlwollend empfangen. Ihr Körper, der nur Schrecken und Schmerz gekannt hatte, wurde ganz starr, als er sich zum ersten Mal zu ihr legte. Aber er war freundlich und rücksichtsvoll und hatte viel Geduld. Und als ihr Körper endlich aus den Alpträumen erwachte, war sie unersättlich. Sie wollte ihn am Morgen unter den Fellen behalten, wenn er auf Fang gehen wollte, und ab und zu kam es vor, dass Arluk vor dem Haus sitzen und weit bis in den Vormittag warten musste, weil sie nicht voneinander lassen konnten. An solchen Morgen kam Tutigaq oft hinaus und setzte sich zu dem Jungen. Obgleich er alt war, besaß er doch Sehkraft und Gehör. Er kannte viele Geschichten, die zu erzählen er geradezu liebte. Meist waren es Erzählungen, aus denen Arluk einiges über das Verhalten der Menschen lernte.

Als der Streifen offenen Wassers vor Kullorssuaq breit geworden war, erlegte Arluk eine Robbe mit dem Pfeil von der Küste aus. Sie verendete und blieb an der Wasseroberfläche. Aber die Strömung trieb sie nach Süden, er sah sie in den kurzen Wellen verschwinden. Er lief am Strand hin und her, in der Hoffnung, dass die Robbe an Land getrieben würde, aber gegen Abend gab er auf und kehrte niedergeschlagen in die Siedlung zurück. Auf dem Rückweg traf er zwei junge Jäger, denen er von seinem Pech erzählte.

»O«, sagte der eine, »das muss die Robbe gewesen sein, die wir hinter der Einfahrt nach Nuuk gefunden haben. Wir sahen, dass sie einen Pfeil im Kopf hatte, und zogen sie auf den Strand, damit ihr Besitzer sie finden könnte.«

Arluk bedankte sich sehr und lief so schnell er konnte zu der schmalen Einfahrt. Er suchte lange, fand aber keine Robbe. Als er zurück zu den Häusern kam, waren die beiden jungen Jäger bei Tutigaq zu Besuch, und sie fragten ihn, ob er seine Robbe gefunden habe.

»Sie war weg«, antwortete Arluk, »vielleicht hat sie ein Bär geholt und hinaus aufs Eis geschleppt.«

Da fingen die beiden an, sich auf die Oberschenkel zu schlagen, und lachten laut. Arluk begriff, dass sie ihn genarrt hatten. Er sagte nichts, setzte sich ganz nach hinten auf die Pritsche und war fürchterlich verlegen, weil er so gutgläubig gewesen war.

Tutigaq lachte nicht mit. Er wartete, bis es still war im Haus, und dann sagte er: »Wir Menschen können fast mit allem unseren Spaß haben. Und in aller Unschuld können wir andere zum Narren halten, sodass wir uns gesundes Gelächter gönnen. Lachen muss man so viel wie möglich, denn Lachen macht uns schöner. Doch sollte man nie einen anderen Menschen mit Fangtieren zum Narren halten. Denn sonst geht es einem wie dem alten Junggesellen, der den jungen narrt.«

Alle blickten gespannt auf Tutigaq. Er bereitete sich gut auf seine Erzählung vor. Zuerst trank er langsam aus der Schöpfkelle, dann stopfte er sich die Felle auf der Pritsche im Rücken zurecht, blickte prüfend auf seine Hände und zog mit einem zischelnden Laut Luft durch seine Schneidezähne.

»Es waren zwei unverheiratete Männer, ein junger und ein alter«, begann er. »Sie wohnten mit lauter Frauen zusammen. Der junge hatte Glück beim Fang, und darum hatte er auch viel Erfolg bei den Frauen. Der alte dagegen hatte Pech bei beiden Dingen und war darum neidisch auf den jungen. Er ging zu seiner Mutter, um sich Rat zu holen.

›Du musst hinauf in die Ebene gehen‹, sagte sie. ›Dort liegt ein großer Stein. Wenn du ihn umdrehst, findest du den Weg hinunter in die Unterwelt. Folgst du ihm, kommst du zu einem See, auf dem zwei Boote hintereinander vorbeifahren werden. Das erste musst du vorüberziehen lassen, das andere aber anhalten. In ihm wirst du ein Stück Maktaaq finden, von dem du ein wenig essen kannst, den Rest nimmst du mit nach Hause.‹

Der alte Junggeselle tat, was die Mutter ihm gesagt hatte, und er kehrte zurück mit einem Stück Maktaaq, von dem er ab und zu ein wenig aß. Und plötzlich hatte er Glück beim Fang, auch die Frauen fanden Interesse an ihm. Als ihn der junge nach dem Grund seines Fangglückes fragte, nahm ihn der alte mit in die Ebene, drehte den Stein um und wies auf den Zugang zur Unterwelt.

›Geh so lange, bis du an einen See kommst‹, sagte er. ›Dort wirst du zwei Boote sehen, von denen du das erste, das an dir vorbeikommt, anhalten musst. Man wird dir ein Stück Glück bringendes Maktaaq geben, genauso eins, wie ich es habe.‹

Der junge tat, was ihn der alte Junggeselle geheißen hatte, und er brachte auch ein Stück Maktaaq mit zurück. Aber es war jedes Mal, als verließ ihn sein Fangglück, wenn er davon aß. Der alte Junggeselle, der seinen Vorrat aufgegessen hatte, begab sich wieder in die Ebene, um neuen zu holen. Aber als er den Stein anrührte, konnte er ihn nicht bewegen. Der Grund war, dass er den jungen zum Narren gehalten hatte. Und weil sie nun beide ihr Fangglück eingebüßt hatten, verhungerten sie und die Frauen.« Tutigaq blickte seine Gäste viel sagend an. Diese saßen da und blickten mit roten Ohren wortlos auf den Fußboden. Bald darauf krochen sie durch den Hausgang hinaus und verschwanden.

In diesem Sommer wurde Arluk ein Fänger. Er wurde größer und breiter von dem anstrengenden Leben und der kräftigen Kost, und er stellte mit einer gewissen Genugtuung fest, dass seine Kräfte nicht geringer als die der anderen waren.

Zu dieser Zeit, zwischen Herbst und Winteranfang, gebar Isserfik einen Sohn. Er war groß und kräftig und schrie viel. Aber es war deutlich, dass er nicht leben wollte, denn nur wenige Tage nach seiner Geburt hörte er auf zu atmen. Isserfik beweinte ihn nicht, weil er Usukutoqs Kind war. Sie ließ ihn von Arluk zum Fjord tragen, wo dieser ihn ins Wasser warf.

Im Jahr darauf, mitten in der glücklichen Zeit, die Anjaq genannt wird, in der Zeit, in der alles blüht und die Menschen fast nackt herumlaufen, weil es so warm ist, bekam Isserfik wieder ein Kind. Diesmal war es ein Mädchen, das mit einem Schneidezahn geboren wurde und einer Menge schwarzer Haare auf dem Kopf, ein wunderbares Kind.

Urukase war so bezaubert von seiner Erstgeborenen, dass er, als seine Mutter Kungajuk der Kleinen den Namen Allaq gegeben hatte, in die Berge ging, um mit seinem Glück allein zu sein.

Im selben Sommer entdeckte Arluk, welch fantastische Welt ihn umgab. Er fuhr mit Tutigaqs Kajak nach Nuussuaq und lief weit in das Hinterland der Halbinsel, um mit seinen Entdeckungen allein zu sein. Er sah die Schönheit des Landes und verspürte Freude und Stärke bei ihrem Anblick. Die Farben hinter den Bergen an der Küste waren einmalig, denn gerade in dieser Zeit des Jahres stand alles in Blüte. Gelbe Inseln von Bergmohn schmückten die Täler, blassrote Blumenkissen aus Leimkraut lagen wie ein Muster im Teppich des Wollgrases mit seinen wollenen, weißen Rispen. Die flachen Berghänge waren mit Gletscherhahnenfuß und Weideröschen bestreut, und das Gras war saftiggrün und barg in sich eine wimmelnde Fülle von kleinen Lebewesen.

Hier im Hinterland fand er all die essbaren Pflanzen, die man kannte: Fetthenne und ihre leckeren Wurzeln, Sauerampfer, Engelwurz, Löwenzahn und Knöterich. Er legte sich auf den Bauch und starrte hinunter auf diese wunderbare kleine Welt, die das Gras verbarg. Hier gab es den Fleisch fressenden Laufkäfer, Marienkäfer, Raubkäfer und Totengräber. Er hörte Hummeln brummen, wenn sie von Blüte zu Blüte flogen, um Vorräte zu sammeln, er sah Schlupfwespen und Blattwespen und viele Wanzen, die jetzt alle mit der Paarung beschäftigt waren. Und überall gab es Mücken, oft in großen Wolken, durch die man kaum hindurchsehen konnte. Wenn er eine Mücke auf seinem Handrücken entdeckte, hörte er Kajakas Stimme: »Obgleich wir klein im Verhältnis zum Wal sind, so sind wir doch groß, verglichen mit der Mücke. Aber alle sind wir gleich. Vor langer Zeit war da eine winzige Mücke, die in die Welt hinausflog. Sie war so klein, dass sie glaubte, die Menschen könnten sie überhaupt nicht sehen. Und als sie Hunger bekam, ließ sie sich auf der Hand eines Jungen nieder und fing an, von seinem Blut zu saugen. Als sie so saß, hörte sie jemanden sagen: »Pfui, was für eine grässliche Mücke. Schlag sie schnell tot.«

Da aber konnte die Mücke plötzlich reden, und der Junge verstand sie.

»Ach, schone mein Leben«, bat sie, »ich habe einen kleinen Enkel, er wird weinen, wenn ich nicht mehr heimkehre.«

Und Kajaka hatte gelächelt und bedeutungsvoll genickt. »Denkt euch, so klein und doch Großvater.« Diese Geschichte kam Arluk oft in den Sinn, wenn ihn eine Mücke stach. Überhaupt kreisten seine Gedanken immer mehr um die Dinge, die Kajaka ihm erzählt hatte. Er wusste, dass es ihm bestimmt war, Geisterbeschwörer zu werden, und er fühlte, dass das Zusammentreffen mit Tornarssuq näher kam. Das war, als Kajakas Geist zu ihm sprach, einige Zeit nach Allaqs Geburt, und da begriff er, dass die Zeit gekommen war.

Er verließ die Siedlung, und nur Isserfik und Tutigaq kannten den Grund. Er hatte ihnen erzählt, wie Kajaka zu ihm durch einen Raben bei Sororwik gesprochen hatte, dort, wo man Ringkämpfe durchführte, und der Junge, dessen Körper jetzt mehr der eines Mannes als eines Kindes war, musste seines Großvaters Beschluss folgen.

Die ungeheuren Ausmaße des Landes wurden ihm erst bewusst, als er mehrere Tage im Inland gewandert war. Er ging auf das Inlandeis zu, doch wie weit er auch ging, das Eis erschien ihm immer gleich entfernt. Tag für Tag ging er so, bis er vor Müdigkeit fast zusammenbrach. Er ging, weil er Geisterbeschwörer werden wollte wie sein Großvater. Als Junge hatte er auf Kajakas Schoß gesessen, wenn dieser die Geister anrief. Er war Kiligtisiaq gewesen, »der sich Kenntnis verschafft«, und weil er denen, die alles bestimmen, so nahe gewesen war, hatte er vor ihnen keine Furcht. Es war sein brennender Wunsch, Tornarssuq zu finden, den größten der Geister, und von diesem seine helfenden Geister als Geschenk zu bekommen, Einsamkeit, Leiden und Entbehrung: Er musste die Seele von Körper und Umwelt befreien, musste sterben und zum Leben erweckt werden. Er ging immer weiter. Denn er kannte den Weg nicht und musste gehen, bis sich dieser ihm offenbarte. Eines Tages verspürte er Durst, er legte sich an ein Wasserloch, in dessen Mitte ein großer, grauer Felsblock lag. Er trank und blieb auf Händen und Knien liegen und zitterte vor Erschöpfung. So lag er und starrte stumpf auf sein Spiegelbild, das sich deutlich in dem stillstehenden Wasser abzeichnete. Er stellte fest, dass er nicht mehr die Fähigkeit besaß, die Augen zu schließen, und gezwungen war, sich selbst anzustarren, bis die Augen trocken waren und schmerzten. Er sah, wie das Wasser langsam wegsickerte, als würde es von einer unbekannten Kraft in die Erde gezogen. Dann legte sich ein großer Schatten auf ihn, und er vernahm dicht am abgerissenen Ohr den Schrei des Raben.

Dort, wo Wasser gewesen war, waren jetzt wimmelnde Würmer und Maden und anderes Gewürm, die ihm entgegenkrochen. Sein Körper fiel vornüber in das Loch, und die Würmer fraßen sich durch seine Haut und saugten sein Blut auf. Er wollte schreien, besaß aber keine Stimme. Er wollte sich wehren, aber ihm fehlte die Kraft. Und seine Seele trennte sich vom geplagten Körper und strebte zu einem strahlenden Licht, das er anfangs als einen nachtschwarzen Schatten begriff. Im Licht sah er seinen ersten helfenden Geist, Erqungassoq: den Geist, der ohne Kraft, jedoch von großer Klugheit war. Dieser Geist würde immer unter den ersten sein, wenn er seine Helfer anrufen sollte. Er sah auch Tulik, den Riesenvogel, der mit glühenden Stoßwaffen ausgerüstet war, und er entdeckte »die einfältigen Inlandbewohner«, die einen zu Tode erschrecken konnten, wenn sie sich häuteten.

Er fühlte sich hinausgeschleudert aus dem Licht, wusste nicht, ob er stieg oder fiel, aber er hatte das deutliche Gefühl, dass ihn ein starker Wille einem Ziel entgegenführte. Da vernahm er eine Stimme. Es war, als käme sie aus ihm selbst. Sie rief seinen Namen mehrere Male, bis ihm klar vor Augen stand, dass er Arluk war. Nicht der Körper, der im Wassertümpel lag und von Würmern und Maden durchbohrt wurde, sondern er, dessen frei gewordene Seele sich im Namen Arluk fand.

Es strömte an ihm vorbei in farbigen Bändern. Die Farben umwanden sich auf eine so hinreißende Art und Weise, dass er von einer fast unerträglichen Verzückung ergriffen wurde. Aber dann begannen die Bänder sich zu trennen, sich in Schichten wie Gesteinsarten in einem Berg zu legen. Und er sah, dass diese strahlenden, vielfarbigen Bänder die Inua der Vorväter waren, deren lebendige Seelen, die im Land unter der Erde spielten. Das waren Arsussuq, »die im Überfluss lebten«.

Mit gewaltiger Kraft wurde er aus der Unterwelt herausgesogen und mit schwindelerregender Schnelligkeit nach oben geschleudert. Er stürzte gegen den großen Berg, um den sich das Himmelsgewölbe dreht, und er merkte abermals, wie der Schatten des Raben sich um ihn legte wie ein klares Licht im Dunkel der Umgebung. Jetzt begriff er alles. Das Gewimmel von Leben im Gras, die Macht der Natur, den Hunger, die Müdigkeit, Allaqs Weinen, Kajakas Gedanken und Usukutoqs Tücke. Er verstand die Wildheit, die in ihm selbst war, die Angst, die

Sorge und die Feigheit. Er fühlte dieses Allwissen wie eine Last, aber als er sich dem Licht anvertraute, das von Tornarssuq ausging, wurde es zu einem Gefühl von Stärke und Freude.

Er lag auf dem Eis, spürte den entsetzlichen Schmerz, als der Bär mit seinen gewaltigen Pranken seinen Körper zerdrückte und die blutigen Reste ins Meer schleuderte. Er spürte, wie das Walross ihn verschlang und seine Knochen an Land spie. Und er stand wieder auf und wanderte in neuer Gestalt ins Land bis zum ausgetrockneten See. Dort lag sein Körper, nackt und ohne Bewusstsein. Er sah, wie die Kleider durch die Luft geflogen kamen und ihn bekleideten, und er suchte seinen Körper und wurde zu Arluk.

Als sein Bewusstsein zurückkehrte, fingen die Gedanken an, ihm alles zu erklären, was er beim Geisterflug erlebt hatte. Aber er schob sie mit Leichtigkeit beiseite und ließ sich allmählich von dem Wunderbaren ergreifen, das er erlebt hatte. Er lag an dem grauen Stein, der sich im ruhigen Wasser spiegelte, und seine Augen sahen, dass es kein gewöhnlicher Stein war, sondern eines der Felsstücke, die vom Himmel herabfallen. Bevor er das Wasserloch verließ, schlug er einen Splitter ab, den er in seinen Kamikschaft steckte. Seither fertigte er Messer und Harpunenspitzen aus Eisen.

Dieser Sommer war der glücklichste, an den sich Arluk erinnern konnte. Schon beim ersten Versuch, seinen Tornaq anzurufen, glückte es ihm, als seine Siedlungsgenossen dabei waren. Zuerst erschienen die gewöhnlichen helfenden Geister, Geister ohne Kraft, und die Schreckgeister. Aber dann wurde er von den scharfen Klauen des Raben gegriffen und unter großem Schmerz von dessen Schatten zur Sonne geführt. So hoch flog er, dass das Land ganz klein wurde und mit Leichtigkeit von ihm überblickt werden konnte. Er sah Kullorssuaq wie eine Faust mit abgespreiztem Daumen, sah die eisbedeckten Sunde, sah Nuussuaq wie einen schwarzfleckigen Darm aufs Meereseis hinausragen. Er sah die Finger der Gletscher ins Meer greifen, und weit draußen in der Bucht erblickte er eine große Wune mit winzig kleinen Walen. Dies alles beschrieb er den Zuschauern in der Sprache der Geister, die wie die Schreie eines Raben klang. Als er von seinem Band wieder gelöst war, erzählte er von den Walen, und einige Fänger fuhren hinaus und machten einen guten Fang.

Nach dieser ersten Beschwörung hatten die Menschen großen Respekt vor ihm, obgleich er so jung war, dass seine Stimme noch zwischen der eines Jungen und eines Mannes wechselte. Viele waren der Meinung, dass er bald Angakoq pulik werden würde, wie es Heq gewesen war, und Tutigaq behauptete, dass dieser Rabe Tornarssuq selbst war. Denn genau wie dieser schwarze Vogel, der nie das Land der Menschen verließ, so wünschte Tornarssuq stets den Inuit nahe zu sein.

Zusammen mit Urukase und Tutigaq baute sich Arluk ein Kajak. Und er lernte von seinem Schwager, wie man bei jedem Wetter die Kajakrolle machte. Der Geisterflug hatte ihn davon überzeugt, auch als Siedlungsgenosse zu den Besten zu gehören. Die Macht, die er durch Geisterbeschwörung über andere Menschen erhielt, war gefährlich, wenn er selbst vergaß, ein Mensch zu sein.

Darum wollte er die schwierige Kunst des Kajakfahrens lernen. Und als der Sommer vorbei war, da war er mit seinem Fahrzeug regelrecht verwachsen. Dann übte er seine Kräfte, indem er schwere Steine aus dem Gebirge hinunter zu den Häusern schleppte und große Granitbrocken weit hinaus ins Meer schleuderte. Auch übte er sich in Geduld beim Fang auf blankem Eis und in Ausdauer bei Rentierjagden. Nie vergaß er Kajakas Wunsch, und es erschien ihm nicht mehr unmöglich, dass gerade er der Auserwählte sein sollte, der die Welt durchreist.

Es wurde ein guter Winter, ganz ohne Hunger und mit vielen Lampen, die Licht und Wärme spendeten. Auch die Läuse gediehen. Denn die Menschen lagen auf den Pritschen, und die Wärme begünstigte die Brut der Läuse. Und wenn sie in diesem Jahr auch ungewöhnlich blutreich und wohlschmeckend waren, so blieben sie doch eine kleine Plage.

3

Isserfik forderte ihren Bruder auf, sich eine Frau zu nehmen. Er war erwachsen und begehrt, obgleich ihm ein Ohr fehlte, und Urukase und er brachten häufig mehr Fangtiere heim, als die Frauen und Kungajuk bewältigen konnten. Noch ein Paar Frauenhände als Hilfe wären eine große Erleichterung.

Aber Arluk machte sich nichts aus den Mädchen, die ihm Isserfik vorschlug. Natürlich hatte er hier und da das Bedürfnis nach weiblicher Gesellschaft, und es geschah, dass er bei einem gastfreien Mädchen lag, aber nie mehr als ein- oder zweimal. Der Gedanke an die lange Reise arbeitete in ihm, und seine Freude war groß, als Urukase in einem Frühling sagte: »Wir wohnen schon viel zu lange bei Kullorssuaq. Meine Eltern kamen als junge Leute hierher, und in all der Zeit, die seitdem vergangen ist, ist Gutes und auch Böses geschehen. Nun sind wir mit diesem Ort verwachsen – wie die Heide, die nie ihren Platz verlässt.«

Tutigaq schaute seinen Sohn verwundert an. »Diese Gedanken sind häufig auch meine gewesen«, rief er aus. »Denn es ist so. Wir haben verlernt zu reisen, wie man es in meinen jungen Jahren zu tun pflegte. Damals kam man weit herum und erlebte viel Verwunderliches. Denn das Reiseleben hat viele Freuden, und es ist herrlich, Altes zu verlassen. Man entflieht all dem Schmutz, der sich im Laufe der Jahre in einer Siedlung angesammelt hat, reist mit großen Erwartungen auf Freuden und Interessantes, das andere Länder bieten. Vielleicht findet man neue, gut schmeckende Moschusochsen, denn man hat dieses schöne Fleisch seit der Kinderzeit nicht mehr gegessen.«

»Wie schmeckt es denn?«, fragte Isserfik.

»Man kann es mit nichts anderem vergleichen«, entgegnete der Alte. »Nicht so kräftig wie Robbenfleisch und ohne den Geschmack des Fisch- und Vogelfleisches, es kann auch weder mit Bärenfleisch noch mit Rentierfleisch verglichen werden. Es hat einen unbeschreiblichen Geschmack, der in dem Mund nie verschwindet, der es einmal gekostet hat. Am besten ist das Fleisch, wenn man es zwischen zwei flachen Steinen brät. Dann spritzt einem der Saft beim Kauen nur so aus dem Mund.«

»Wo gibt es Moschusochsen?«, fragte Urukase.

»Das kann man nicht mit Sicherheit sagen. Es gibt sie im Norden, nördlich von Uummannaq und dem alten Land. Vielleicht gibt es sie auch im Süden. Umingmaq, Moschusochsen, ziehen nicht in großen Herden wie die Rentiere. Und sie verteidigen sich, wenn sie angegriffen werden. Mein Vater war Umingamiarpoq, Moschusochsenjäger, und er erzählte, dass sich die Herde in Keilformation aufstellte, wenn man sich ihr näherte, so, wie man zwei Finger spreizt. Die ältesten und stärksten Bullen standen ganz vorn, und die Flanken wurden von den jüngeren Bullen besetzt. Kühe und Kälber befanden sich im Keil. Man muss den alten Bullen zuerst töten, denn ohne ihn geraten die Moschusochsen durcheinander und laufen nach allen Seiten davon.« Er schloss die Augen und lächelte beim Gedanken an das unvergleichliche Fleisch.

»Wenn man bestimmte Regeln einhält, ist die Jagd leicht«, fuhr er fort. »Aber lässt man diese Regeln außer Acht, kann man von dem großen Bullen getötet werden, oder es kann noch Schlimmeres passieren.« Er sah Isserfik an, die ihr Letztgeborenes stillte. Die dreijährige Allaq lag hinter ihr und schlief.

»Eine wichtige Regel lautet, dass eine Frau, die gerade ihre erste Blutung gehabt hat, nicht an der Jagd teilnehmen darf. Man erzählt sich, dass es im Land unserer Vorväter viele Moschusochsen gab. Und eines Tages stieß ein Jäger auf eine Herde, die er und sein Hund mit Steinwürfen, Rufen und Bellen hinunter zum Lager trieben. Aber da war ein junges Mädchen, das gerade zum ersten Mal geblutet hatte, das den Jäger erblickte. Sie kannte allerdings die Vorschriften und hielt sich schnell ein Fell vor die Augen, weil sie wusste, dass es ein Unglück geben würde, wenn sie sähe, was bei der Jagd geschah. Aber als sie die anderen Jäger aus dem Lager hörte und mit ihrem Körper das Beben der donnernden Hufe spürte, musste sie einfach über das Fell schauen. Und auf der Stelle wurden alle Jäger und Moschusochsen zu Stein.« Er nickte gedankenvoll. »Man sagt, dass man im alten Land immer noch diese Versteinerungen sehen kann, und ich habe am Uummannaq einen Mann getroffen, dessen Onkel das versteinerte Lager besucht hat.«

Urukase seufzte resignierend. »Man muss schon auf vieles Rücksicht nehmen, wenn man reist, sodass es vielleicht am sichersten ist, zu Hause zu bleiben. Wie soll man denn vermeiden, Sila zu missfallen, wenn man nicht alle Regeln kennt?«

Tutigaq ließ den Bogen, den er polierte, sinken. »Das kann schwierig sein«, sagte er ruhig. »Aber hat man ein oder zwei Alte mit auf der Reise, ist es nicht ausgeschlossen, dass diese wissen, wie man sich in einem unbekannten Land verhalten muss. Bestimmte alte Leute haben ein gutes Gedächtnis für gerade solche Dinge.« Er blickte Kungajuk an, und sie lächelte breit zurück. Auch sie hatte Lust, das Nomadenleben wieder aufzunehmen, das sie als junge Leute geführt hatten.

Arluk blickte gespannt auf seinen Schwager. Er wünschte nichts sehnlicher als eine Reise, fort von Kullorssuaq. Er hielt eine Hand an die Ohrmuschel, damit ihm kein einziges Wort entging, das gesprochen wurde. Aber weil Urukase stumm blieb, sagte er: »Mein Großvater hat uns von anderen Ländern erzählt. Selbst hat man beim Geisterflug viele von ihnen bereist. Kajaka erzählte uns von den Vorvätern und deren langen Reisen, und er sagte, es wäre nicht unmöglich, dass ich alle Länder der Welt bereisen würde.« Er errötete und wandte sich verlegen ab. Denn selbst als tüchtiger Jäger und begehrter Angakoq war er jung genug, noch verlegen zu werden, wenn er unter den anderen Erwachsenen sprach.

Keiner lachte ihn aus. Denn sie wussten, was Kajaka gesagt hatte. Er hatte entschieden, dass Arluk Angakoq werden sollte, das, was er geworden war. Wollte er, dass Arluk die Welt bereiste, dann geschah es.

Isserfik sagte: »Es ist so, wie mein Bruder sagt. Selbst hätte man keine Angst, mit ihm und seinem Ernährer zu reisen. Am liebsten jedoch hätte man seine Schwiegereltern mit.« Sie hob das Kind hoch, dessen Mund die Brustwarze losgelassen hatte, und reichte es Kungajuk. Die ältere Frau legte es über ihre Knie auf den Bauch und klopfte ihm vorsichtig auf den Rücken.

An diesem Abend wurde nicht mehr von der Reise gesprochen. Aber am nächsten Morgen schon begannen Urukase und Arluk, die Zurrleinen an den beiden großen Schlitten anzubringen, während Tutigaq die Hundegeschirre durchsah und lange Leinen aus Bartrobbenfell für Hundeleinen schnitt. Die Frauen kauten die Sohlenfelle weich, denn sie gingen davon aus, dass die Reise von langer Dauer sein würde. Sie sahen die Lederkleidung durch und klopften Speck aus, den sie in Beutel aus Robbenfell legten. Ohne darüber zu reden, fing man an, sich auf den Aufbruch vorzubereiten.

Es sprach sich bald herum, dass Urukase und seine Verwandten beabsichtigten, die Siedlung zu verlassen, und es gab viele, die voller Bedenken den Kopf schüttelten. Die Zeit der langen Reisen wäre vorbei, meinten die meisten. Hier bei Kullorssuaq hatte man es gut. Auch wenn hin und wieder eine Hungerperiode zu überstehen war, so hatten die letzten Winter doch gezeigt, dass man keinen freigebigeren Ort finden konnte. Vergessen waren die schlimmen Jahre, weil man lange gute Zeiten erlebt hatte. Reisen konnte man im Sommer unternehmen, dann war es warm und das Wetter schön. Aber das Land ganz zu verlassen, war unverantwortlich. Vielleicht würden andere während der Abwesenheit kommen und es in Besitz nehmen, sie würden in die leer stehenden Häuser ziehen und Fangtiere jagen, als ob es ihre eigenen wären.

So gingen die Gespräche in den Häusern, selbst die jungen Hitzköpfe und die alten Junggesellen, die vielleicht noch Abenteuer und fremde Frauen gesucht hätten, äußerten nicht den Wunsch, mitzuziehen.

Eine junge Witwe allerdings gab es, die Urukase um Erlaubnis bat, mit ihnen auf die Reise zu gehen. Ihr Name war Niqi, sie war nur ein Jahr älter als Isserfik. Sie war mit einem Neffen Tutigaqs verheiratet und in den ersten Jahren ihrer Ehe sehr glücklich gewesen. Sie hatte einen Jungen geboren, und ihr Mann Inuinak war vor Freude ganz außer sich gewesen. So glücklich war er, dass er die Jagd ganz vernachlässigte, nur um zu Hause zu sein und sein Kind zu betrachten, das hübsch und ungewöhnlich ruhig war. Aber dann wurde die Seele des Kindes geraubt. Kajaka wurde herbeigerufen, aber er und die starken helfenden Geister suchten vergebens. Sie fanden die kleine Seele nicht, und Kajaka schloss daraus, dass Inuinak vielleicht das Missfallen der Geister durch die Vernachlässigung der Jagd erregt hatte.

Inuinak liebte seinen kleinen Sohn sehr, vielleicht mehr als jeder andere seinen Erstgeborenen geliebt hat. Er wollte einfach nicht glauben, dass der Junge tot war. Er leugnete den Tod, und dadurch verweigerte er der Seele des Kindes die Ruhe. Er hieß Niqi den kleinen Körper in ein Fell einnähen, das er immer bei sich hatte, sogar auf der Pritsche, wenn er schlief. Und als er wieder auf die Jagd ging, hatte er stets die Kinderleiche in seiner Nähe, entweder im Kajak oder auf dem Schlitten. Auch als man aufbrach, eine Sommersiedlung zu suchen, nahm er das Kind mit, und das machte viele Menschen unruhig.

Und ständig sang Inuinak für seinen kleinen toten Sohn Lieder, die aus seiner großen Liebe und seinem großen Kummer entstanden. Die Menschen, die ihn hörten, mussten ihm wie gebannt lauschen, denn seine Lieder waren sehr schön, und man meinte, dass so schöne Lieder bei den Geistern kein Missfallen erregen konnten.

Aber dann geschah es, dass die Leiche im Fellsack aufschwoll. Aber Inuinak stach mit seinem Messer hinein, und sie fiel in sich zusammen und war so wie bisher. So ging es zwei Jahre, Inuinak trug ständig den Jungen mit sich herum, und sein Herz wollte nicht fassen, dass die Seele für immer fort war. Er wollte gar nicht verstehen, dass der Kleine Ruhe brauchte, um ins Reich der Toten zu gelangen.

Schließlich jedoch gelang es Kajaka, ihn von der Notwendigkeit zu überzeugen, das Kind zu begraben und alle Regeln einzuhalten. Wenn dies nicht geschähe, dann müsste seine Seele weiterhin allein umherschweifen.

Die Leiche, die er im Sack mit sich herumtrug, so hatte Kajaka ihm gesagt, würde ihn nie mehr anlächeln, anschauen oder an Niqis Brüsten saugen.

Als Inuinak all dies schließlich eingesehen hatte, legte er sich auf sein Pritschenlager mit dem Rücken zum Hausgang. Er hielt den Fellsack mit seinem Sohn umarmt. Und so blieb er liegen, bis er starb. Denn, so hatte er Niqi gesagt, es wäre am besten, wenn er selbst seinem Sohn folgte auf dem beschwerlichen und gefährlichen Weg ins Land der Toten.

Kajaka ist den beiden später bei Geisterflügen nie begegnet, und keiner wusste, wie es ihnen ergangen ist.

Niqi war jung und kräftig und eine tüchtige Ruderin. Man konnte ihre Jahre noch überblicken: Sie war neunzehn, das ist eins weniger als die Anzahl der Finger und Zehen, die man an einem ganzen Menschen findet. Urukase erlaubte ihr, mitzureisen, weil er Verantwortung für sie fühlte und seine Mutter und auch Isserfik sie sehr gerne mochten. Sie zog in Tutigaqs Haus, und so kam es, dass sie das Lager mit Arluk teilte, zum großen Vergnügen beider.

4

Bue Steinsson unternahm lange Fahrten nach Europa und in den Orient und wurde dadurch reich, dass er größeres Talent für den Handel als für Landwirtschaft besaß. Im Laufe der Jahre kam er insgesamt siebenmal heim nach Island. Es waren kurze Aufenthalte, aber doch lange genug, seine Frau Ylva siebenmal zu schwängern, und es wurde auch die gleiche Anzahl Kinder geboren. Als Bue das letzte Mal auf Reisen ging, blieb er drei Jahre fort. Er besuchte Sizilien und das alte Fürstentum Antiochia in Syrien, und er erreichte Konstantinopel zu Beginn des Jahres 1453. Der Reichtum dieser Stadt, ihre Schönheit und nicht zuletzt der gute, süße Wein begeisterten ihn so sehr, dass er in Unkenntnis des Krieges, der dort wütete, im Hafen liegen blieb, bis dieser durch die große Flotte des Sultans Mohammed II. gesperrt wurde.

Der Kampf zwischen Christen und Muselmanen war lehrreich für Bue. Kaiser Konstantin hatte ein Heer von neuntausend Mann sowie den allmächtigen Gott auf seiner Seite. Der Sultan stritt zwar mit dreihunderttausend Soldaten, musste sich aber mit Allah zufriedengeben. Er hatte sich allerdings mithilfe eines übergelaufenen Christen eine primitive Artillerie verschafft, die in Konstantinopels alte Mauern Löcher schoss.

Am 29. Mai wurde die Stadt gestürmt und fiel den Heiden in die Hände. Bue und seine Männer beteiligten sich eifrig an der Plünderung und kämpften sowohl mit Türken als auch mit Christen, da sie die einen von den anderen nicht unterscheiden konnten. Als die Stadt zu brennen begann, zogen sich Bue und seine Männer zum Hafen zurück, wo ihr Schiff lag. Sie führten zweiundzwanzig Gefangene sowie viele Kostbarkeiten aus einem reichen Kaufmannshaus, das sie sich ausgesucht hatten, mit sich. Unter der Kriegsbeute befanden sich einige türkische Soldaten, die im Glauben waren, der Sultan hätte die Schlacht gewonnen. Sie mussten umgehend getötet und über Bord geworfen werden, damit Ruhe herrschte. Im Schutze der Dunkelheit und mit einem gestohlenen

Banner von einem der Schiffe des Sultans schlichen sich die Isländer aus der verwüsteten Stadt und nahmen Kurs auf Afrika. In dieser Nacht verlor Bue die Hälfte seiner Männer und sein gutes Aussehen. Und er verlor den Glauben an Gott, der die Muselmanen leicht hätte schlagen können, obgleich er nur von neuntausend Soldaten unterstützt wurde.

In der Stadt Damiette im Kalifat der Fatimiden verkaufte er die Gefangenen zu einem guten Preis. Nur ein ganz junges Mädchen, das als Kind von arabischen Seeräubern aus Arles in Frankreich entführt worden war und zum Hausstand des Kaufmannes gehört hatte, behielt er.

Nach der Schlacht um Konstantinopel war Bue klar, dass seine Zeit auf dem Meer vorbei war. Er, der lieber nahm als gab, war reicher als die meisten geworden, und er hatte auch mehr als andere erlebt.

Während Bues langjähriger Abwesenheit führte Ylva den Hof und kümmerte sich um die Kinderschar. Sie hatte einen starken Arm und eine spitze Zunge, und obgleich die Erde in diesem nordwestlichen Teil Islands mager war, litt nie jemand Not.

Bues ältester Sohn hieß Høg. Er wurde von Ylva gestillt, als der Vater seine erste Reise unternahm, und hatte die Stimme eines Mannes, als Bue zurückkehrte, um zu bleiben.

Viele, die mit Bue hinausgefahren waren, kamen nicht mehr zurück. Andere hatten ihre Bänke und Ruder übernommen. Es waren freie norwegische, dänische und schwedische Männer und ein paar kräftige Knechte, die auf Sizilien beschäftigt gewesen waren.

Bei den Kämpfen in Konstantinopel hatte Bue einen Beilhieb über Stirn und Nase von einem Janitscharen abbekommen. Eine tiefe Wunde teilte sein Gesicht in zwei unschöne Hälften. Aber er war prächtig gekleidet und brachte eine Fracht aus Silber und Tuch und anderen Dingen mit, die Frauen begehren, sodass sich Ylva schnell an seine beiden Gesichtshälften gewöhnte, da der Mann im Übrigen heil und funktionstüchtig war.

Die Festlichkeiten anlässlich seiner Heimkehr zogen sich lange hin, denn in der Ladung gab es viele Fässer süßen Weines. Aber als dann der Alltag sein Recht forderte, zog Bue das Langschiff an Land, legte Schwert und Beil und die feinen Kleider in die Truhe und wurde wieder Bauer. Doch es war bei weitem nicht so leicht für ihn, das Fernweh abzustreifen wie sein vornehmes Hemd.

An den Abenden saß er mit finsterer Miene am langen Tisch und hörte sich die Abenteuer an, die seine Männer erzählten. Er selbst sagte nicht viel. Er saß da und starrte von einem zum anderen mit seinen beiden Augen, die kein Paar mehr waren, sondern ein Auge in jeder Gesichtshälfte. Manchmal drückte seine Hand den Bierkrug so fest, dass er zerbrach.

Es kam vor, dass er zu Høg hinschielte. Dann wurde der Zug um seinen gespaltenen Mund sofort weicher. Denn Høg war ein Abbild seiner eigenen Jugend, und dieses Bild zu betrachten, lieben Männer. Der Junge war hoch gewachsen und in vielen Sportarten unter den Besten. Er sprang mehr als fünf Meter im Weitsprung, lief schneller als normale Pferde und konnte mit seinem Schwert einen mannshohen Birkenstamm mit einem Hieb spalten. Im Bogenschießen war er unter den jungen Männern in Island unübertroffen. Er benutzte harte Bögen, die er in der rechten Hand hielt, weil sein rechtes Auge schärfer sah als das linke. Høgs Vorbild war der legendäre Einar Thambarskelfir, und schon vor seinem sechzehnten Lebensjahr konnte er wie jener Hüne einen Pfeil ohne Spitze mitten durch eine aufgehängte ungegerbte Haut schießen. Er besaß einen starken Arm und beherrschte den Umgang mit Spieß, Hammer und Schwert vollkommen. Und wie Bue war er wortkarg und verschlossen. Er war anders als die übrigen jungen Leute, denn er mochte weder Bier noch Frauen.

Der Junge zeigte kein Fernweh, und das bereitete Bue ziemliche Sorgen. Er selbst hatte immer Sehnsucht nach Seewind im Gesicht und Kriegslärm in den Ohren. Aber er musste missmutig zur Kenntnis nehmen, dass seine Zeit auf dem Meer vorbei war.

Høg war lang und mager. Die Schultern waren breit und knochig, sein helles Haar so seidig wie Ylvas. Er drückte seine Freude über die Heimkehr des Vaters dadurch aus, dass er sich aufs Äußerste anstrengte, wenn ihm Bue beim Sport zusah. Silber und Seide und anderer Kram, den der Alte mitgebracht hatte, waren ihm gleichgültig, dagegen machte die Sklavin aus Frankreich einen gewissen Eindruck auf ihn. Er, der ins zweiundzwanzigste Jahr ging und nie Interesse an den isländischen Mädchen gezeigt hatte, stolperte über seine langen Beine, und sein bartloses Gesicht wurde feuerrot, wenn ihn das französische Mädchen mit seinen großen, dunklen Augen ansah.

Bue stellte dies mit Zufriedenheit fest. Der Junge musste wie seine Brüder an den Umgang mit Frauen gewöhnt werden. Und dieses junge Mädchen, das er elternlos zu sich genommen hatte, war bestimmt nicht das schlechteste zur Einübung des erwähnten Sportes. Er kannte sie gut, denn sie war mit ihm mehrere Jahre zur See gefahren. Ein verschüchtertes junges Mädchen war sie gewesen, als sie in Konstantinopel ausliefen, ohne ein Lächeln und verweint. Er hätte sie leicht in Afrika verkaufen können, denn dort standen Mädchen aus Frankreich hoch im Kurs, aber es war aus irgendeinem Grunde nie zu einem Verkauf gekommen.

An Bord wuchs sie bei der kräftigen Kost und der frischen Luft zu einer vollbusigen Schönheit heran. Er hatte einige Male mit ihr geschlafen, das war jedoch kein sonderliches Erlebnis gewesen. Sie war unwillig und ziemlich wehleidig. Wenn Høg an ihr Vergnügen fand, sollte es ihm denn gegönnt sein. Vielleicht würde sie aufleben und eifrig und munter werden, wie es die welschen Frauen im Stroh üblicherweise sind.

Der Einfachheit halber wurde das Mädchen Katla genannt, da ihr französischer Name für eine nordische Zunge unmöglich auszusprechen war. Und nach einem Jahr in Island hatte sie sich auch an diesen Namen und die Art der Nordländer gewöhnt. Sie wurde im Haus wie eine Waise aufgenommen, das entsprach einer Stellung ungefähr wie der eines Sklaven, bevor die Sklaverei verboten wurde. Sie war Magd bei Ylva und konnte besonders gut weben, so gewann sie bald Ylvas Gunst.

Auch Ylva bemerkte Høgs Wohlwollen gegenüber dem Mädchen, und ihre Gedanken waren nicht viel anders als die Bues. Høg war spät dran, gar nicht ähnlich seinen Brüdern, die sich auf der Insel mit Mädchen herumtrieben. Sie schickte Katla eines Abends zur Schlafstelle ihres

Sohnes, und er schlief mit ihr, wenn auch nach großem Zögern. Es verlief alles so, wie Bue es wollte. Katla wurde so wie die munteren welschen Mädchen, die er auf seinen Reisen kennengelernt hatte, und es geschah häufig, dass auf ihrem hübschen Gesicht ein Lächeln lag, wenn sie allein am großen Webstuhl in der Stube stand.

So vergingen die Jahre. Høg war mit der Beziehung zu Katla zufrieden, und er war fünfundzwanzig Jahre alt, als Ylvas Geduld schließlich zu Ende ging. Sie beschloss seine Verheiratung mit Kolfinn Egilssons Tochter Torgunna, einem groß gewachsenen Mädchen von fünfzehn Jahren, das das Geld zusammenhalten konnte. Bue widersprach Ylva, aber nicht lange. Denn wenn Ylva sich etwas vorgenommen hatte, dann geschah es auch so, ungeachtet Bues Einwände. Er hielt ihr allerdings kleinlaut vor, dass Høg doch ein Wort mitreden sollte, aber da Høg sich zu dieser Angelegenheit nicht selbst äußerte, gab er auf. Høg redete selten mit anderen außer Katla, der er die nordische Sprache beigebracht hatte. Und was er mit ihr redete, wusste niemand.

Im Frühling zogen Bue und seine Söhne zum Thing. Es war eine lange Reise, die sie zur Lavaebene bei Thingvellir führte, so lang, dass Bue, als sie endlich am Ziel waren, die Verhandlungen mit Kolfinn über die Hochzeit vergaß, die ihm Ylva aufgetragen hatte. Es wurde viel geredet und kräftig gebechert während der Zeit des Thing, und Bue und auch seine fünf Söhne hatten genug von Bier und Gerede, als sie heimritten.

Während ihrer Abwesenheit hatte Ylva die Gelegenheit genutzt, Katla beim Bauern Molde Olafsson zu verdingen, einem harten und verhassten Mann, dessen Vermögen durch die Waffengänge und Zweikämpfe seiner Vorväter zustandegekommen war. Bue wurde ärgerlich, als er von Ylvas Handlung hörte, und er schalt sie in Gegenwart der Mägde aus. Sie antwortete in scharfem Ton, weil er vergessen hatte, mit Kolfinn die Hochzeit zu vereinbaren.

Wie gewöhnlich sagte Høg nichts. Er aß nachdenklich, was ihm die Mägde vorsetzten, und es schien, als hörte er die Zankerei seiner Eltern überhaupt nicht. Als er satt war, stand er auf, zog seine Reisekleider wieder an und nahm sein Schwert. In der Tür drehte er sich um und sah seine Mutter lange an. Er hatte ihr etwas sagen wollen, aber es kam nichts, er zuckte mit den Schultern und schloss die Tür leise hinter sich. Ylva sprang auf und wollte hinter ihm herlaufen, aber Bue hielt sie zurück und zwang sie, sich wieder zu setzen. Auch Høgs Brüder standen auf, aber Bue bedeutete ihnen mit einem Blick, Høg allein reiten zu lassen.

Eines Nachts kam Høg zu Moldes Hof. Er schlug ans Tor und schob den Knecht, der das Tor öffnete, zur Seite. Molde fand er in einem kleinen Raum auf einer breiten Schlafpritsche, Katla an seiner Seite. Der Bauer erhob sich und starrte Høg an. Er begriff, dass dieser Besuch kaum ein Freundschaftsbesuch war.

»Ich bin gekommen, um Katla zu holen«, sagte Høg. Er sah Molde starr in die Augen.

»Sie ist für fünf Jahre verdingt«, antwortete Molde. »Jetzt hat sie sich an mich gewöhnt, und es geht ihr gut, kann ich nur sagen.«

Høg sah Katla an. Ihr Gesicht war geschwollen, und rote Striemen liefen über Schultern und Brust. Molde hatte von der Peitsche tüchtig Gebrauch gemacht, um sie zu zähmen. Molde bemerkte die Wut in Høgs Augen und lachte höhnisch. Er riss Katlas Kopf an den Haaren mit einem harten Ruck hoch und griff ein Messer, das beim Kopfkissen steckte. Mit einem schnellen Schnitt trennte er ihr ein Ohr ab.

»Du sollst nicht mit leeren Händen abreisen, Høg Buesson. Ein Ohr als Dank für den Besuch.« Er lachte laut. »Den Rest behalte ich.« Bevor er das Ohr losgelassen hatte, spürte er Høgs Schwertspitze an seiner Kehle.

»Ein Leben für ein Ohr«, murmelte Høg. Er drückte die Spitze langsam durch die Haut, bis das Blut hervorquoll. Molde schluckte und spürte das Eisen am Kehlkopf. Die Lust zu lachen verging ihm. Er ließ das Mädchen los, das aus dem Bett taumelte und zur Tür rannte.

»Die Bedingungen«, flüsterte Molde heiser. »Lass uns die Bedingungen festlegen.«

»Waffengänge sind verboten«, entgegnete Høg. »Aber kämpfen können wir ja, wenn du Lust hast.« Er zog sein Schwert zurück und ging hinaus in die helle Nacht. Katla stand beim Pferd und hielt sich ein Stück Leinen an das blutende Ohr. Als Molde aus dem Haus kam, hatte er sein Schwert bei sich und ein paar Pferdefelle.

»Lass uns wie früher kämpfen«, schlug er vor. Er warf die Felle auf die Erde. »Jeder von uns hat ein Fell unter den Füßen. Keiner darf außerhalb seines Felles treten. So ist es von alters her gewesen, und so sollte dieser Kampf sein.«

Høg nickte und stellte sich mit Schwert und Schild auf seinem Fell bereit. Molde führte den ersten Hieb, weil er herausgefordert worden war. Sein Hieb trennte den obersten Rand von Høgs Schild ab.

»Das Schwert beißt wie ein zahnloses altes Weib«, murmelte Høg. Er richtete sich zu seiner vollen Größe auf und sah an der Schildkante hinunter. Molde wartete nicht. Er schlug noch einmal so schnell zu, dass Høg überhaupt nicht erwidern konnte. Das Eisen schnitt ein wenig Fleisch aus Høgs Oberarm, und es wurde deutlich, dass in Molde genau diese Wut hochkam, mit der seine Familie im Laufe der Zeit ihren Wohlstand erworben hatte. Høg deckte sich geschickt mit dem Schild ab und erlitt keine weiteren Wunden. Plötzlich fing er Moldes Schwert mit seinem Schild ab und zwang es senkrecht nach oben.

»Du sollst keines natürlichen Todes sterben, Molde«, versprach er. Und dann schlug er ganz niedrig zu und trennte ihm einen Fuß am Knöchel ab.

Molde brüllte grässlich. Nicht so sehr vor Schmerz, mehr aus Wut und Schmach. Er versuchte, auf dem Fell zu humpeln, das sich rasch rot färbte. Høg wartete geduldig, bis Molde seine Schwertspitze in den abgeschlagenen Fuß gesteckt und ihn wütend weggeschleudert hatte.

Als sie erneut zusammenstießen, waren sie beide voller Kampfeslust. Molde führte einen gewaltigen Hieb nach dem anderen, aber die meisten gingen daneben. Er brüllte jedes Mal, wenn er den Beinstumpf auf die Erde setzte, und der Speichel lief als weißer Schaum über seinen großen, schwarzen Bart.

»Und nun die Bezahlung für Katlas Ohr«, sagte Høg. Er parierte einen Hieb gegen den Hals, ging auf die Zehenspitzen und traf mit seinem Schwert Moldes Scheitel. Der Schlag war so kräftig, dass Molde in zwei Hälften gespalten wurde, die rechts und links vom Fell auseinander und zu Boden fielen. Høg musste niederknien und das Schwert mit beiden Händen aus der Erde ziehen.

Über Moldes Tod wurde viel geredet. Keiner beweinte ihn, denn er war ein übel gesinnter Mann, der mehr Böses als Gutes getan hatte. Høgs Schwerthieb wurde von allen gerühmt. An einen ähnlichen Hieb erinnerte man sich nicht seit der Einführung des Christentums in Island. Aber Waffengänge, um sich Besitz anzueignen, waren durch Gesetz verboten, und darum brachte Moldes Familie dessen Tötung vor das Thing. Sie verlangten eine Bußzahlung und die Auslieferung Katlas, die Molde gehört hatte.

Doch es kam weder zur Sühne noch zur Auslieferung des Mädchens. Høg rüstete Bues altes Langboot aus und segelte nach Nordwesten, wie es die Isländer schon vor ihm getan hatten. An Bord befanden sich Knechte und Mägde und Vieh sowie Katla und ein irischer Mönch namens Brian.

Sie segelten sechzehn Tage und hatten mit Wind und Eis zu kämpfen. Høg navigierte mit dem Sonnenstein seines Vaters, einem Stein, der die Himmelsrichtungen angab, ohne dass die Sonne scheinen musste. Nach einer schlimmen Zeit auf See erreichten sie eine Reihe Inseln, die sich westlich und östlich vor dem dahintergelegenen Festland erstreckten. In einer Bucht mit weißem Sand setzten sie das Boot auf den Strand, um Ausbesserungen durchzuführen. Sie fingen viele Fische und entdeckten, dass es zwischen den Inseln zahlreiche der großen Robben gab, die man Klappmützen nannte.

Nach einem Monat auf der Insel, die auch heute noch Angissoq genannt wird, segelten sie zum Festland, wo sie eine Route innerhalb der Klippen zum Eriksfjord nahmen. Hier nahm Høg Land, etwas südlich der großen Ebene, die Narsaq genannt wird.

Dort gab es gutes Grasland für die Schafe, denn die Berge waren mit Birken, Weidengebüsch und langhalmigen Gräsern bewachsen. An einer Stelle, wo große, flache Klippen den Strand säumten, bauten Høg und seine Knechte einen Hof aus dem Holz der verlassenen Höfe bei Dyrnes. Und es kamen viele Jahre des Friedens.

Katla, die Ohrlose, gebar ihm drei Kinder, von denen sich allerdings nur eines als lebenstüchtig erwies. Svava wurde das Mädchen genannt, obgleich der Mönch gegen diesen heidnischen Namen protestierte. Denn Svava bedeutet »die den Mann betäubt«.

5

Sie hielt die Augen geschlossen. Wollte sie nicht öffnen. Sie konnte das Geschnatter der Mägde aus der Speisekammer hören, obgleich diese weit von ihrer Kammer entfernt lag. Sie waren damit beschäftigt, Brei für die Morgenmahlzeit zu kochen. Sie hatte lange wach gelegen und verfolgt, wie die Nacht auf den Morgen trifft, der leise mit seinem kalten Licht gekommen war. Sie hasste die Morgenstunden, wollte nicht in den Tag hinein. Im Schlaf war sie ganz sie selbst, ohne Einmischung, und eins mit ihren Träumen. Sie wollte den Hof draußenhalten, ihren Vater, ihre Mutter und den großen, dicken Mönch. Und sie wollte auch Gott ausgeschlossen lassen.

Svava glitt zurück in den halb wachen Zustand, der so schön war. Dann war sie eine Häuptlingstochter in Norwegen, mit eigenen Mägden und in Seide und weiches Leinen gekleidet. Und ihre Burgunderhaube hatte ein Band, das hinunter bis zur Taille reichte. Die Kirche verbot solche langen Bänder, aber eine Häuptlingstochter konnte es sich erlauben, der Kirche zu trotzen. Sie trug Schmuck, den junge Männer von ihren Zügen ins Ausland mitgebracht hatten, Gold und Silber und edle Steine, Halsbänder, Armbänder und glitzernde Broschen. Sie war umworben, weil sie die schönste Häuptlingstochter Norwegens war, und eines Tages würde sie einen der jungen Männer auswählen und sich mit ihm vermählen.

Svava bewegte sich unruhig unter ihrer Felldecke. Sie ließ ihre Hände auf den Brüsten liegen. Diese großen, verwunderlichen Brüste, die so süß schmerzten, wenn sie träumte. Sie drückte sie aneinander, bis es schmerzte, und liebkoste sie dann zart. Alles wurde schön. Die Geräusche aus der Küche entfernten sich, die Morgendämmerung löste sich in zarte Farben hinter den Augenlidern auf. Sie fing an, den Kopf hin und her zu werfen, ließ eine Hand hinab in den Schoß gleiten, und sie hörte ihren Namen rufen, weit entfernt wie das Geräusch eines Echos. Svava – Svava Høgsdottir! Sie atmete schwer und wimmerte wie ein hilfloses Kind und gab sich ganz der Wollust hin, die ihren Körper durchströmte.

Gleich darauf lag sie ruhig und entspannt. Dann erst öffnete sie die Augen. Ihr Blick fiel auf ein Holzkreuz, das auf einem Sims an der Wand stand, und ein Gefühl von Schuld ergriff sie. Sie fürchtete Gott und hasste ihn. Denn Gott hatte die Grönländer im Stich gelassen. Es gab ihn nicht mehr bei ihnen, weder in Kirchen noch in Klöstern. Der letzte Bischof war gestorben, lange bevor ihre Eltern ins Land gekommen waren, und kein Mann war seitdem zum Priester geweiht worden. Darum konnten weder Taufen noch Hochzeiten den Segen der Kirche bekommen, und kein Toter kam ordentlich ins Grab. Kirchliche Handlungen vorzunehmen, ohne von einem Bischof geweiht zu sein, war eine Todsünde, die kein Laienbruder auf sich zu nehmen wagte. Was sie mit sich machte, sah Gott nicht, denn es gab ihn nicht in Grönland.

Ihre Wangen waren rot und ihre Augen leuchteten, als sie in die Speisekammer ging, um den beiden Mägden zu helfen. Aber es war noch so dunkel und schummrig, dass es niemand bemerkte.

Der Frühling ließ lange auf sich warten. So war es in den siebzehn Jahren, die Svava lebte, immer gewesen. Die Kälte biss sich früh im Herbst fest und ließ das Land erst wieder los, wenn die Sonne hoch am Himmel stand. Es gab jedoch Jahre, wo die Erdkruste auch den ganzen Sommer lang gefroren blieb und das Eis das ganze Jahr die Fjorde bedeckte.

Spät stand man auf dem Hof auf. Die Bettwärme war umsonst, und ein langer Schlaf ersparte Brennholz. Auch Katla hatte wach gelegen und den Mägden zugehört. Auch sie hatte den grauen Tag betrachtet, der sich durch die Ritzen der Fensterläden einschlich. Langsam erkannte man in der Dunkelheit die Möbel des Skáli, des großen gemeinsamen Schlafraums: das große Bett, in dem sie und Høg lagen. Die Wand mit Høgs Beilen und Schwert, die abgeteilten Pritschen für die Kinder, die jetzt leer waren. Die Jungen waren an der Pest gestorben, und Svava hatte die Kammer schräg gegenüber dem Skáli.

Fast jeden Morgen dachte Katla an ihre Jungen. Der älteste wäre im Sommer dreißig Jahre alt geworden, denn er wurde auf dem Boot geboren, an dem Tag, als sie in den Eriksfjord einliefen. Er war wie Høg gewesen. Groß und breit und wortkarg. Und er hatte wie sein Vater Grönland geliebt und unternahm jedes Jahr eine Fahrt ganz hinauf bis Karlsboder. Damals hatten sie keine Not gelitten. Die Schuppen waren bis unter das Dach mit Fleisch und Fellen gefüllt, und es gab genug Brennholz zum Wärmen und zur Herstellung von Eisen. Vor zehn Jahren starb er, verzehrt von Wunden und Fieber.

Wenn sie an den jüngsten ihrer Jungen dachte, befiel sie immer ein niederdrückendes Gefühl in ihrer Brust. Zwei Jahre nach seinem älteren Bruder wurde er geboren. Ein kleiner, schwarzlockiger Junge mit großen, dunklen Augen, wie auch sie sie hatte. Er hatte den Hof mit Lachen und Freude erfüllt, und sein sorgloses Gemüt war so ansteckend, dass man die schwere Zeit, die das Land traf, gar nicht bemerkte.

Katla strich mit einer Hand über den breiten Kiefernholzrand des Bettes. Dieses Bett erinnerte sie immer an die flachen, von Ochsen gezogenen Pritschenwagen, die Wein zum Gasthof ihres Vaters außerhalb von Arles gebracht hatten. Je älter sie wurde, desto häufiger ertappte sie sich beim Gedanken an ihre Heimat. Sie war zwölf Jahre gewesen, als sie von Arabern entführt wurde, die in die Rhone gesegelt waren, um Handel zu treiben. Sie hatten sie an Bord in einer Wassertonne versteckt gehalten und nach dem Besuch in Arles nach Konstantinopel gebracht, wo sie an einen Christen, einen römischen Kaufmann, verkauft wurde. Dieser hatte sie als Sklavin gehalten und schlecht behandelt, bis Bue ihn und seinen Hausstand an Bord seines Schiffes gezwungen hatte. In Damiette hatte sie gesehen, wie ihr Herr und dessen Familie als Sklaven auf dem Markt an wohlhabende Araber verkauft wurden. Das hatte sie sehr gefreut und Bue gegenüber freundlich gestimmt. Sie hatte sich schnell an den Isländer gewöhnt und an das freie Leben an Bord des Schiffes. Siebzehn Jahre war sie damals gewesen, als sie nach Island kam, und sie hatte schon mehr als die meisten Gleichaltrigen erlebt.

Sie spürte Høgs Hüfte an ihrem Rücken, sie drehte sich um und legte sich an ihn, einen Arm über seinen Brustkasten gelegt. Glück hatte sie gehabt, trotz allem. Denn obgleich sie Sklavin war und ihr ein Ohr fehlte, hatte Høg sie zur Frau des Hauses auf dem Hof gemacht. Es hätte viel schlimmer kommen können, wenn Konstantinopel nicht gefallen wäre oder Bue sie in Afrika verkauft oder wenn Molde Høg getötet hätte. Sie legte ihre gespreizten Finger auf seine nackte Haut und versuchte zu schlafen. Aber die Gedanken ließen sie nicht in Ruhe. Sie brachten sie von Arles zurück zu ihrem Hof und zu den schweren Zeiten. Alles war anders geworden in den letzten Jahren. Selbst hatten sie und Høg nicht die große Zeit erlebt, von der die Grönländer erzählten. Die Zeit, in der es Priester und auch Bischöfe im Land gab und wo man jedes Jahr Besuch von dem grönländischen Knarrboot aus Norwegen bekam.

Obgleich es dies alles nicht mehr gab, als sie hier ankamen, hatten sie doch ein gutes Leben gehabt. Denn die

Erde, die sie in Besitz nahmen, war freigebig. In den ersten Jahren hatten sie die Verbindung mit Europa nicht vermisst. Sie waren glücklich zusammen mit ihren Kindern und noch von der eigentümlichen Schönheit dieses Landes begeistert. Sie waren ein wenig besorgt zu sehen, wie man auf den Nachbarhöfen allmählich den christlichen Glauben verlor, und sie hatten es als Gottes Strafe verstanden, als sie von der Pest heimgesucht wurden. Zwei Kinder wurden ihnen genommen, und Høg wurde fürchterlich entstellt und sah schlimmer aus, als sein Vater jemals ausgesehen hatte.

Auch das Klima veränderte sich. Die Winter wurden kälter, und in den kurzen Sommern fielen fast keine Niederschläge. In den letzten Jahren konnte an den Berghängen kein Heu geerntet werden, und viele Tiere verhungerten. Jetzt besaßen sie nur noch zwei Kühe, und die waren so entkräftet nach dem Winter im Stall, dass sie hinausgetragen werden mussten, als das Land schneefrei war. Auch die Schafe waren durch die strenge Kälte übel dran. Sie froren in den Bergen fest, in die sie drängten, wenn der Wind aus Norden blies, oder sie wurden von Wölfen und Füchsen gerissen, weil sie ihr Futter weit entfernt vom Hof suchten. Es wurden keine Lämmer geboren, weil die Muttertiere zu entkräftet und abgemagert waren, um die Kleinen zu gebären.

Mehr als ein Jahr schon lebten sie nun von der Umwelt abgeschieden. Die Höfe, die früher dicht am Eriks- und Einarsfjord gelegen hatten, waren verlassen. Die Kirche in Gardar war von Seeräubern niedergebrannt und geplündert worden, und die meisten Mönche und Nonnen hatten das Land bereits einige Jahre zuvor verlassen.

Vielleicht ist es gut, dachte sie, solange das Eis bleibt, weil dann der Fjord verschlossen ist und wir sicher vor Piraten sind. Denn vor drei Jahren hatten sie Besuch von einem Schiff aus dem Baskenland. Ein kleines, starkbemanntes Boot war es, dessen Besatzung sie vielleicht überfallen hätte, wenn nicht gerade Thorstein Arvidsson vom Isafjord zu Besuch gewesen wäre. Svava hatte vor Schreck geschrien, als sie das Schiff sah. Aber Høg und Thorstein versuchten, sie zu beruhigen, mit dem Hinweis, dass sie zu viele bewaffnete Männer waren und die Basken nicht wagen würden, sie zu überfallen. Trotz der Versicherungen ihres Vaters lief Svava in die Felsen und versteckte sich dort, bis das Schiff wieder davonsegelte. Ihre Angst vor Piraten war groß und quälte sie sogar im Winter. Die Mägde hatten ihr von den Untaten dieser Menschen berichtet: dass sie Höfe niederbrannten, alte Menschen töteten, alles von Wert stahlen und junge Männer und Mädchen entführten, um sie im Ausland als Sklaven zu verkaufen.

Das Schiff hatte ihnen nichts Böses gebracht. Die Basken hatten sich damit begnügt, Felle und Narwalzähne gegen Tuch und Salze einzuhandeln, und waren dann friedlich weitergefahren – mit dem Versprechen, im nächsten Jahr wiederzukommen. Katla war über den Handel erfreut gewesen. Und sie hatte Neues aus ihrem Heimatland erfahren, weil an Bord ein Mann war, der die französische Sprache sprach.

Im Herbst dann hörten sie von Isafjord. Die Basken hatten Thorsteins Hof angegriffen. Sie hatten den Bauern und seine Frau getötet und vier Knechte und drei Mägde mitgenommen. Unter den Entführten befand sich Svavas gleichaltrige Freundin Thorid und deren Bruder Egil, dem Svava versprochen war.

Dann hatte man drei Jahre lang keine Schiffsbesuche, weder bös gesinnte noch friedfertige. Aber man war stets auf Besuch vorbereitet. Nicht auf einen Kampf, dafür gab es zu wenige Knechte, aber zur Flucht in die Berge, wo die Piraten sich rasch verirren würden.

Wenn Katla bei Høg lag, fühlte sie sich immer wie ein junges Mädchen. Und wenn er sie in seine Arme nahm, fand sie alles in seiner Liebkosung, den blauen, strahlenden Himmel über Gamarc, dem warmen Kalkfelsen, der unter ihren Fußsohlen gebrannt hatte, als sie ein Kind war; die großen, seichten Seen, die im Sommer austrockneten, und die tausend kleinen Bäche, die dem großen Fluss zustrebten. Zusammen mit Høg erlebte sie den lärmenden Zug der Flamingos, den donnernden Galopp der weißen Pferde, sie sah den Seeadler in den tiefen Nischen des Klosters Montmajour, die schwarzen Häuser von Arles mit ihren Spitzbogenportalen, die Vögel des Deltalandes, Silberreiher, Blauraken und Reiherenten. All das tauchte wieder auf, wenn seine großen, rauen Hände über ihren Körper glitten. All das erfüllte sie, weil sie glücklich war.

Sie stand mit Høg auf, aß zusammen mit den Leuten in der großen Stube, in der auch der Webstuhl stand, und danach ging jeder seiner Tätigkeit nach. Durch die Jahre waren sie zusammengewachsen. Darum fühlte keiner von ihnen die Trennung, ob es sich nun um einige Stunden am Tage oder auch Wochen handelte, an denen Høg an der Außenküste auf Fang war. Katla war immer bei Høg und er immer bei ihr, gleichgültig, wo sie sich aufhielten.

Høg stieß seinen Kopf an dem niedrigen Türrahmen, als er das Haus verließ. Er fluchte kräftig, obgleich ihm der Mönch auf den Fersen folgte. Sie blieben einen Augenblick am Hausgiebel stehen und schüttelten sich in der grimmigen Kälte. Die Wolken hingen tief und waren voller Feuchtigkeit. Sie schnitten die Berggipfel ab, sodass die Berge wie eine undurchdringliche Mauer aussahen. Ohne ein Wort gingen sie dann zur Landspitze, von der aus man Sicht in den Eriksfjord und über die Sunde hatte, die zum Meer führten.

Brian war ein großer und dickbäuchiger Mann. Er ging einige Schritte vor Høg. Lange, zielbewusste Schritte, die davon zeugten, dass hier ein Mann kam, der wusste, wohin er wollte. Seine großen Füße traten ohne Rücksicht auf alles, was unter ihnen auf dem Boden lag, und Høg dachte, dass Brian so ging, wie er verkündete. Er schaute auf die große, gebückte Gestalt. Der von einer Tonsur umgebene Scheitel leuchtete winterbleich, und die großen Ohren standen wie ein Paar blaugefrorene Flügel vom Kopf ab.

Die Klippen auf der Landzunge waren fast schneefrei. Der Anblick der vom Meer rundgewaschenen, grauen Steine brachte Høgs Gedanken zurück in die ersten Jahre in Grönland. Dreißig Jahre waren nun schon ins Land gegangen. Damals war der Fang gut, und die Schafe hatten sich so vermehrt, dass alle Erwartungen übertroffen wurden. Die Kühe waren im Sommer wohlgenährt und hatten viel Milch gegeben, die für den Winter als Butter und Käse eingelagert werden konnte. Sie hatten damals Fisch auf die Klippen und Schaf- und Lammfleisch auf die großen Gestelle zum Trocknen legen können, deren

Holz unter dem großen Gewicht gefährlich geknackt hatte. Nun gab es nur noch einige Reste dieser Gestelle. Denn es war schon viele Jahre her, dass man so reichlich Fleisch hatte und es für den Gebrauch im Winter trocknen konnte. Jetzt wurde nur so viel geschlachtet, wie man im Vorratshaus oder in den Fleischfässern aufbewahren konnte. Die meisten der Vorratsgestelle hatte man zu Brennholz verarbeitet.

Der Mönch zeigte nach Osten. »Es wird hell«, sagte er. Seine Stimme war hoch und schrill wie die eines Kindes. Vielleicht lag es an dieser lächerlichen Stimme, dass Brian nur wenig Glück mit seinen Verkündigungen hatte. Keiner konnte dieser piepsigen Stimme so richtig glauben, wenn sie eine baldige Botschaft aus Rom versprach oder die Absicht des norwegischen Königs kundtat, er wolle ein Knarrboot nach Grönland schicken. Wenn Brian in der kleinen Kapelle, die Høg vor seinem Hof errichtet hatte, gegen die Sünde und gegen den Glauben an nordische Gottheiten donnerte, gab es viele, die nach unten auf den Boden sahen, damit man nicht sah, dass sie lachten.

Høg blickte nach Osten. Er ahnte einen Schimmer, ganz weit entfernt, und nickte zustimmend.

»Morgen«, sagte Brian ermuntert, »wird es Sturm geben, und dann drückt das Eis aus dem Fjord.«

Høg nickte wieder. Er teilte die Meinung des Mönches nicht, wollte ihm aber nicht widersprechen. Er schaute in den Eriksfjord, vorbei an dem hohen Berg, der sich anmaßend ins Wasser schob und den Einblick auf Brattahlíð verwehrte. Weit drinnen sah er das Inlandeis, das sich wie ein gekrümmter Rücken gegen die Wolken stemmte.

Nahezu fünfhundert Jahre lang haben dort drinnen Menschen gewohnt, dachte er wehmütig. Jetzt war alles menschenleer. Genauso wie in Gardar und im ganzen Einarsfjord. Er wandte sich dem Mönch zu.

»Reist du, wenn das Eis verschwunden ist, Brian?«

Ohne seine Schritte zu verlangsamen, drehte sich der Mönch halb zu Høg um. Die Kutte war am Hals offen, und ein schwarz gelockter Haarpelz wuchs bis unters Kinn.

»Gottes Wort sucht das Ohr«, entgegnete er mit seiner Kinderstimme. »Gibt es bewohnte Höfe, dann sollen sie Gottes Wort nicht entbehren. Sind die Höfe verlassen, beginne ich mit den Schwächlingen, wie die Nordländer die Inuit nennen.«

Høg lächelte. Er dachte an Inik, den alten »Schwächling«, der auf dem Hof gewohnt hatte und vor ein paar Jahren gestorben war. Oft hatte Brian versucht, dem alten Mann Gottes Wort nahezubringen, aber Inik hatte nichts davon angenommen. Er hatte seine eigene Auffassung vom Gottesreich, eine Auffassung, die er jedoch bescheiden für sich behielt. Er hatte dem Mönch aber höflich zugehört, und um dem großen Isländer eine Freude zu machen, hatte er so getan, als verstünde er gewisse Teile von dessen Rede. Danach hatte er Høg aber erzählt, dass dieser Gottesmann ihm ein wenig lächerlich vorkam, weil die Worte, die er gebrauchte, nicht seine eigenen waren.

»Wie kann ein Mensch denn eines anderen Mannes Lied singen?«, hatte er sich gewundert. »Wie ist es möglich zu glauben, dass die Kraft, die in der Rede eines anderen ist, zur eigenen werden kann? Warum macht er sich nicht sein eigenes kleines Lied? Vielleicht würde ich es bewundern, weil er es selbst gemacht hätte.«

Als sie die Landzunge erreicht hatten, setzte sich Høg auf einen der flachen Steine, und der Mönch fing an, die Reste eines Vorratgestells abzubauen. Sie wollten Eisen aus Raseneisenerz gewinnen, denn ihnen fehlten Sensen und Beile. Es war ein langwieriger Prozess, für den man viel Brennstoff benötigte. Høgs Gedanken kreisten noch immer um Inik. Er war in einem Kajak zum Hof gekommen, als seine Söhne noch lebten. Und er war zutraulich und ohne Furcht gewesen, weil er vorher keinen Nordländern begegnet war. Anfangs hatten sie sich mithilfe von Gesten und Zeichen verständigt, aber Inik besaß eine unglaubliche Auffassungsgabe und hatte bald eine Menge nordischer Wörter gelernt. Svava hatte sich dem alten Mann mit Liebe zugewendet, und sie begriff mit der Leichtigkeit des Kindes die Sprache der »Schwächlinge«, der Inuit. Die beiden wurden unzertrennlich.

Inik war aus dem Osten gekommen, wo seine Siedlungsgenossen von der Beulenpest dahingerafft worden waren. Der Alte suchte nach Stammesverwandten an der Küste, und in jedem Frühling sprach er davon, aufbrechen zu wollen und seine Suche weiterzuführen. Es war ein unterhaltender und lehrreicher Zeitvertreib mit ihm, und Svava hatte es geliebt, seinen Erzählungen über das Leben der »Schwächlinge« und die Vorzeit zu lauschen. Høg und seine Knechte lernten, wie man den Robbenfang an Atemlöchern betrieb und wie man sich scheuen Rentieren nähern musste. Es ging Høg schnell auf, wenn er den Alten jagen sah, dass die Inuit besser an das Leben in Grönland angepasst waren als die Nordländer.

Als Inik starb, begruben sie ihn an der nördlichen Mauer der Kapelle. Svava war untröstlich, denn obgleich er nur ein »Schwächling« und darum anders als ein richtiger Mensch gewesen war, klein und runzelig wie ein Gnom und schmutzig und übel riechend, war ihm eine Größe eigen, die selbst Brian nicht leugnen konnte. Er hatte sich selbst als Inuk bezeichnet, was in seiner Sprache Mensch bedeutete, und er nannte Grönland Inuit Nunaat, das Land der Menschen.

Høg stand auf, um Brian behilflich zu sein. Dieser kam ihm mit einem Bund Holz auf dem Rücken entgegen.

»In wenigen Tagen kannst du das Boot zu Wasser bringen, Høg Buesson«, sagte der Mönch. Er schnüffelte mit seiner roten Knollennase in den grauen Himmel. »Ich kann den Frühling riechen. Er steht über Gardar und wartet auf Wind.«

Høg sammelte das Holz auf, das Brian für ihn aufgestapelt hatte. Er balancierte die Ladung auf seinem Rücken aus und ging zum Hof zurück.

6

Am 9. Juli 1492 berief Papst Innozenz VIII. den Benediktiner Martin Knutsson zum Bischof von Gardar.

Vielleicht ist diese päpstliche Tat, wie es im päpstlichen Schreiben hieß – »navis aliqua ab octuaginta annis non creditur applicuisse« –, darauf zurückzuführen, dass in den letzten achtzig Jahren keine Schiffe in Grönland gewesen waren, eine Tatsache, die jedem kirchlichen

Oberhaupt ein schlechtes Gewissen bereiten musste. Seit undenklichen Zeiten hatte das Bistum keinen Besuch von seinem Bischof gehabt, und das bedeutete, dass keine Priester gebührend tätig sein oder die Sakramente der Kirche verwalten konnten.

Am 9. Juli 1492 saß Høg Buesson mit seiner Frau Katla, der Ohrlosen, vor dem Kuhstall, aus dem man gerade die beiden arg mitgenommenen Kühe hinaus in die Sonne getragen hatte. Høg blickte missmutig auf die mageren Geschöpfe, die mit schmerzenden Gelenken herumstapften und ihre steifen Beine zu bewegen versuchten. Es war nur eine vage Hoffnung, dass sie den Sommer überlebten, denn obwohl das Frühjahr ungewöhnlich viel Regen gebracht hatte, war die Erde nicht in der Lage, die Nässe zu halten. Die Wiesen um den Hof waren bereits verdorrt und völlig ohne das saftige Gras, das die Kühe brauchten.

Høg wusste nichts von dem päpstlichen Schreiben. Er hatte schon lange aufgehört, sich um die Welt außerhalb von Grönland zu kümmern. Die war weit und unerreichbar und beeinflusste nicht das Leben der Nordländer. Viele Jahre hatten er und andere grönländische Bauern auf eine Wiederaufnahme der Verbindung mit Norwegen gehofft, jetzt hoffte niemand mehr. Die Welt hatte Grönland den Rücken zugewandt, und auch der neu berufene Bischof kam niemals in sein Bistum.

Ohne Katla anzusehen, sagte Høg: »Wenn die Kühe den Sommer überleben, müssen wir die Stube als Stall für den kommenden Winter nehmen.«

Katla gab keine Antwort, denn Høg wusste, was am besten für die Tiere war. Vielleicht war es ja gar nicht so übel, Stall und Wohnraum zusammen zu haben. Die Tiere gaben Wärme ab, die den Menschen zugute kommen konnte. Aber wenn die Kühe ins Haus sollten, dann musste der Webstuhl hinaus. In diesem Falle sollte er zurück in Svavas Raum gebracht werden, der früher die Webstube gewesen war. Und dann musste Svava zurück in den Skáli, ob sie wollte oder nicht. Katla seufzte sorgenvoll und zog sich ihre Straußenkappe zum Schutz vor der Sonne tiefer ins Gesicht.

Høg wühlte mit der Hand in der Erde. Die Erdkrume war trocken und hart, und eine graue Staubwolke fiel aus seiner Hand, als er die Erde zwischen den Fingern zerkrümelte.

»Wasser.« Er sagte es sehnsüchtig. »Wenn wir doch nur Wasser hätten. Vielleicht sollten wir es mit einer Berieselung aus dem Fluss versuchen. Das ist denen in Brattahlíð geglückt.« Er sprach mehr mit sich selbst als zu Katla. Sie verstand nichts von Bewässerungsanlagen. Ihre Sorge galt Svava, die sich im Laufe des Winters verändert hatte. Sie schäumte fast über vor Lebensfreude: Sie war die Erste am Herd und sang, während sie die Glut anfachte, die sich die Nacht über unter einer Schicht von Miesmuschelschalen und Grassoden gehalten hatte. Sie sang so laut, dass alle im Haus wach wurden. Und bevor die Mägde aus den Betten waren, hatte sie Brei, Milch und Dickmilch aufgetischt. Sie lachte über die verschlafenen Gesichter der Mägde, und die mussten über ihre Fröhlichkeit mitlachen. An solchen Tagen war sie wie ein übermütiges Fohlen im Frühling, machte hohe Sprünge und rollte den Abhang zum Fjord hinunter oder tanzte auf der Wiese um den Mönch herum. Brian musste ihre

Neckereien erdulden, die ihm das Herz aber leicht machten, denn er hatte sie sehr gern.

Aber dann gab es Zeiten, in denen sie von einer beunruhigenden Wehmut ergriffen wurde. Dann fühlte sie sich ungeliebt und verspürte keine Lebenslust. Brian tröstete sie, so gut er konnte. Er hörte geduldig zu, wenn sie ihr tristes Schicksal als junge Frau in einem Land ohne junge Menschen beweinte. Und er beklagte sich bei Katla darüber, dass es in Grönland keine Nonnen des Benediktinerordens mehr gab. Ein Aufenthalt bei diesen frommen Frauen hätte Svava gut getan.

Katla hatte versucht, mit Høg über Svavas Situation zu reden, aber er hatte nur den Kopf geschüttelt und etwas gemurmelt wie »die Natur der Frauen, die genauso wechselhaft ist wie das Wetter in Island«.

Katla blickte auf zu Høg und legte eine Hand auf sein Knie, um seine Aufmerksamkeit auf sich zu ziehen.

»Sie ist erwachsen, Høg«, sagte sie leise.

Høg sah mit zusammengepressten Lippen auf die Wiese. »Wenn wir eine tiefe Rinne durch den Hügel graben, gibt es vielleicht genug Gefälle, um die untere Wiese zu überspülen«, sagte er. »Aber erst einmal muss ich neue Spaten anfertigen, denn die aus Rentiergeweihen taugen nicht für eine solche harte Arbeit.«

»Sie beginnt ihr eigenes Leben zu leben«, fuhr Katla fort.

Høg schaute sie verwirrt an. »Wer?«

»Svava.«

»Was ist mit ihr?«

»Sie ist erwachsen. Siehst du das denn nicht? Wir müssen für sie einen Mann finden.«

Høg lachte. »Einen Mann? Was in aller Welt sollte sie mit einem Mann anfangen?«

»Als ich in ihrem Alter war, da bin ich viele Jahre Sklavin eines Mannes gewesen. Ich war schon als Elfjährige versprochen und sollte verheiratet werden, wenn ich vierzehn Jahre alt wäre.«

»Versprochen?«

»Er war Gerber in Arles und viermal älter als ich. Ein alter Mann, der schlecht roch.«

»Dann warst du vielleicht sogar froh, als du entführt wurdest?«

»Ich war entsetzt.« Katla strich über ihren selbstgewebten Kittel. »Die Araber waren für ihre Grausamkeit gegenüber Frauen berüchtigt, und ich war nahezu bewusstlos vor Schreck, als ich in der Tonne lag. Aber sie rührten mich nicht an. Vielleicht weil ich noch so jung war oder einen besseren Preis als Jungfrau erbringen würde. Erst zwei Jahre später verlangte mich mein Herr, und da war ich zwei Jahre jünger als Svava heute.«

Sie seufzte. »Es war dann auch nicht so schlimm, denn er verlangte nichts anderes von mir, als was der alte Gerber auch von mir verlangt hätte. Man gewöhnt sich an vieles«, sie lächelte Høg an, »sogar an die Isländer.«

Høg kratzte seinen rotblonden Bart. Eigentlich war Svavas Zukunft in Grönland nicht sonderlich viel versprechend. Egil hatte man entführt, und sie hatten die letzten drei Jahre keine Landsleute gesehen. Es schien alles in Auflösung begriffen, ein Zustand, der schon begonnen hatte, als sie im Land ankamen. Die westliche Besiedlung war Krankheiten und dem Druck der Inuit erlegen, und jetzt war vielleicht die östliche Besiedlung an der Reihe. Immer mehr »Schwächlinge« waren vom Norden in Frauenbooten und Kajaks ins Land geströmt. Sie waren überall, wie die Lemminge, doch ohne in Erscheinung zu treten. Einmal hatte er Inik gefragt, wo dessen Volk herkam, und dieser hatte geantwortet, sein Geschlecht käme von der nördlichen Westküste und einem alten Land, das er Akilineq nannte. Vielleicht war es Akilineq, das Land, das Leif der Glückliche entdeckt und Helluland, Markland und Vinland genannt hatte. Wenn es so wäre und die Inuit begonnen hatten, diese Länder zu verlassen, dann war wohl noch kein Ende abzusehen.

»Was meinst du, was für sie am besten ist?«, fragte er.

Katla schüttelte den Kopf. »Ich weiß nicht. Sie ist hier geboren und liebt Grönland wie wir anderen auch. Aber ich glaube, sie träumt von Norwegen und der großen Welt im Süden. Welche Möglichkeiten hat sie hier schon?«

Høg bedachte sich lange, bevor er antwortete. Er hätte gerne eine ganze Menge von Möglichkeiten aufgezählt, aber es fiel ihm keine einzige ein.

»Keine«, sagte er.

»Was machen wir also?« Katla nahm seine große Hand und wischte den Staub ab. Dann legte sie sie in ihren Schoß und verschränkte ihre Finger mit den seinen.

»Vor Moldes Familie habe ich keine Angst mehr«, sagte sie. »Die Sache ist vergessen, und niemand wird Ansprüche an ein altes und ohrloses Mädchen stellen.« Sie hob ihren Blick und sah hinaus über den Fjord, wo der Abendwind in dunklen Schatten übers Wasser jagte. »Aber den Hof zu verlassen, ist fast unmöglich. Ich liebe ihn, und ich liebe Grönland.«

Høg drückte ihre Hand. Auch er fühlte dieses Land

tief in seinem Herzen, die hohen, dunklen Berge, das tiefblaue Wasser der Fjorde mit seinen treibenden Eisbergen, den bläulichen Schild des Inlandeises und die kühle, klare Luft, die sich so herrlich einatmen ließ. Er konnte sich an dieser Schönheit, die ihn umgab, nicht satt genug sehen. Es war sein Land. Nicht erobert, denn es gab sich ihm hin, als er es nahm. Sein Land war es, seine Liebe.

»Wir reisen mit dem Mönch umher, um zu sehen, ob es bewohnte Höfe gibt«, sagte er. »Vielleicht findet Svava einen Mann, der ihr gefällt.«

»Und wenn sie keinen findet?«

»Dann gehen wir zurück nach Island«, entgegnete er.

7

Sie reisten langsam, denn sie hatten kein anderes Ziel, als die Welt zu erleben. Sie folgten den Küstenlinien, umfuhren größere Inseln und liefen in tiefe Fjorde ein, bis ihnen das Land Einhalt gebot. Immer gab es Neues zu sehen, denn nie waren die Länder gleich. Es gab keine zwei Berge gleicher Form oder Farbe, keine zwei Täler, die gleich waren, und jeder Fjord war wieder anders. Die Länder waren wie die Menschen, so schien es Arluk, aus demselben Stoff gemacht, aber doch ganz verschieden. Die ständigen Veränderungen während der Reise waren gut für Augen, die nur Kullorssuaq gesehen hatten. Tutigaq wurde wieder jung während der Reise. Viele Fertigkeiten, die er vergessen hatte, tauchten wieder auf, und er wurde deshalb von großem Nutzen.

Drei Jahre waren sie nun bald unterwegs, und immer noch waren sie voller Reiselust. Zwei Winter hatten sie in Iglus zugebracht, das war neu und spannend für die Jungen, aber für Tutigaq und Kungajuk etwas Altbekanntes. In diesen Wintern hatten sie ihre Reise fortgesetzt und viele Siedlungen besucht, die an der Küste verstreut lagen. Den dritten Winter beschlossen sie allerdings in einem Erdhaus zuzubringen, denn Isserfik und Niqi sollten ihre Kinder zur Welt bringen. Außerdem sehnte man sich auch ein wenig nach den Annehmlichkeiten eines Erdhauses und wollte die kalte und feuchte Zeit nicht wie sonst in den Zelten zubringen, bevor der Schnee fiel.

Das Haus wurde gebaut, bevor die Erde gefror. Die Frauen stachen dicke Grassoden aus und schleppten sie zu der von Tutigaq festgelegten Stelle. Die Männer stapelten die Soden und füllten Erde und kleine Steine in die Fugen. Sie legten Dachsparren aus kräftigem Treibholz auf und längliche, flache Steine zwischen die Sparren. Dann bedeckten sie das Dach mit Grassoden und Erde. Drinnen im Haus baute man Schlafpritschen, eine für jede Familie, und den freien Teil des Fußbodens bedeckte man mit Steinen.

Am ersten Abend im Haus, als man die Lampe aus dem Zelt hineinbrachte, waren sie alle freudig erregt. Sie aßen lange und legten sich zurück auf die Pritschen und ließen sich von der großen Stille umfangen, die einer guten Mahlzeit häufig folgte.

Tutigaq rülpste mit Würde und Nachdruck. Alle wandten sich ihm zu, denn das konnte die Einleitung zu einer Erzählung sein. Seine Augen waren halb geschlossen, fast verborgen hinter den vorspringenden Augenbrauen. Die Wangenknochen ragten heraus und machten das Kinn spitzer, als es eigentlich war. Von den Mundwinkeln und der Oberlippe wuchsen lange Bartsträhnen, die das Alter des Gesichts bestimmten. Er nickte, als würde er in Schlaf fallen, und murmelte leise, ohne die Lippen zu bewegen. Plötzlich zeigte er auf die Lampe.

»Qutdleq«, sagte er laut. Sie blickten alle hinunter auf die Lampe, deren Flamme klar brannte. »Qutdleq«, wiederholte er. »Grab. Ein Haus ohne Lampe ist ein Grab.« Er öffnete die Augen und blickte ernst in all die Gesichter ringsumher, die er sehr gern hatte: Urukase und Isserfik, die Enkelin, Allaq und ihre jüngere Schwester Panik, die Kungajuk gerade das Laufen gelehrt hatte, Arluk und Niqi, die nun wie Mann und Frau lebten und nach wie vor sehr miteinander beschäftigt waren. Sie lagen ganz hinten auf der Pritsche und hatten sich ein Fell über die Beine gezogen.

»Als ich das Wort Grab aussprach, tauchten viele Dinge in meinem Kopf auf«, sagte er. »Ihr wisst, wie viele Gedanken einen gleichzeitig beschäftigen können und sich dann etwas später beim Nachdenken um etwas Bestimmtes sammeln. Beim Wort Grab dachte man zuerst an Kajaka, dann an Akilineq, woher seine Vorväter stammten. Dann dachte man an Arluk, der ein Junge war, als er Geisterbeschwörer wurde. All dies sammelte sich zu der alten Erzählung über den großen Angakoq, der bei seinen Geisterbeschwörungen immer zu sagen pflegte, er wäre in Akilineq gewesen.«

Tutigaq blickte Arluk an, und dieser zog sich etwas von Niqis warmem Körper zurück, um dem Alten zuzuhören. Tutigaq rutschte an die äußerste Kante der Pritsche und streckte seine Hände über die Lampe. Alle starrten erwartungsvoll auf die alten Hände, die im Lampenlicht gelb wurden und deren Schatten an der Decke tanzten.

»Einmal sollte dieser Mann die Geister beschwören, und darum rief er seinen kleinen Sohn, weil er ihn auf den Schoß nehmen wollte. Genauso, wie Kajaka Arluk als Schoßkind hatte. Aber der Junge hatte Angst, und der Mann musste ihn sich greifen und mit Gewalt festhalten, bevor er die Beschwörung begann. Plötzlich sagte der Junge: ›Was ist das? Ich sehe einen Stern oben bei dem alten Grab fallen!‹

Der Vater antwortete: ›Wenn das alte Grab für dich leuchtet, wird dein Verstand klar werden.‹ Er hielt den Jungen dann gut fest, der auf seinem Schoß saß. Gleich darauf sagte das Kind: ›Was ist denn das? Die Gebeine im Grab beginnen sich zusammenzufügen.‹

Der Vater entgegnete nur: ›Wenn das alte Grab für dich leuchtet, wird dein Verstand klar werden.‹

Aber da wurde der Junge widerspenstig und rief wieder und immer wieder: ›Lass mich wieder auf die Pritsche, hörst du, lass mich los.‹

Aber der Vater sagte, er solle sitzen bleiben, und sofort darauf kam ein Gespenst aus dem Grab mit herunterhängendem Unterkiefer. Als es draußen am Hausgang war, fragte es: ›Auf welchem Weg soll ich hineinkommen?‹

Der Vater erwiderte: ›Durch den Hausgang‹, was das Gespenst auch tat. Es ging direkt zu dem Jungen, der fürchterlich erschrocken war und nur zurück auf die Schlafpritsche wollte. Als es sich ihm näherte, bemerkte er Madengeruch und wurde ohnmächtig, und der Bewohner des Grabes nahm ihn mit. Unten im Grab kam der Junge wieder zu sich und entdeckte, dass er ganz nackt war. Sein Wesen war verändert – wenn er nach Norden schaute, konnte er an der ganzen Küste entlangsehen. Dasselbe geschah auch, wenn er nach Süden schaute. Weil sein Vater gesagt hatte, ›erst wenn das alte Grab für dich leuchtet, wird dein Verstand klar werden‹, konnte er jetzt die ganze Welt überschauen!«

Arluk nickte bestätigend. Er war so von Tutigaqs Erzählung gefesselt, dass er nicht bemerkte, wie Niqi seinen nackten Rücken streichelte.

»Der Sohn des Geisterbeschwörers verließ das Grab. Er sah, wie sein Pelz mit ausgebreiteten Ärmeln durch die Luft geflogen kam, und als er die Hände nach oben streckte, flog er sausend auf ihn. Ebenso seine Hose und auch die Kamikken wurden ihm auf diese Weise angezogen. Als er in das Haus seines Vaters trat, war er ganz bleich, denn das alte Grab hatte ihm die Fähigkeiten eines Angakoq verliehen.

Später am Abend sagte sein Vater: ›Jetzt bist du ein größerer Geisterbeschwörer als ich geworden, und darum sollst du eine Geisterbeschwörung vornehmen.‹ Das Raschelfell wurde gebracht und die Lampen wurden gelöscht. Der Junge entdeckte ein Leuchten unter dem Dach und flog auf diesem Weg hinaus. Er sah seines Vaters Spur, die an der Küste entlang nach Akilineq führte. Nach einer Weile dann entdeckte er das hohe Land, das halb verborgen hinter einer Wolkenbank lag, und als er näher kam, sah er die Stelle, von der sein Vater gesagt hatte, hier sollte man aufsteigen, um in das alte Land zu gelangen. Er begann den Aufstieg, glitt aber immer wieder ab. Da stellte er fest, dass er seinen Mittelfinger wie eine Schwinge gebrauchen konnte.

Es war ein großes Land mit vielen Häusern, aus deren Fenstern ein heiteres Licht fiel. Die Häuser lagen oben und unten. Die oberen waren kleine Häuser, die unteren hatten alle drei Fenster. Die meisten Menschen gab es natürlich in den großen Häusern, und er schaute durch das Fenster in eines dieser Häuser hinein. Da saßen die Bewohner und unterhielten sich und lachten, ohne ihn zu bemerken. Den Platz am nördlichen Ende des Hauses nahm ein schielender Mann ein. Eines seiner Augen starrte den Jungen an. Dieser lief zu einem anderen Fenster, und das andere Auge des Schielers folgte ihm. Der Junge konnte sehen, dass zu den Füßen des Schielers eine Menge Drechselspäne lagen. Dann rief der Junge, ›schafft mir Kleider!‹ Und sofort kam jemand heraus mit Kleidern, die er anzog, bevor er ins Haus ging.

Sie fragten ihn, wo er herkäme, und er sagte: ›Aus dem fernen Osten, dort komme ich her!‹ Sie waren beeindruckt und sagten, dass er wohl ein großer Geisterbeschwörer sein müsste, und fingen an, über ihn zu reden. Während sie so redeten, blickte er ständig zu dem Schieler und den merkwürdigen gedrehten Spänen, die um dessen Füße lagen. Der Schieler sagte zu ihm: ›Warum starrst du mich die ganze Zeit an?‹ Der Junge erwiderte entschuldigend: ›Ich betrachte dich, weil die Späne bei deinen Füßen so seltsam sind.‹

Da nickte der Schieler traurig. ›Diese widerwärtigen Späne wollen mich nicht verlassen, weil ich nach dem Tode eines Verwandten arbeitete, bevor die Tabutage verstrichen waren. Darum bin ich ein schlechter Geisterbeschwörer für meine Siedlungsgenossen. Du aber, der du ein großer Angakoq bist, könntest du für uns ein klein wenig Fang beschwören?‹

Der Junge lächelte bescheiden. ›Man will es versuchen, obgleich man erbärmlich beschwört.‹ Bei dieser Antwort mussten alle lachen. Sie löschten rasch die Lampen, und der Junge rief seinen Kivingak an. Er hatte als helfenden Geist nämlich einen Eisberg, dessen Rückseite flach war. Auf dieser Fläche lag eine Menge Robben. Der Eisberg kam schnell näher, man konnte seine ebene Fläche erkennen.«

Tutigaq machte eine Pause und blickte Arluk eindringlich an, als wollte er ihm die Wichtigkeit des nun Folgenden einschärfen.

»In Akilineq pflegte man andere Gebräuche als wir. Wenn dort Fang beschworen wurde, war es Sitte, dass Eheleute vortraten und sich an den Händen hielten. Dann folgten die Junggesellen mit den Mädchen an der Hand. Als nun alle nach vorn getreten waren, näherte sich rasch der Eisberg mit den zahlreichen Robben, und der Junge wollte ihn gerade umstürzen, als er ein Mädchen vortreten sah; es hatte einen Angiak, ein in Heimlichkeit geborenes Kind, bei sich. Erst wollte er sie zurückhalten, dann aber dachte er, dass sie als Akilineq nicht zu seinem Volk gehörte, und ließ sie deshalb gehen. Aber im gleichen Augenblick drehte der Eisberg ihnen seine rechte Seite zu und ließ sie auf das Mädchen stürzen. Der Junge selbst versenkte sich in die Erde, und so geschah ihm nichts. Er hörte die Schreie der Menschen, als sie vom Eis zerdrückt wurden.

Traurig flog er zurück zum Haus seines Vaters und sagte, dort angekommen: ›Obgleich ich kein böser Mensch bin, habe ich mich doch falsch verhalten und vielen Menschen Verderben gebracht. Beleuchtet deshalb den Hausgang ganz bis zum Eingang hin.‹ Sie setzten ein Licht ganz nach außen, aus Furcht vor der Rache, die die Leute aus Akilineq senden würden.

Der Junge und sein Vater gingen hinaus und ließen die Peitsche knallen. Nachts hörten sie jemanden sagen: ›Lass mich ein wenig ins Haus kommen.‹ Es war der Schieler, der Angakoq gewesen war und der nun kam, um Rache zu nehmen. Aber sie knallten weiterhin mit der Peitsche, bis sich gegen Morgen die Stimme in der Ferne verlor. Fünf Tage hintereinander kam er wieder, aber am Ende des sechsten Tages verschwand er und blieb weg.«

Tutigaq blickte in die Runde, nachdem er seine Erzählung beendet hatte, und er stellte fest, dass viele eingeschlafen waren. Das freute ihn sehr, denn es ist für einen Berichtenden eine große Ehre, wenn die Leute während seiner Erzählung einschlafen. Das beweist, dass die Geschichte lang und nachdrücklich gewesen war und noch einmal erzählt werden konnte, weil die meisten ihren Schluss nicht mehr gehört hatten. Er stand auf und ging hinüber zum Fleischberg, der in einer Ecke beim Eingang lag. Er brach ein paar Rippen aus einem Robbenrumpf und nahm sie mit zur Pritsche. Zu Arluk, der noch wach war, sagte er: »Dies ist eine Erzählung über Akilineq, das alte Land, aus dem wir alle stammen. Und du solltest sie dir merken, denn vielleicht kommst du irgendwann in Länder, deren Gebräuche du nicht kennst.«

Arluk nahm die Rippe, die ihm der Alte reichte, und nagte das Fleisch ab. Als er fertig war, legte er sich dicht an Niqi, die ruhig schlief.

Lange nach dem Einzug bekam man Besuch. Eines Abends hörten sie die Hunde lärmen, und als sie nach draußen kamen, sahen sie in dem schwachen Licht zwei Schlitten, die auf dem Eis Halt gemacht hatten. Ein alter Mann kam vom Strand herauf. Als er nahe genug war, sahen sie, dass er unbewaffnet war und von weit her kommen musste. Sein Anorak aus Rentierfell reichte hinten fast bis auf die Erde, und seine Kamikken waren aus Rentierfell einfach zusammengenäht. Furchtsam näherte er sich Urukase und Arluk, die mit ihren Bögen in der Hand dastanden.

Auch Tutigaq kam aus dem Haus. Er ging auf den Alten zu und hielt beide Hände ausgestreckt, um zu zeigen, dass auch er unbewaffnet war.

Der Fremde sagte in einer Sprache, die der ihrigen sehr ähnlich war, dass er und seine Verwandten aus dem alten Land kämen. Zwei Jahre lang waren sie auf der Reise, ein Teil von ihnen war umgekommen, weil ihre Kenntnisse über den Fang von Seetieren nur gering waren. Sie kamen aus dem Landesinneren, wo sie von Rentierfang und Lachsfischerei gelebt hatten. Sie hatten von Stammesverwandten viel Gutes über dieses Land gehört, und als die Rentiere aus ihrer Gegend verschwanden, waren sie aufgebrochen. Sie kannten ein Kajak nur dem Namen nach, und keiner von ihnen hatte ein Umiak besessen, deshalb mussten sie im Winter mit Hunden reisen.

So erzählte der Alte aus Akilineq, und er und seine Verwandten wurden ins Haus geladen. Zu dem einen Schlitten gehörten drei Männer, zum anderen vier. Zu ihnen gehörten nur zwei Kinder.

Man legte sich dann doch zeitig am Abend zur Ruhe, denn die Fremden waren schon so lange auf dem Eis gewesen, dass die Müdigkeit sie überwältigte, sobald sie unter dem Dach waren.

8

Man machte am folgenden Tag viele Spiele mit den Fremden, und als der Tag zur Nacht und es wieder Tag wurde, waren sie nicht mehr fremd, weil man freundschaftlich miteinander gestritten und sich vergnügt hatte.

Zuerst natürlich hatte man, als die Gäste erwachten, gegessen. Es war eine herrliche Mahlzeit. Alles, was sie für den Winter aufgespart hatten, wurde aufgetischt, um die Neuankömmlinge zu ehren. Man begann damit, zwei ganze Robben zu zerlegen, um den schlimmsten Hunger zu stillen. Dann fütterte man die Esslust mit getrocknetem, gekochtem und fauligem Robbenfleisch, danach ging man über zu den Vögeln, unter anderem Alken, Dreizehenmöwen, Teisten und in Speck gekochten Königsfischen. Ohne viel Zeit mit Reden zu verschwenden, wurde dann eine halbe Seite Maktaaq vom Narwal aufgetischt sowie ein ganzer Weißfischschwanz, der den Sommer über gereift war. Zu diesem Leckerbissen aß man kleine Happen getrockneten Lachs, luftgetrocknetes Rentierfleisch samt dem Inhalt von Rentiermägen, gemischt mit Krähenbeeren. Eine gewaltige Mahlzeit war das, die sich lange hinzog. Man aß, bis allen die Zunge hochkant im Munde stand und die Bäuche fest und prall waren. Kungajuk leitete kraft seines Alters diese ungewöhnliche Einladung. Und die Leute aus dem alten Land stopften in sich hinein, als ob sie ein Fass ohne Boden wären. Isserfik und Niqi lachten über ihren gewaltigen Appetit und lockten weiterhin mit frisch gekochten oder gefrorenen Gerichten.

Man hatte zu einem gewissen Zeitpunkt eine Pause beim Essen einlegen müssen. Einige gingen hinaus, um sich ein bisschen ihres Mageninhalts zu erleichtern, um Platz für weiteres zu machen, andere fingen mit Fingerhakeln an. Arluk, der stärker war als ihm selbst bewusst, machte den Mittelfinger eines Fremden unbrauchbar, was viel Heiterkeit auslöste. Kinder und auch Männer und Frauen spielten Ajagaq, das Fangspiel, und hier zeigte sich Niqi besser als die anderen, sie stellte es jedoch bescheiden als Anfängerglück hin.

Noch etwas schwerfällig vom Essen, war man dann zur Landzunge hinausgegangen, wo sie sich in zwei gleichgroße Mannschaften aufteilten. Dort hatte man mit einer ausgestopften Robbe Fußball gespielt. Eine Mannschaft musste die Robbe hinaus aufs Eis zur nördlichen Küste hinausschießen, die andere über die Klippen hinaus zur südlichen Küste. Dieses Spiel nahm den Rest des Tages in Anspruch, und einigen der Teilnehmer, die meisten allerdings Männer, die sich beim Spiel mehr angestrengt hatten als die Frauen, musste man zurück zum Haus helfen.

Das Fußballspiel hatte sie hungrig gemacht. Man

machte sich wieder ans Essen. Diesmal wurde frisches Robbenfleisch und wurden in Scheiben geschnittene Robbenaugen serviert, bei deren säuerlichem Geschmack die Gäste vor lauter Genuss die Augen schlossen.

Auch diese späte Mahlzeit war gut gelungen. Die Menschen wurden schläfrig und schlapp und wollten sich am liebsten hinlegen. Da schlug ein Mann vor, er hießt Angortoq, das »Lösch die Lampe«-Spiel zu spielen, ein Spiel, von dem Tutigaq gehört hatte, aber weder er noch seine Familie hatten daran je teilgenommen.

Angortoq erklärte die Spielregeln, die einfach zu verstehen waren, und alle waren bereit, mitzumachen. Die Kinder wurden aus dem Haus gescheucht, und vor den Eingang hängte man ein Fell. Angortoqs Sohn wurde zum Fell gesetzt, um damit zu rascheln, damit die Geräusche im Haus in diesem Lärm untergingen.

Und dann wurden die Lampen gelöscht, eine nach der anderen. Im Dunkeln tappte man herum, bis man einen Partner des anderen Geschlechts fand, den man unter Gelächter und mit großem Fleiß beschlief. Das Haus war voller Geräusche, und die Jungen guckten neugierig unter dem rasselnden Fell hinein. Ein halberwachsenes Mädchen, das auch Angortoq gehörte, kroch hinein ins Dunkel, wo sie die Erwachsenen betastete und horchte, wer sich mit wem vergnügte. Auf diese Weise vertrieb man sich den größten Teil der Nacht und gewann ganz neue Freundschaften.

Als es im Zelt still wurde, weil es üblich ist, nach dem »Lösch die Lampe«-Spiel auszuruhen, wurden die Lampen wieder angezündet. Die Kinder krochen jubelnd ins Zelt, und ihr Gelächter füllte die Stille. Auch die Erwachsenen lachten. Denn jetzt bei Licht konnte man sehen, bei wem man gelegen hatte, und das war in vielen Fällen eine Überraschung.

Arluk hatte bei einer alten Frau mit Namen Musataq gelegen. Sie grinste mit ihrem zahnlosen Mund und sagte, dass sie wirklich nicht verstehen konnte, warum sie immer von den größten Fängern heimgesucht wurde. Sie war doch nur ein armseliges Hühnchen, das kein Fell mehr weichkauen oder feine Stiche für wasserdichte Kamikken nähen konnte. Aber vielleicht war sie immer noch brauchbar zwischen den Fellen, weil sie dort größere Erfahrung als die jungen Mädchen besaß. Sie hatte Arluk im Dunkeln erkannt, weil ihm ein Ohr fehlte, und darum hatte sie sich große Mühe gegeben und großen Genuss gewonnen, weil es vielleicht das letzte Mal war, dass man sie gebrauchte.

Arluk lachte laut über ihre Erklärung, und er reichte ihr ein Stück Rentierfleisch, das weiß vor Fett leuchtete. Man hatte es aufbewahrt, damit sie es mit ihrem Gaumen kauen könnte.

Am lustigsten war allerdings, dass ein Fänger, den man Katuaq nannte, bei seiner eigenen Frau gelegen hatte, ohne es zu merken. Trotz des Gelächters tat es den beiden doch ein kleines bisschen leid, weil ihnen ja irgendwie etwas Ungewöhnliches entgangen war.

Schon am Tag nach dem Spiel entschlossen sich die Gäste, den Winter zusammen mit Tutigaq und seiner Familie zu verbringen. Obgleich es schon spät im Jahr war, fing man sofort an, ihnen ein Gemeinschaftshaus zu bauen. Es war schwierig, Balken aufzutreiben, denn Treibholz war selten an dieser Küste. Man hatte in diesem Jahr keine Wale gefangen, deren Skelettteile das Hausdach hätten tragen können. Darum behalf man sich mit den Rudern des Frauenbootes und langen, flachen Steinen. Die Mittelpfosten in jeder der beiden Abteilungen des Hauses wurden aus aufgestapelten Steinen gebaut, und das Dach legte man aus unbehandeltem Robbenfell, das sowohl steif als auch kräftig war. Es wurde ein schwaches Dach, und die Kinder waren gehalten, nicht auf ihm herumzuspringen, bevor nicht das ganze Gebäude nach einem Schneegestöber in Schnee verpackt war.

Zweimal im Laufe des späten Herbstes wurde das Dach vom Wind abgedeckt. Das war ziemlich komisch. Denn gerade, als die Fremden warm und geborgen drinnen saßen und dem Wüten des Sturmes lauschten, hob sich das Dach an einer Seite, stellte sich hochkant auf und verschwand mit großem Spektakel. Der Wind nahm Schlaffelle und Hausgeräte mit, blies die Lampen aus und fuhr heulend herum und richtete unter den armen Menschen Verwirrung an. Die Gäste suchten bei den Wirtsleuten Schutz, und hier erzählten sie immer und immer wieder diesen lächerlich wirkenden Moment, in dem das Dach senkrecht gestanden hatte und nicht wusste, ob es sich wieder richtig legen oder mit dem Wind verschwinden sollte.

Als der Sturm nachließ, gingen sie hinaus, um das Dach und alles andere zu suchen, das verschwunden war. Man fand einige Felle, einen Nähkasten und ein Paar Schlaffelle, die in die Felsen geweht waren. Das Dach wurde mit den Zeltfellen repariert, die man mit großen Steinen beschwerte. Und bald war der Schnee da und blieb. Er fiel viele Tage lang und begrub das Land völlig unter sich. Nach dem Schnee begannen dann die großen Winterstürme, und da wurde das Dach von einer Schneeverwehung, die das Haus völlig zudeckte, sicher verankert.

Die Kälte war am schlimmsten in der dunkelsten Zeit; es war wegen des Mondlichtes und des klaren Wetters möglich, Robben an ihren Atemlöchern zu fangen. Aber die fremden Jäger brachten nur wenig Fleisch nach Hause. Arluk äußerte Inik gegenüber die Vermutung, es käme vielleicht daher, dass sie so viel gereist waren und deshalb ganz vergessen haben, wie man Robben unter dem Eis aufspürt. Es konnte auch sein, dass die lange Reise aus dem Land der Vorväter die Geduld aufgezehrt hatte, die gerade für diese Jagd so nötig war. Im Übrigen taten sowohl ihm als auch Urukase die Fremden leid. Sie versuchten ja, so gut sie konnten, zur Versorgung der Siedlung beizutragen. Frühmorgens zogen sie aus, und spät kehrten sie zurück. Vielleicht war ihr schlechter Fang auf eine Art Bescheidenheit zurückzuführen, meinte Urukase, die ihnen Mäßigung gebot, um ihre Gastgeber nicht zu übertreffen.

In diesem Winter waren viele Menschen am selben Ort zusammen, einem Ort, der Agdluitsok genannt wurde, und darum ging der Winter schnell vorüber. Man hatte sich viel zu erzählen, und wenn der Fang eine Zeit lang gut gewesen war, blieben die Jäger zu Hause, um zu reden und zuzuhören.

Die neuen Siedlungsgenossen konnten seltsame Dinge aus dem alten Land erzählen. Aber zu Arluks Verwunderung hatten sie nie von Heq oder Tewee-soo gehört. Dagegen berichteten sie von einem großen Totschläger, der einen Hundemenschen zur Frau gehabt hatte, aber seinen Namen nannten sie nicht, weil sie noch immer Angst vor seinem Geist hatten. Indianer kannten sie überhaupt nicht, denn sie kamen nicht vom großen Fluss, sondern aus einem Land, das nordöstlich von den Gebieten der Hundemenschen lag.

Arluk wusste, dass von diesen Menschen trotz ihrer langen Reise keiner sesshaft werden wollte. Und als der Winter vorbei war und das Eis sich von den Küsten löste und ins Meer hinauszutreiben begann, brach man auf. Das Umiak wurde mit Tieren und Menschen beladen, mit Zelten, Hausgeräten und Hunden, und es klangen viele freudige Rufe hinauf zur öden Wintersiedlung, wo die Häuser mit abgenommenen Dächern dalagen, damit sie der Sommerregen ordentlich reinigen konnte.

Das große Boot lag tief im Wasser. Aber es gab viele Ruderer, so viele, dass man neue Ruder aus den Dachsparren schneiden musste. Die Jäger aus dem Landesinneren verstanden nicht, im Kajak zu sitzen, und waren deshalb gezwungen, mit dem Frauenboot zu fahren, obgleich dies für einen erwachsenen Mann peinlich war. Es waren sechzehn Menschen an Bord, von denen sechs allerdings Kinder waren, sowie zweiundzwanzig Hunde und eine Menge Welpen.

Als sie den Fjord verließen, stellten sie fest, dass das Meer immer noch voller Treibeisgürtel und großer Eisberge war. Letztere hatten den Winter über festgefroren und auf Grund an den Küsten gelegen. Die Springflut hatte sie vom Grund angehoben und ins Meer befördert.

Eine Zeit lang ruderten sie im von Klippen umgebenen

Wasser und kamen so durch ein sehr schönes Land. Die Berghänge deckten große, leuchtende Schneeflecken, und an vielen Stellen blühten die frühen Frühlingspflanzen, die den Bergen schöne, kräftige Farben verliehen.

Auf Urukases Rat fuhr Arluk voraus, um den geeignetsten Weg durchs Treibeis zu finden. Die beiden anderen Kajaks blieben beim Frauenboot, um bei schwierigen Passagen durch das Eis behilflich zu sein.

Eine große Freude erfüllte Arluk zu Beginn dieser Reise. Niqi hatte zeitig im Frühjahr ein Mädchen geboren, so klein, dass sie Zweifel hatten, ob es überleben würde. Aber das Kleine hatte sich so gierig gezeigt, dass es sich innerhalb kurzer Zeit genauso groß getrunken hatte wie Isserfiks Kind, das nur einige Tage früher geboren worden war. Er fühlte tiefe Freude über das Kind, eine Freude so neu und unfassbar, dass er sie noch nicht begriff. Obgleich er sich gerade erst vor einem Augenblick vom Frauenboot entfernt hatte, konnte er es kaum erwarten, das kleine Gesicht wieder zu sehen, wie es aus Niqis Amaut herausguckte.

Er glitt durch das ruhige Wasser, um seine Ohren waren viele Laute. Das zischelnde Tröpfeln vom schmelzenden Eis, das Krachen und Schrammen, wenn die Eisschollen aneinander scheuerten. Das ferne Donnern eines Flusses, Vogelstimmen und das Plätschern am Bug des Kajaks beim Durchschneiden des Wassers.

Lange Zeit paddelte er ohne Schwierigkeiten durchs Eis. Und es war, als offenbarte sich ihm alles im Augenblick. Die Zeit war kein Begriff, sondern dieses kurze Jetzt, als lauschte er Tutigaqs Erzählungen. Sie lebten nur in dem Augenblick, wenn sie den Mund des Erzählers verließen. Danach waren sie nur etwas, an das man sich erinnern konnte. Und so wurde alles Bestehende zu Augenblicken: Kummer, Freude, Jagd, Kälte und Hunger oder Sattsein. Alles geschah im unendlich kurzen und unendlich langen Vorgang der Ereignisse. Zeit war etwas, das außerhalb von ihm war; dies begriff er jetzt nach der Geburt des Kindes. Er wusste, dass es eine Zukunft gab, aber sie war und blieb nur ein Wort. Was sie beinhaltete, wusste noch niemand. Sie kam wie der Tod und verschwand im Augenblick. Entweder wurde sie völlig aufgelöst, oder sie blieb zurück wie etwas, an das er sich erinnerte.

Arluk tauchte die rechte Seite des Paddels nicht ein und glitt um eine längliche Eisscholle. Alles war von den Geistern bestimmt, dachte er, auch er war ein Teil von ihnen. Um die guten Geister sollten sich die Menschen nicht kümmern. Sie waren da und verlangten nichts. Vor den bösen dagegen musste man sich hüten, und darum gab es die Tabus. Man sollte mit Silas, die in allem vorhanden war, auf gutem Fuß stehen. Tat man das, konnte man sein Leben ohne allzu viel Unglück leben.

Er nahm das Paddel aus dem Wasser und drehte sich nach dem Frauenboot um. Es lag weit hinter ihm, so weit, dass er keine einzelne Gestalt erkennen konnte. Tutigaq und Urukase paddelten dicht neben dem Umiak, und er vermutete, dass sie über die Männer im Umiak redeten. Ihn durchströmte eine Wärme, als er an Niqi und das Kind dachte. Auch wenn das Leben, so weit er zurückdenken konnte, Kampf und Leiden, unterbrochen von unfassbaren Augenblicken der Freude, gewesen war, so liebte er es zu leben. Jeder Tag war ganz und gar neu und unbekannt, und der Gedanke daran schenkte Befriedigung. Natürlich wiederholten sich gewisse Dinge immer wieder, aber sie wurden nie so ermüdend, dass man sie nicht ertragen konnte, denn ein neuer Tag machte sie trotz allem ein kleines bisschen anders.

Mit einem schwachen Seufzer begann Aruk wieder zu paddeln. Er beobachtete ständig, was um ihn herum geschah, wenn er auch immer noch voller Gedanken war. Er war gerade in ein breites Stück offenes Wasser geglitten, als ein lautes Donnern durch den Fjord rollte. Schnell drehte er sein Kajak zu dem Geräusch hin.

Ein Eisberg mit zwei schlanken Spitzen war geborsten. Er sah, wie eine Spitze aus dem Eisberg brach, und kurz darauf hörte er das gewaltige Platschen, als das Eisstück ins Wasser fiel und Kajaks und Frauenboot mit sich in die Tiefe riss. Er paddelte wie ein Rasender zum Unglücksort, und voller Entsetzen sah er, wie der große Eisberg herumrollte und kenterte, sah die andere Spitze abbrechen. Die Flutwelle traf quer auf den Bug seines Kajaks und warf es um. Er richtete sich schnell wieder auf und fuhr weiter zum Eisberg, der hin und her schwankte.

Es gab nur wenige Wrackreste, als er zu der Unglücksstelle kam. Verzweifelt paddelte er hin und her, bis die Körper nach und nach aufschwammen. Er band die Toten mit seiner Vorleine zusammen und schleppte sie an Land. Dort zog er sie auf den steinigen Strand, so hoch, dass das Gezeitenwasser sie nicht erreichen konnte. Zweimal fuhr er wieder hinaus, um nach Toten zu suchen, und abgesehen von den beiden Fremden sowie Isserfik und ihrem Neugeborenen brachte er alle seine Siedlungsgenossen an Land. Keiner hatte überlebt – bis auf zwei Hunde, die zu einer Klippe geschwommen waren, auf der sie nun saßen und kläglich winselten.

Die meisten der Leichen waren vom Eis schlimm zugerichtet, es war ohne Vorwarnung auf sie gestürzt. Der Tod war leicht und gut gewesen, denn es war ein schöner Tag, an dem der Fjord schön und die Menschen glücklich gewesen waren.

Arluk begrub die Menschen aus Akilineq ein Stück vom Strand entfernt. Er bedeckte sie mit flachen Steinen, damit sie kein Tier erreichen konnte. Seine Familie trug er am Strand entlang, einen nach dem anderen, zu einer Grotte unter einer überhängenden Felsnase. Von hier konnte man weit in den Fjord hinausblicken, bis zum großen Gletscher im Osten. Und hier war es trocken und immer schattig. Er legte die Familie eng zusammen. Zuerst den alten Tutigaq und seine Frau Kungajuk. Dann seinen Schwager Urukase und die kleine Allaq. Isserfiks Zweitgeborenes legte er Kungajuk auf die Brust, damit das Kind einen geliebten Begleiter auf der unbekannten Reise hatte. Schließlich kamen Niqi und das Kind, das immer noch in ihrer Kapuze war. Er weinte leise, als er seine kleine Tochter von Niqis Rücken auf ihre Brust legte.

Nachdem er die Leichen in die Grotte gebettet hatte, holte er, was an Waffen und Frauensachen an Land getrieben wurde. Er fand Urukases Vogelspeer und seine große Harpune, Niqis Nähkasten und viel Fellbekleidung. All dies legte er zu den Toten, damit sie nicht mit leeren Händen in Aadlee, dem Land der Toten, ankamen.

Während er diese Arbeit verrichtete, schob er die

Trauer von sich. Aber als das Grab mit großen Steinen verschlossen war, überfiel ihn die Trauer wie nagender Hunger, der gestillt werden musste. Er setzte sich vor die Grotte, von Einsamkeit umgeben, und ließ seinen Tränen freien Lauf. Bald spürte er, wie die Trauer zu wilden Schreien wurde, die er ausstieß.

Vier Tage blieb er bei der Grotte. Er rief die Geister an und folgte seiner Familie auf der vier Tage dauernden Reise nach Aadlee. Drei Länder mussten sie durchqueren, Länder, in denen der Himmel so niedrig war, dass sie nicht aufrecht gehen konnten. Diese Länder waren voller Seelen, die sich entweder verlaufen hatten oder nicht berechtigt waren, in das vierte und letzte Land zu gelangen, in dem ewiger Sommer herrschte und Überfluss an Wild.

Erst am vierten Tag erhob er sich und ging hinunter zum Kajak, das er auf den Strand gezogen hatte. Er holte die Hunde, die immer noch auf der Klippe standen, band ihnen die Beine zusammen und legte einen aufs Vordeck, den anderen aufs Achterdeck. Dann paddelte er hinaus aufs Meer, vorbei an der letzten Wintersiedlung, und nahm Kurs nach Norden.

9

Die ersten Tage nach dem Unglück fühlte Arluk nichts. Die Trauer hatte er herausgeweint, die Toten begraben, und er selbst war nur Körper, der unermüdlich nach Norden paddelte. Er sah das Land nicht, das hinter ihm verschwand, sah weder Meer noch Himmel. Sein Blick war auf den Horizont geheftet, ohne etwas Bestimmtes im Auge zu haben.

Der Verlust der Familie legte sich wie eine schwere und undurchdringliche Kapsel um sein Gemüt. Seine Gedanken verließen die bekannte Welt und suchten die beschützende, die die Geister ihm gezeigt hatten. Er wurde Sérrassoq, ein Bittender, der sich an Kajakas Seele wandte und um Glück für sein totes Kind bat. Er entblößte sein Haupt, zog die Anorakkapuze herunter, und ihm wurde Serrat eingegeben, weil er dem Schrei einer Eisente lauschte. Immer wieder sprach er seine Bitte in einem halb singenden Tonfall.

Warum er nach Norden fuhr, wusste er selbst nicht. Denn sein Weg führte südwärts in unbekannte Länder. Seine Reise war die eines Weltumfahrers, wie Tewee-soo es ihm durch Kajaka aufgetragen hatte. Dies war die Bestimmung seines Lebens. Darum hatte er früher als jeder andere Einsicht als Angakoq erhalten, darum hatte er Fangglück und Kraft erhalten.

Die Leere in seinem Innern wich langsam. Er wurde wieder aufmerksam und spürte, wie die Sinne begannen, sein Hirn zu erhellen.

Die Hunde winselten und wimmerten. Sie lagen immer noch festgebunden und hatten Hunger und Durst. Er selbst hatte einen steifen Rücken und schmerzende Armmuskeln. Er spürte die Müdigkeit wie ein leichtes Schwindelgefühl, und er ging an Land auf einer Insel dicht vor der Küste. Hier band er die Hunde los, und sie gingen sofort auf die Jagd nach Vogeleiern und was es sonst noch an Fressbarem gab. Im Laufe des Nachmittags erlegte er mit seinem Vogelspieß einige Eidergänse aus einem Zug, der niedrig über die Insel hinstrich.

In dieser Nacht schlief Arluk gut. Er wachte auf, als einer der Hunde sein Gesicht schleckte, und er sah, dass ihre Schnauzen rot waren. Er vermutete, dass sie wohl ein paar Häschen gefangen hatten. Er sprach mit ihnen und vergrub seine Finger in ihrem dicken Fell, und die großen Hunde wedelten und jaulten vor Freude.

Die Insel, auf der er übernachtet hatte, lag etwas nördlich von der Einfahrt in die Bucht, die heute Baffinbai genannt wird. Arluk kannte die Route innerhalb der Klippen, und er fuhr ohne Unterbrechung direkt nach Kullorssuaq. Mehr als drei Jahre war er fort gewesen, und seine früheren Siedlungsgenossen waren glücklich über seine Heimkehr, denn seit seiner Reise war kein Geisterbeschwörer am Ort gewesen. Sie lauschten seinem Bericht und weinten, als er von der Katastrophe erzählte.

Nur einige Tage blieb Arluk bei ihnen. Er besuchte Sardlia, die kleine Insel, auf der Kajaka oft gesessen und nach Walen Ausschau gehalten hatte, und dort draußen verstand er, warum er nach Norden gefahren war. Er musste die Grotte aufsuchen, in der Tewee-soo und ihre Enkelin zurückgelassen worden waren. Er wollte diese fernen Verwandten anrufen und sie um Rat befragen, bevor er die lange Reise begann.

Als er in der Siedlung von seinem Beschluss erzählte, äußerte man Bedenken und riet ihm ab, weiter nach Norden zu reisen. Keiner kam lebend über die große Bucht, denn die alte Frau und ihre Tochter bewachten diese genau. Noch einmal baten sie ihn, in Kullorssuaq zu bleiben, denn diese Siedlung war seine Heimat, und sie brauchten ihn. Arluk versprach ihnen, dass er eines Tages zurückkehren werde. Es würde Jahre dauern, aber wenn er lebte, würde er irgendwann zurückkommen und sich bei ihnen niederlassen. Einer der älteren Fänger erzählte Arluk, was er von der Frau in der Grotte wusste. Er nannte sie nicht Tewee-soo, sondern Pusingmak, das war ein Inuit-Name, und er meinte, dass es die Alte war und nicht die Enkelin, die die Fähigkeit besaß, sich zweizuteilen. Außerdem sagte er, dass die Frau mit einem schwarzen Bären verheiratet gewesen und die Tochter von diesem gezeugt war. Wenn Arluk so hoch in den Norden käme, dass er die Grotte fand, sollte er ihr nur nicht zu nahe kommen. Denn die Tochter, die halb Bär war, würde ihn sonst auffressen. Zuerst würde er empfangen werden und sehr gutes Essen bekommen. Und dann würde er die Nächte mit der schönen Tochter verbringen. Eine Nacht jedoch würde er zwei Mädchen auf der Schlafpritsche vorfinden, und dann würde er mit dem alten Weib liegen, das sich zweigeteilt hätte. In dieser Nacht würde sich die Tochter in einen Bären zurückverwandeln und ihn mit der rechten Pranke töten, und das zeigte, dass es sich um keinen gewöhnlichen Bären handelte, denn es ist bekannt, Bären sind Linkshänder. Wenn er tot war, würde sie einen Teil von ihm auffressen und den Rest für ihren Vater aufbewahren. Den schwarzen Bären würde er nicht zu Gesicht bekommen, denn er war ein Geist, der sich nur den allergrößten Geisterbeschwörern zeigte.

Arluk hörte sich diese Geschichte schweigend an. Er versuchte keine Einwände und gab nicht zu erkennen, dass er den schwarzen Bären bereits auf einem Geisterflug gesehen hatte. Er erkundigte sich, ob sie Frauen entbehren konnten, aber es war nicht der Fall. Wie er selbst wusste, hatten sie vor Jahren ganz kleine Mädchen wegen einer Hungersnot ausgesetzt. Jetzt gab es überhaupt keine jungen Mädchen mehr, und noch dazu war unter den Frauen eine, die zwei Männer hatte.

Arluk setzte seine Reise fort. Der Sommer war jetzt auf seinem Höhepunkt, und bei schönem Wetter paddelte er an der Küste der gewaltigen Bucht entlang. Hin und wieder ging er an Land und stieg auf hohe Berge, aber nie sah er das Ende der Bucht im Norden. Es gab nur vereinzelt Treibeis mit vielen Eisbergen, weil überall Gletscher kalbten. Er kam schnell voran. Die Hunde hatte er in Kullorssuaq zurückgelassen, um sie später zu holen. Eines Tages sah er eine grottenähnliche Öffnung in den Bergen, er fuhr darauf zu, um sie näher zu untersuchen. Als er an den Klippen vor der Küste anlegte, entdeckte er ein Fleischgestell, unter dem einige magere Hunde lagen und sich von der Sonne wärmen ließen. Ein Stück weiter zur Grotte hin war ein Erdhaus. Es war alt, so alt, dass das Dach und seine Vorderseite mit Heide und Gras bewachsen waren. Nördlich vom Haus reichte das Inlandeis bis ans Meer und schickte in kurzen Abständen große Eisbrocken mit dumpfem Dröhnen ins Meer. Südlich vom Haus fiel ein reißender Bach aus dem Berg, und sein zerstäubendes Wasser schimmerte in vielen Farben im starken Licht.

Arluk blieb lange in seinem Kajak sitzen. Er hatte keine Angst vor dem Haus und der Grotte, denn er fürchtete den Tod nicht. Er fühlte sich hingerissen und überwältigt bei dem Gedanken, dass dies die Grotte zwischen dem

Fluss und dem Gletscher war, wo man Tewee-soo zurückgelassen hatte. Er fühlte die Verwandtschaft mit dieser Frau ganz stark, und er befürchtete, dass die Grotte leer sein könnte.

Zuerst untersuchte er das Haus. Es war leer, aber er konnte sehen, dass Tran in den Lampen war und der Wassereimer an diesem Morgen mit Eis gefüllt worden war. Er ging aus dem Haus und kroch über die Felsen zur Grotte. Auch sie war leer. Sie verlor sich im Dunkel, und als er hineinrief, verhallte sein Ruf in der Tiefe. Etwas enttäuscht setzte er sich in die Öffnung der Grotte, und eine Müdigkeit überfiel ihn und ließ seine Glieder schwer werden. Er zog die Kapuze über den Kopf und legte sich hin.

Der Traum war Wirklichkeit, oder war auch die Wirklichkeit ein Traum? Später konnte er es nicht erklären, denn beides war gleichermaßen wahrscheinlich. Sein Körper lag wie damals an dem ausgetrockneten Wasserloch in der Ebene. Die Seele verließ ihn und begann, nach den Vorvätern umherzustreifen. Er kam nach Akilineq, flog durch die Luft zum großen Fluss, wo »die Schieler, die in Längsrichtung zwinkern« wohnen. Er traf bei Sturm auf Menschen, auf Sturmläufer, deren Gesichter einen roten Widerschein des Flusswassers trugen, und er traf Akigsiaq, der sowohl Küsten- als auch Binnenlandbewohner war, Inuit und Hundemensch. Er stand am Flussufer bei einem Mann, der damit beschäftigt war, ein Boot zu bauen. Neben dem Mann lag ein großer Haufen Muschelschalen, mit denen er das Holz bearbeitete. Sein erwachsener Sohn, der neben ihm stand, war ein Kind gewesen, als er mit dem Bau des Bootes begonnen hatte.

Und Arluk reichte ihm das Messer, das er aus dem Metall des Steines im ausgetrockneten See hergestellt hatte. Dieses Messer gab er jetzt dem Mann, weil dieser ihm leid tat und er gerne wollte, dass dessen Boot fertig würde, bevor er starb.

Er bewegte sich in dem, was gewesen war, dem, was nur Gedanken und Worte war, und kam zurück zu seinem Körper. Er stieg über seinen Körper und ging in die Grotte auf ein strahlendes Licht zu. Dort saß eine alte Frau hinter einem großen Feuer aus Heidereisig. Sie lächelte ihn an und war dadurch ohne Alter. Die Haut lag straff auf den hohen Wangenknochen, und ihre dunklen Augen hatten eine andere Form als die der Inuit. Sie nahm seine Hand und zog ihn zu sich hinunter. Sie war nackt und führte seinen Kopf sanft an eine ihrer Brüste. Die war groß und prall, und sein Mund suchte eifrig die lange, braune Brustwarze. Er trank so lange, bis er müde wurde und schließlich einschlief.

Als er aufwachte, war er in seinem Körper außerhalb der Grotte. Seine Glieder waren steif von der Nachtkälte, und als er den Kopf hob, sah er zwei Frauen, die ein Stück von ihm entfernt hockten. Er stand auf und ging, so würdig es ihm möglich war, mit seinen steifen Beinen hinunter zum Haus. Die Frauen folgten ihm. Als er durch den Hausgang kam, sah er, dass die Lampen brannten und Fleisch im Topf kochte. Er setzte sich auf die Pritsche und betrachtete neugierig die Frauen, die durch den Hausgang ins Haus gekrochen kamen. Eine war alt, die andere jung. Er streckte ein Bein aus, um sich die Kamikken ausziehen zu lassen, denn ihm war kalt vom Nachtfrost, der sehr streng war, wenn die Sonne von den Bergen verdeckt wurde. Die jüngere Frau zog ihm die Stiefel aus und schob das Fell von ihrem Bauch. Dann legte sie seine Füße auf ihre warme Haut.

Die Alte reichte ihm Fleisch. Und während er aß, redete sie. Erst ängstlich, aber bald eifrig, als er ihr aufmunternd zugenickt hatte. Sie und ihre Tochter waren in den Bergen gewesen, um gefrorene Blaubeeren zu pflücken, die besonders süß werden, wenn sie etwas Nachtfrost bekommen. Sie haben ihn überhaupt nicht kommen sehen und ihn deshalb auch nicht willkommen heißen können. Sie selbst war Witwe seit dem Winter. Das Eis hatte ihren Mann genommen. Er war eines Morgens hinausgegangen, aber nie heimgekehrt. Sie und ihre Tochter hatten sich von den Depots ernährt, die ihr Ernährer angelegt hatte, und von dem, was sie vom Strand aus fischen konnten. Sie blickte Arluk verlegen an, als sie fortfuhr: »Man begriff, als man dich bei der Grotte sah, dass ein Angakoq pulik zu Gast bei uns ist. Wir hörten dich die Geistersprache sprechen und wussten, dass dein Körper ohne Seele war. Wir lauschten und waren eingeschüchtert, weil wir bisher noch nie einem Geisterbeschwörer begegnet sind.«

Sie schwieg, und Arluk betrachtete sie aufmerksam. Sie war alt und verbraucht, und er sah in ihrem Blick, dass sie bereit war für den Tod. Das Gesicht war mit einem Netz von Runzeln bedeckt, und der eingefallene Mund und tiefe Furchen auf den Wangen verrieten, dass ihr die Zähne fehlten. Das Haar war dünn an den Schläfen, weil es ein ganzes Leben lang zu einem Knoten auf dem Kopf gestrafft war. Sie spürte seinen forschenden Blick und neigte den Kopf zu Boden. Arluk sah sie weiter an. Er dachte an die Würde, die in ihren Worten gelegen hatte, und er sah die Schönheit, die dieser alte Mensch ausstrahlte. Als sie ihren Blick wieder hob, bemerkte er, dass sie schöne Augen hatte. Er lächelte und nahm das Fleisch, das sie ihm anbot, dankend entgegen. Dann richtete er seinen Blick auf das junge Mädchen. Hier war die Süße der Jugend in dem runden Gesicht. Ihr Haar war aufgelöst und lag wie zwei schwarze Flügel über ihren Wangen. Obgleich sie mager war, so war sie doch sehr anziehend. Er bewegte die Zehen an ihrem Bauch, und sie musste lachen. Verlegen wandte sie ihr Gesicht ab, und er dachte, dass er doch ein glücklicher Mensch war, der zu diesem Haus unter der Grotte gekommen war.

»Es ist so«, sagte er zur Witwe, »dass in jemandes Kajak etwas Robbenleber und anderes liegt, das vielleicht von Menschen gegessen werden könnte, die nicht verwöhnt sind.«

Die Witwe stand auf. Sie begriff, dass er ein wenig allein mit der Tochter sein wollte. Darum kroch sie durch den Hausgang hinaus und entfernte sich mit viel Lärm vom Haus. Als sie etwas entfernt war, schlich sie sich wieder zurück und setzte sich unter das Fenster aus Darmhaut, dorthin, wo die Geräusche aus dem Haus am deutlichsten zu hören waren.

Sie hörte Arluks und kurz darauf auch Pipaluks Stimme. Dann hörte sie das Lachen beider, eine lange Stille, das Knarren der Pritschenbretter und einige unterdrückte Schreie. Bald dann kamen die vergnüglichen Laute, die sie von früher kannte. Sie seufzte erleichtert und schlich lautlos hinunter zum Kajak, wo sie die erwähnten Delikatessen fand, und sie nahm sich viel Zeit, diese hinauf zum Haus zu bringen.

Sie fand Arluk und ihre Tochter nackt auf der Schlafpritsche. In Pipaluks Augen sah sie, dass er gut zu ihr gewesen war und verstanden hatte, dass sie vorher noch nicht mit einem Mann zusammen gewesen war.

Eine lange Zeit verbrachte Arluk auf der Pritsche. Er konnte von Pipaluk nicht genug bekommen, sie war so anders, als Niqi gewesen war. Ihre Brüste waren rund und fest wie ihre Schenkel und ganz ohne die Schwere, die von Geburten herrührt. Ihre Haut war warm, glatt und faltenlos, wie es bei jungen Frauen so ist. Sie lachte sehr gerne, und auch wenn er ernst mit ihr redete, lag ein Lächeln in ihren Augen. Nach einigen Tagen war ihm, als wären sie immer zusammen gewesen, und wenn Arluk auf Fang ging, begleitete ihn Pipaluk in seinen Gedanken. Sie war immer bei ihm, und es wunderte ihn, dass die Liebe zu einer Frau so stark sein konnte.

Den Winter verbrachte Arluk bei den beiden Frauen an der Grotte. Er versorgte sie gut, und bevor noch die Frühlingssonne sich über dem Eis zeigte – die Zeit, die die Menschen Upernegaaksaq nennen, den allerersten Beginn des Frühlings –, sagte ihm Pipaluk, dass sie schwanger war.

Die Witwe Arnaq, die die Tabuvorschriften gut kannte, instruierte ihre Tochter bei dieser Neuigkeit genau. Sie erklärte ihr die Notwendigkeit, durch den Hausgang rasch hinaus- und hineinzukriechen, damit die Geburt leicht und rasch verlaufe. Sie band zwei Puppenamulette fest unter ihre Achseln, damit der Fötus sich leicht tragen ließe. Wenn sie einen Jungen haben wollten, musste Pipaluk stets die Haut einer Heringsmöwe bei sich tragen, in die ein Fuchspenis eingenäht war. Außerdem durfte sie während der Schwangerschaft nie solche Tiere essen, denen durchs Herz geschossen worden war, und nie ohne Fausthandschuhe ausgehen.

Pipaluk, die sich ein wohlgestaltes Kind wünschte, war sehr darauf bedacht, all dies genauestens einzuhalten. Sie wollte Arluk einen Sohn schenken, den er zum Jäger erziehen und in die Welt der Geister einweihen konnte.

Dann wurde Arnaq krank. Sie bekam starke Schmerzen im Unterleib, und ihr war sehr heiß. Viele Tage lag sie ohne Bewusstsein, und Arluk wies Pipaluk an, ihn zu schnüren, und er unternahm einen Geisterflug, um die Seele seiner Schwiegermutter zu finden und zurückzubringen. Er litt während der Beschwörung große Qualen und kam weit umher. Aber als die Riemen wieder gelöst wurden, die sich tief in sein Fleisch eingeschnitten hatten, schüttelte er den Kopf.

»Ihre Seele ist an einem Ort, wo ich sie nicht erreichen kann«, sagte er. »Meine helfenden Geister wissen nichts, und der schwarze Rabe, mein Tornaq, sagt, dass die Seele nicht mehr zurückkehrt, um zu bleiben.«

Arnaq war erwacht und hatte seine Worte gehört. Sie lag mit offenen Augen, mit Fellen zugedeckt, denn teils fror sie, dass ihr Körper zitterte, teils schwitzte sie. Flüsternd sagte sie: »Man ist bereit für den Tod. Man wünscht ihn jetzt, wo die eigene Tochter einen Ernährer bekommen hat.« Sie lag ein wenig und rang nach Luft. Sie konnten sehen, dass die Schmerzen groß und kaum auszuhalten waren.

»Fahr mich hinaus aufs Eis, Arluk«, bat sie. »Ich wünsche, mit Würde zu sterben.«

Arluk versuchte, es ihr auszureden. Er hatte die alte Frau inzwischen lieb gewonnen. Er schlug vor, noch einen Geisterflug zu versuchen, vielleicht würde er beim nächsten Mal mehr Glück haben. Aber sie schüttelte den Kopf.

»Man selbst ist ohne Bedeutung«, flüsterte sie den beiden zu. »Ein Enkel wird geboren, man ist zufrieden.«

Arluk fuhr Arnaq hinaus aufs Eis. Er fuhr mit den sechs Hunden der Witwe, die er den Winter über aufgepäppelt hatte. Arnaq lag auf dem Schlitten mit offenen Augen. Die Kälte kühlte ihren heißen Kopf, und sie fühlte sich ein wenig besser. Sie sagte etwas, das Arluk nicht verstand, und er beugte sich zu ihr hinunter, um ihre Worte aufzufangen.

»Das Land ist schön«, sagte sie. »Man empfindet große Freude, wenn man es betrachtet.«

Als das Küstengebirge klein geworden war, hielt er den Schlitten an. Er breitete eine vom Haar befreite Rentierhaut aus und hob Arnaq darauf. Dann streifte er ihre Kamikken ab, nahm das wärmende Stroh heraus und zog sie ihr wieder an. Nicht einen Augenblick wandte sie den Kopf, um ihn anzusehen. Ihr Blick war fern geworden, und er wusste, dass sie jetzt weiter sah als er. Sie setzte sich auf, die Beine ausgestreckt, und die Hände ruhten auf den Schenkeln. Und so wartete sie, dass der Tod seinen kalten Mantel um sie legen und sie aus diesem Leben führen würde, das nicht länger begehrt wurde.

Traurig fuhr Arluk zurück. Der Tod war ihm viele Male begegnet, und fast immer hatte er die Menschen genommen, die Arluk am meisten liebte. Kajaka, Isserfik, Niqi und das Kind. Und jetzt Pipaluks Mutter. Er verstand, dass Arnaq auf dem Eis sterben wollte, das war der Wunsch vieler alter Menschen. Aber warum?

Pipaluk versuchte es zu erklären, als sie nachts auf der Pritsche lagen. Ihre Mutter hatte sich lebend aus dem Haus tragen lassen, aus Rücksicht auf sie beide und das ungeborene Kind. Hätte der Tod sie auf der Pritsche geholt, würde das Haus unrein, und sie wären gezwungen gewesen, es für eine Zeit zu verlassen. Dieses Tabu, aus der Weisheit der Vorväter entstanden, war Arluk nicht bekannt, und er hörte Pipaluk aufmerksam zu.

»Es ist so«, sagte sie, »dass die Leiche eines Menschen die dunkle Farbe des Todes bekommt. Und diese Farbe überträgt sich auf die Menschen, die in Berührung mit ihr kommen. Du weißt, dass vom Menschenblut Dunst aufsteigt, und dieser Dunst geht auf alles in der Nähe über.«

Arluk nickte. Das wusste er, denn davon hatte Kajaka erzählt. Die Hände blutender Frauen sehen für Meerestiere rot und sehr unangenehm aus. Deshalb vermeiden sie es, mit jemandem oder etwas in Berührung zu kommen, das von dem Blutdunst beschmutzt ist. Dies zu wissen, war wichtig für die Fänger, um Leichen oder blutende Frauen möglichst zu vermeiden.

»Wird man von einer Leiche befleckt«, fuhr Pipaluk fort, »kann diese Befleckung auf die Fangtiere übergehen und deren Seelen beschädigen. Und wenn die beschädigten Seelen zurück zur Mutter des Meeres kommen, bekommt sie Wunden an den Händen wegen der Unvorsichtigkeit der Menschen. Darum straft sie uns zuweilen mit Hunger oder Krankheit oder schlechtem Wetter.«

»Wir müssen immer freundlich an deine Mutter denken«, sagte Arluk. »Ich werde sie sehr vermissen.«

Seit dieser Nacht dauerte es lange, bis sie Arnaq mit Namen erwähnten, weil sie ihr eine ungestörte Reise ins Totenreich wünschten. Aber sie dachten oft an sie und waren beide davon überzeugt, dass sie sich jetzt in Ublormiut aufhielt, dem Land des Tages oben im Himmel. Es war das Land des Mondmannes, wohin Menschen kommen, die selbst den Tod suchen, ohne für die Irrtümer ihres Lebens büßen zu müssen. Sie waren sich Arnaqs Daseins sicher, und ruhig überließen sie sich mit Freude und Erwartung der kommenden Geburt.

Arnaq hatte eine Nadel besessen. Eine höchst ungewöhnliche Nadel aus dem gleichen Material wie der Stein, den Arluk am ausgetrockneten See gefunden hatte. Nur war die Nadel von noch feinerer und stärkerer Qualität. Sie hatte die Nadel von ihrem Mann bekommen, der damals eine lange Reise in den Süden unternommen hatte, um mit den Qallunaat zu handeln. Er hatte Pipaluk von diesen fantastischen, menschenähnlichen Wesen erzählt. Sie waren Riesen von Gestalt und hatten stark behaarte Gesichter und Körper. Sie segelten mit großen Booten, die vorwärtsgetrieben wurden von ausgespannten Riesenhäuten, die an langen Holzstangen festgemacht waren. Bei den Qallunaat gab es Gute und Schlechte, genauso wie unter den Inuit. Aber ihre Auffassung von böse und gut war etwas anders als die richtiger Menschen.

Die Nadel hatte Arnaq mit in den Tod bekommen. Sie hatte in ihrem dünnen Haarknoten gesteckt, als sie aufs Eis hinausgefahren wurde. Es war Pipaluks Wunsch, dass sie sie mit sich nehme nach Ublormiut – als Beweis dafür, dass sie eine Frau mit einer gewissen Bedeutung war. Die Nadel war abgenutzt vom jahrelangen Schleifen, aber noch immer brauchbar. Eine Nadel von großem Wert, eine Nadel, mit der man so feine Stiche machen konnte, dass diese fast nicht zu sehen waren.

Einige Zeit nach Arnaqs Tod fing Pipaluk an, von der Nadel ihrer Mutter zu sprechen. Sie entbehrte sie sehr, jetzt, wo sie einen Ernährer hatte, der trocken und warm gehalten werden musste. Oft seufzte sie beim Gedanken an die Nadel, wenn sie mit dem schwer zu handhabenden Knochenpfriem zu große Löcher in Arluks Kamiksohlen stach. Besonders vermisste sie die Nadel eines Tages, als sein Vogelhautpelz am Rücken eingerissen war.

»O«, rief sie sehnsüchtig, »man muss einfach immer wieder an die feinen Stiche dieser unglaublichen Nadel denken. Die waren wie Mückenstiche. Wer doch solch eine Nadel hätte.«

Arluk tat so, als hätte er nichts gehört; er hatte anderes zu tun, als sich mit der Sehnsucht einer Frau nach solch einer armseligen Nadel zu beschäftigen. Pipaluk fuhr fort: »Mein Vater war wirklich ein tüchtiger Ernährer, er war imstande, einer gewissen Frau eine ganz unschätzbare Nadel zu besorgen. Sie, die keiner beim Namen nennen will, war bestimmt eine glückliche Frau.«

Sie schielte zu Arluk hin, der ganz konzentriert damit beschäftigt war, eine Pfeilspitze aus Flint zu schlagen. Als er fertig war, trank er aus der Schöpfkelle, rülpste zur Erleichterung und legte sich auf die Schlafpritsche. Er schloss die Augen, atmete tief und schlief rasch ein.

Er schlief allerdings nicht tief; er merkte, als Pipaluk sich neben ihn legte. Er zog sie zu sich und nahm sie halb im Schlaf. Und er blieb in ihr, ohne dass sein Glied auch nur im Geringsten nachließ. Dies kam Pipaluk sonderbar vor, aber sie gewöhnte sich doch schnell an dieses Neue und schlief mit einem angenehmen Gefühl im Körper ein. Mehrmals in der Nacht bewegte sich Arluk heftig in ihr, und sie spürte, dass er jedes Mal ejakulierte. Viel schlief sie nicht in dieser Nacht.

Sie lag und dachte über Arluks bemerkenswertes Verhalten nach, aber sie tröstete sich damit, dass so etwas wohl jedem Mann hin und wieder passierte. Vielleicht war er so unersättlich, weil ihn starke Gedanken gefangen hielten. Vielleicht waren seine Gedanken so weit weg von seinem Körper, dass sie seinem Glied nicht sagen konnten, Ruhe zu geben. Als sie morgens aufstand, hob sie vorsichtig das Fell und starrte verwundert auf seine immer noch strotzende Männlichkeit.

Die nächste Nacht blieb Arluk auf Fang. Er hatte mit Pipaluk nicht gesprochen, als er abfuhr, und sie belästigte ihn nicht, weil sie sehen konnte, dass er mit Dingen beschäftigt war, die außerhalb ihres Fassungsvermögens lagen.

Vier Tage war er draußen, und als er zurück zur Küste gefahren kam, hatte er zwei Robben und einen alten Bären auf dem Schlitten. Er war guter Laune und erzählte lebhaft, wie einer der jungen Hunde sehr geschickt den Bären aufgespürt und gestellt hatte.

Pipaluk hörte ihm mit Vergnügen zu und zog ihm die Kamikken aus. Sie gab ihm Suppe und brühheißes Fleisch und war glücklich, dass er heimgekehrt war. Bescheiden erzählte er von seinem Fang, eine Bescheidenheit, die sie sehr verwunderte.

»Es ist der Fall eingetreten«, sagte er, »dass ein Mensch plötzlich angefangen hat, an seine Frau und das Kind, das kommen soll, zu denken. Man fuhr auf dem Eis und fühlte sich von einem großen Glück überwältigt. Und man saß da und wünschte sich eine große Familie, Söhne, die uns ernähren können, wenn wir alt werden, und Töchter, die verheiratet werden können, damit wir so nach vielen Seiten Familienbande knüpfen können.« Er blickte hoch zu den grauen Steinen der Decke und fuhr fort.

»Es geschah, dass während der Jagd ein Beschluss gefasst wurde. Ein Beschluss, der geboren wurde, während man vor einigen Nächten unersättlich bei dir lag.«

Er hielt inne. Pipaluk sah ihn gespannt an. Aber nach diesen letzten Worten blieb sie schweigend. Er nahm einen Harpunenschaft und begann, diesen mit Sand zu schleifen. Sie war nicht so unerzogen, nach dem gefassten Beschluss zu fragen, sie putzte die Dochte der Lampe und holte Speck für das Feuer der Nacht. Im Innersten bebte sie vor Spannung, nachdem sie von einem Beschluss gehört hatte. Irgendwie war es ja auch ihre Sache, denn sie machten alles zusammen. Er war der Ernährer, von dem sie abhängig war, genauso wie er abhängig von der Arbeit war, die sie verrichtete.

Als der Harpunenschaft glatt war, legte ihn Arluk zur Seite. Er nahm sich ein Stück Fleisch aus dem Topf.

»Als Kind«, sagte er, »habe ich oft Hunger gehabt.

Einige Winter gab es keinen Speck für die Lampen, und da haben wir sehr gefroren. Darum liebe ich gekochtes

Fleisch ganz besonders.« Er schnitt das Fleisch mit seinem Messer direkt vor den Lippen und kaute genießerisch.

»Vor vielen Jahren brach mein Vater auf und suchte Land. Darum kamen wir nach Kullorssuaq. Er und meine Mutter starben durch einen Unfall, und meine Schwester und ich wohnten bei meinem Großvater bis zu dessen Tod.

Mein Großvater erzählte mir von meinen Vorvätern, die aus dem Land kamen, das wir Akilineq nennen. Der früheste meiner Vorväter hatte einen Hundemenschen als Frau. Tewee-soo hieß sie, ›die immer wandert‹. Sie traf ich in der Grotte, die über diesem Haus liegt, und sie ließ mich Nahrung aus ihren Brüsten saugen. Darum ist in mir eine große Unruhe, denn ihre Milch war kräftig.« Er hörte auf zu kauen und lächelte Pipaluk an.

»Es wurde bestimmt, dass ich alle Länder der Erde bereisen soll«, sagte er. »Als ich das erste Mal davon hörte, war ich ein Junge. Damals glaubte ich nicht, dass es möglich wäre. Denn ich war schwach und ohne Fangglück und hatte an mir selbst keine Freude. Später dann war ich in bestimmte Dinge eingeweiht und wurde Angakoq. Jetzt weiß ich, dass ich unsere Welt bereisen muss, und du und unsere Kinder müssen mir folgen. Alles ist von den Geistern bestimmt. Tewee-soo führte deinen Vater an diesen Ort, von dem sie wusste, dass ich dich finden würde bei meiner Suche nach ihr. So warst du bestimmt für mich, weil sie ihre Familie in dir weiterführen wollte. Wir müssen weit reisen, und es ist nicht unmöglich, dass ein Mann seine Frau und sein Kind, das sie bald gebären wird, in das Land bringen will, wo es die blanken Nadeln gibt. Es ist gar nicht unmöglich, dass wir auf unserer

Reise auf die Qallunaat stoßen, von denen man sagt, sie seien begierig auf Fell und Zähne von Fangtieren. Wenn die Sonne nachts warm wird, habe ich den Wunsch, wieder nach Süden zu reisen und mit diesen Qallunaat ein wenig zu reden.«

In dieser Nacht schlief Arluk tief. Und mit ihm auch sein Glied, stellte Pipaluk fest, die vorsichtshalber doch nachfühlte. Aber sie konnte nicht schlafen. Arluks Entschluss ging ihr im Kopf herum, und viele unbeantwortete Fragen tauchten auf. Wie lange sollten sie denn reisen, bis sie die Qallunaat erreichten? Waren diese Wesen gefährlich? Wie redete man mit ihnen? Wie konnte sie ein Umiak allein rudern?

Diese vielen Fragen arbeiteten in ihr. Sie versuchte, sich damit zu trösten, dass Arluk die Schwierigkeiten lösen würde, wenn sie auftauchten. Und erst als das Tageslicht sich als ein rosa Schein am Südhimmel zeigte, fiel sie in einen Schlaf voller Träume.

10

Um Blutdunst im Haus zu vermeiden, baute Arluk einen kleinen Iglu nahe am Fluss. Hier gebar Pipaluk ihr erstes Kind – auf den Knien liegend, die Hände über einem viereckigen Loch, das sie in den Schneeboden gegraben hatte. Als das Kind sie verließ und in das Loch fiel, schrie es erschrocken bei der Berührung mit dem Schnee.

Arluk, der vor der Schneehütte gewartet hatte, sprang

auf und wälzte den Schneeblock vom Eingang. Er steckte den Kopf hinein und sah Pipaluk ergriffen an, die damit beschäftigt war, das Neugeborene sauber zu schlecken. Sie reichte ihm das Kind und setzte sich wieder über das Loch, um den Rest herauszubringen.

»Trockne ihn gründlich mit den Hasenfellen ab, die auf der Pritsche liegen«, sagte sie. Arluk nahm den kleinen nackten Körper. Er blickte in das runzelige Gesicht und glaubte, noch nie etwas so Schönes gesehen zu haben. Während er das Kind hinüber zum Haus trug, schrie er laut vor Freude. Und das Kind stimmte ein, und das veranlasste Arluk, noch lauter zu schreien, aus Freude über die kräftige Lunge seines Sohnes.

Der Junge bekam den Namen Nûtaq, einen Namen, den er von seinem Großvater übernahm. Er war gesund und ohne Fehl, und als er anfing, kleine Stückchen Nikiaq zu sich zu nehmen, leckeres rohes Fleisch, zusammen mit Pipaluks Milch, reiste Arluk nordwärts, um Ruderer für die Reise mit dem Frauenboot nach Süden zu besorgen. Er fuhr über die große Bucht, wo Kajakas Großvater einst mit seinem Vetter gereist war, und er fand eine Siedlung auf einer Insel, dort, wo das Land anfing, sich nach Westen zu drehen.

Er wurde gut empfangen, aber als er seinen Wunsch vorbrachte, Ruderer für eine so lange Reise mitzunehmen, reagierten die Fänger der Siedlung abweisend.

Es war einleuchtend, dass diese Menschen durch Worte nicht zu überzeugen waren, aber Arluks Sehnsucht, eine Erdrundung zu beginnen, war stärker als alles andere. Er sagte zu seinen Gastgebern: »In friedlicher Absicht kam man, um ein wenig Frauenhilfe zu erbitten. Aber wenn ihr meine Worte auch verstanden habt, so doch offenbar nicht ihre Bedeutung, die sie enthalten. Es ist nun so, habe ich verstanden, dass es hier mehrere kräftige Frauen gibt, die keinen Ernährer haben. Und deshalb ist es völlig unbegreiflich, eure Ablehnung zu verstehen.« Er stand auf und zog ein junges Mädchen auf den Fußboden. Als sie Widerstand leistete, griff er in ihr Haar, aber das machte sie nicht gefügiger.

»Wer hat Anspruch auf dieses Mädchen?«, fragte er. Niemand antwortete. Ein kräftiger junger Fänger bewegte sich zum Rand der Pritsche, und Arluk behielt ihn im Auge.

»Niemand will sie? Dann nehme ich sie als Ruderin. Wenn sie am Ende der Reise hierher zurückwill, werde ich ihren Wunsch erfüllen.«

Er zog das Mädchen über den Fußboden, aber als er der Pritsche den Rücken zuwandte, sprang ihn der junge Mann mit einem Messer an. Er brachte Arluk eine Schnittwunde auf dem Rücken bei, und das Blut färbte die Rückseite seines Anoraks rot. Das Mädchen schrie, und Arluk schleuderte sie weg. Er spürte keine Wut, als er sich schnell umdrehte, um dem nächsten Hieb zu entgehen. Das Messer prallte auf seine Schulter, und eine Hälfte fiel klirrend zu Boden. Es war eine erbärmliche Waffe aus sprödem Rentiergeweih.

Widerstrebend griff er nach dem Mann. Es musste sein, wollte er sich Ruderer für die Reise besorgen. Seine Bewegungen waren ruhig, wohl überlegt und ohne Hast. Er ergriff die langen Haare, und während er den Kopf des Jungen nach vorn zog, hämmerte er seine Stirn in dessen verblüfftes Gesicht. Zweimal schlug er sein Stirnbein auf die Nase des jungen Mannes. Sie brach und blutete stark. Dann schlug er mit den Fäusten mehrere harte Hiebe gegen die Schläfen, und sein Gegner stöhnte vor Schmerz und Entsetzen. Eine solche Kraft hatte er dem Fremden nicht zugetraut. Er versuchte sich tapfer zu wehren, aber als Arluk ihn noch einmal mit den Fäusten an beiden Schläfen traf, brach er zusammen und fiel wie tot zu Boden.

Arluk blickte zu ihm hinunter. Ihm tat dieser Junge leid, der gerade ein Mann geworden war. Er war kein gleichwertiger Gegner, es war ein unwürdiger Kampf gewesen. Alle im Hause betrachteten ihn ängstlich. Er war ein Mensch aus dem Süden, von ihm konnte man nur Böses erwarten. Nie zuvor hatte man in der Siedlung einen Gewalttäter gehabt. Man hatte von Menschen gehört, die ihrer Brutalität ausgesetzt gewesen waren, und kannte sie aus den alten Geschichten.

Eine ältere Frau kroch zu dem leblos auf dem Boden Liegenden hin. Sie beugte sich über ihn und horchte auf seinen Atem. Dann begann sie, leise zu klagen. Arluk hockte sich müde hin, mit dem Rücken zur Wand. Er wollte sich gerne erklären, fand aber nicht die richtigen Worte. Es war still im Haus bis auf das leise Weinen der Frau.

»Man hatte Frau und Kind und war sehr glücklich«, sagte er. »Aber sie wurden von Mächten getötet, die stärker waren als ich. Immer gibt es etwas, das stärker ist als man selbst. Vielleicht hatte ich das Recht, diesen Mann zu töten, weil ich der Stärkste war. So fühlte ich vor einem Augenblick, aber so fühle ich nicht mehr.« Er blickte das Mädchen an, das auf die Pritsche gekrochen war und sich verschreckt an die Fellwand drückte.

»War er dein Ernährer?«

Sie nickte und biss sich in die Unterlippe, um nicht zu weinen. »Ivik war mein Bruder«, sagte sie. »Er versorgte Mutter und mich.«

»Ist er tot?«, fragte Arluk die Frau.

»Er ist tot«, antwortete sie.

»Ich will seine Seele zurückholen«, sagte Arluk. Er bat die Männer, Lederriemen zu holen und ihn damit zu schnüren. Sie taten, was er sagte, und sie schmierten die Riemen mit Tran, damit sie weich und geschmeidig wurden. Bald saß Arluk in seinen Haushosen festverschnürt auf der Pritsche. Es wurden Felle vor die Fenster und den Eingang gehängt und eine große Trommel auf den Fußboden gelegt. Die Lampen wurden nacheinander von rechts nach links gelöscht, und Arluk saß ganz ruhig. Die Hände waren auf dem Rücken fest zusammengebunden, und sein Kopf wurde von einem Riemen hinunter zwischen die Beine gezogen. Neben der Trommel war ein großes Stück Robbenfell aufgehängt, das zu rascheln begann, als das Licht verschwand. Gleich darauf fing die Trommel von selbst an zu dröhnen, und die Älteren in der Versammlung stimmten einen monotonen Singsang an. Arluk rief den schwarzen Raben an. Man vernahm wilde Schreie über dem Haus, und alle spürten eine Öffnung im Dach wie einen Lichtschein oder einen kalten Luftstrom. Da wussten sie, dass Arluk jetzt seinen Körper verlassen und den Geisterflug begonnen hatte. Er war auf dem Weg durch die Luft oder durchs Meer oder durch die Erde, um Iviks Seele zu suchen. Das Getöse der Trommel nahm zu, und die Stimmen von vieler Art Getier füllten das Haus. Die Kinder weinten vor Angst, und die Erwachsenen drückten sich dicht zusammen. Der Fremde musste Angakoq pulik sein, nach den vielfältigen Lauten zu urteilen. Sie hörten ihn vor Schmerz und Anstrengung stöhnen, und die Älteren in der Gruppe halfen ihm auf seinem Weg, indem sie auffordernd »Goi, goi, goi!« riefen. Die Rufe kamen mal aus dem einen, dann wieder aus dem anderen Ende des Hauses.

Die Pritsche unter Arluk zitterte, und diejenigen, die auf der Fensterbank saßen, konnten das Beben im Rücken spüren. Arluk stöhnte, schrie, flüsterte und klagte wie in größter Not.

Plötzlich war es ganz still. Eine Stille, die unheimlicher war als der Lärm, denn mit der Stille kam Amortortoq, der Geist des Schreckens. Sie hörten seine heisere Stimme und verspürten seinen warmen Atem. Die Kinder schrien laut, und die Menschen drängten sich aneinander.

Dann ertönte das Raschelfell wieder. Diesmal ganz leise und bald darauf von langsamen Trommelschlägen begleitet. Jetzt wussten sie, dass die Beschwörung vorbei war, die Lampen wurden angezündet, diesmal von links nach rechts. Man schaute Arluk furchtsam an, der durchgeschwitzt dasaß. Sie lösten die Riemen, und er beugte sich über Ivik. Dieser öffnete die Augen, und als Arluk die Hand ausstreckte, um ihn vom Fußboden hochzuziehen, lächelten sie sich an. In diesem Moment entstand Freundschaft zwischen beiden.

Wegen der Geisterbeschwörung und des Zurückholens der geraubten Seele durfte fünf Tage lang in dem Haus nicht gearbeitet werden. Diese Muße war Anlass zu langen Gesprächen zwischen Arluk und den Bewohnern der Siedlung. Sie betrachteten ihn mit Respekt und lauschten mit Verwunderung seinen Plänen für eine Reise um die Erde. Ivik hielt sich gerne in Arluks Nähe auf. Und Aka, seine Schwester, behandelte ihn wie einen nahen Verwandten. Ihre Mutter, die von den anderen Manguaq genannt wurde, sagte, wenn er es wünschte, wollten sie und ihre Kinder mit ihm auf die Reise gehen. Sie lachte, als sie das sagte, und Arluk verstand, dass sie eine vergnügliche Gesellschaft sein würde. Er hatte jetzt drei Ruderer und war damit zufrieden.

Sie zogen auf zwei Schlitten fort von der Siedlung. Ivik und Aka fuhren auf einem, Arluk und Manguaq auf dem anderen. Nach einer anstrengenden Reise, von der sie nie sprachen, weil es nicht amüsant ist, von Unannehmlichkeiten zu hören, erreichten sie das Haus an der Grotte. Pipaluk hatte die Wartezeit dazu benutzt, neue Felle in den Boden des Frauenbootes einzusetzen und sie tüchtig mit Tran zu schmieren. Nûtaq hatte einen Zahn im Unterkiefer, und er lachte, dass es ganz tief in seinem Bauch gluckerte, als Arluk ihn hochhob.

Sie waren bei noch geschlossener Eisdecke gekommen, und bald darauf brach das alte Eis auf und verschwand im Meer. Sie brachten das Umiak zu Wasser und machten eine Probefahrt. Es erwies sich als dicht, und ohne weitere Zeit zu verlieren, brachten sie ihre Habe an Bord und machten sich auf den Weg.

Die Frauen gewöhnten sich schnell ans Rudern, obgleich sich an den ersten Tagen Blasen und offene Wunden auf den Handflächen bildeten. Sie ruderten das schwere Boot ohne Eile, und ihr Lachen und ihre hellen Stimmen waren weit zu hören. Manchmal musste Arluk ihnen Schweigen gebieten, wenn er mit Ivik Robben jagen wollte.

Die Sommerreise war sehr glücklich, und sie kamen weit nach Süden, wo sie beschlossen, Land bei Agpat zu nehmen. Es lag südlich von dem, welches immer noch Ilulissat genannt wird. Hier bauten sie ein solides Winterhaus mit zwei großen Schlafpritschen und richteten sich für die dunkle Zeit ein.

11

Das Land, in dem sie sich niedergelassen hatten, war dicht besiedelt. Sie stellten fest, dass es nur zwei Tagesreisen mit dem Schlitten zum nächsten Nachbarn waren, und man konnte in zwei Wochen vier Siedlungen besuchen, von denen zwei auf den Inseln zwischen dem Festland und der großen Insel Qeqertarsuaq lagen. Einen großen Teil des Winters verbrachten sie deshalb mit Besuchsreisen. Ivik nahm sich eine Frau und ließ sich, wie es Sitte war, bei seinen Schwiegereltern nieder. Er versprach Arluk allerdings, dass er und seine Frau mit auf die Sommerreise gehen würden, bis Arluk Ruderer als Ersatz für seine Mutter gefunden hätte.

Der Fang war gut, und sie wurden dick in diesem Winter. Auf einer Besuchsreise hörte Arluk Neues von den Qallunaat; man erzählte, dass viel Streit zwischen den Inuit und diesen Südländern geherrscht hatte. Wo sie herkamen, wusste niemand, aber dass sie schon ebenso lange im Land lebten wie die Inuit, davon war man überzeugt.

Man erzählte von einer Gegend, die südlich von Ilulissat lag, in der es mehr Siedlungen der Qallunaat gab, als ein Mensch aufzählen konnte. Viele Jahre lang hatte kein Mensch gewagt, sich diesen Fjorden zu nähern, denn die Qallunaat hatten die schlechte Angewohnheit, den Leuten mit langen, scharfen Messern die Köpfe abzutrennen. Aber dann wurden die Fremden von einer Krankheit befallen, dadurch starben viele von ihnen unter großen Qualen. Den Rest hatten die Inuit getötet, denn es war schwierig, mit Menschen zusammenzuleben, die einem nach dem Leben trachteten.

Im Frühling sah Arluk ein Qallunaat-Boot. Ein großes Boot mit bräunlichem Fell auf einem hohen Mast, das der Wind blähte. Es lief einen nördlichen Kurs, und obgleich er Stimmen hören konnte, war es ihm nicht möglich, Leute an Bord zu erkennen.

Überall traf er auf Leute, die mit Qallunaat in Berührung gekommen waren. Sie sagten, dass die Fremden unberechenbar wären. Einmal waren sie freundlich und entgegenkommend und tauschten gerne kostbare Eisengeräte gegen Felle und Stoßzähne, und das war lächerlich, wenn man den Wert des Eisens bedachte. Dann wieder verhielten sie sich feindselig. Sie schlugen den Menschen, die ihnen begegneten, die Köpfe mit armlangen Messern oder Lanzen mit Eisenspitzen ab. Es erforderte Schlauheit und Vorsicht, mit diesen Menschen umzugehen, die in manchem wie verwöhnte Kinder waren.

Einen Winter, einen Sommer und noch einen Winter blieben sie bei Agpat. Dann brachen sie auf und fuhren weiter nach Süden. Es waren Arluk und seine Frau Pipaluk, ihr vier Jahre alter Sohn Nûtaq und ein neugeborenes Mädchen, das den Namen Inaluq trug; außerdem noch Aka und ihre Mutter, Ivik und dessen Frau Meko.

In diesem Sommer fuhren sie lange. Sie passierten Kakok, wo zahlreiche Qallunaat ansässig gewesen waren. Sie gingen an Land und sahen viele Häuser, darunter einige niedergebrannte. Aber es gab nichts Brauchbares, denn die Menschen waren oft in diesen Fjorden gewesen, um Wertvolles mitzunehmen.

Sie kamen so weit nach Süden, dass sich das Meer nach Osten erweiterte, und Arluk glaubte, hier müsste das südlichste Ende der Welt sein.

Es gab viele, lange Fjorde, und am Eingang zu einem trafen sie auf Inuit im Sommerlager.

Es waren wohlhabende Leute, sie besaßen viel Eisen. Doch sie waren freundlich und gastfrei und lebten ein leichtes Leben, weil die Jagd am eisbedeckten Fjord gut war. Einer von ihnen war im Besitz eines leuchtenden Metallstücks, so groß wie zwei Handflächen. Er erzählte, dass es in einem Haus gehangen hatte, das die Qallunaat als Wohnung für den großen Geist, den sie Gott nannten, gebaut hatten. Das Metall war ein Teil einer Art Eisentrommel, mit der die Fremden den Geist anriefen.

Man sagte, dass dort im Fjordbereich viele Qallunaat gewohnt hätten und man immer noch Glück haben könnte, Häuser mit Wertgegenständen zu finden. Dagegen wäre es schwer, Wohnplätze mit Menschen zu finden. Die Gruppe hatte Glück gehabt, einen Hof bei Qaerssormiit zu finden. Das war nun ein Jahr her. Sie hatten alle Bewohner außer einer jungen Frau getötet, die man außerhalb des Hofes gefangen hatte. Sie war immer noch bei ihnen.

Arluk kaufte viele kostbare Sachen. Er begriff, dass diese Stammesverwandten sich viele besondere Gewohnheiten der Qallunaat angeeignet hatten, wenn es um Handel ging, und er fühlte sich fast beschämt von ihrer Freigebigkeit. Zum Beispiel erhandelte er zwei Eisennadeln für nur vier Wolfsfelle, und für ein Bärenfell und zwei Satz Walrosszähne bekam er einen Eisenkessel und zwei Messer. Es gab im Lager so reichliche Handelswaren, dass selbst die alte Manguaq sich eine Nadel gönnte.

Am ersten Abend im Lager lagen alle satt und glücklich ins Gras hingestreckt und unterhielten sich. Die Feuer, auf denen sie gekocht hatten, brannten herunter, und der Rauch trieb träge am Strand entlang. Plötzlich fragte Nûtaq mit der Freimütigkeit eines Kindes, wie viel er für ein Messer bezahlen müsste, wenn er auf Qallunaat träfe.

Ein Fänger lachte und gab ihm Antwort. »Was uns an Eisensachen gehört, haben wir uns im Streit genommen. Zuerst brannten wir einen Hof nieder, der am Igalikufjord lag. Im letzten Jahr fuhren wir in den Tunulliarfik hinein, wo wir einen Hof bei Qaerssormiit überfielen. Die Leute haben tapfer gekämpft, aber sie waren in der Minderzahl.«

»Warum tötet ihr die Qallunaat?«, fragte Arluk.

Es herrschte lange Stille. Die Feuer waren zu grauer Asche geworden. Die Sonne war hinter den Bergen untergegangen und färbte den Westhimmel schwach rosa. Viele der Kinder waren eingeschlafen. Dann sagte ein alter Mann, der ein gutes Gedächtnis hatte: »Wir wissen, dass es viele Wesen auf unserer Erde gibt: Wassergeister, Tornaq, Iserkat, die schielen, Zwergmenschen und Riesen. Es gibt Erqigdlit, die Oberkörper haben wie wir, aber Unterkörper wie Hunde. Und dann gibt es die Qallunaat.

Wir wissen auch, dass Qallunaat und Erqigdlit von einem Hund mit einer unserer Frauen gezeugt wurden. Weil sie ihren Großvater auffraßen, setzte die Frau sie im Meer aus, jeden auf seiner Kamiksohle, und ließ sie treiben, wohin sie wollten. Aber sie kamen zurück, um sich zu rächen.

Sie sind Menschen wie wir, aber von anderer Art. Sie schätzen Eigentum höher als Tüchtigkeit und Stärke. Darum kam Streit zwischen ihnen und uns auf, und darum gewannen wir diesen Streit.«

Der alte Mann saß in Gedanken versunken. Es war deutlich, dass er noch mehr zu sagen hatte.

»Dies ist Inuit Nunaat, das Land der Menschen«, sagte er. »Die Qallunaat kamen hierher und nahmen es uns. Aber es ist ein großes Land mit Platz für viele, und das verstanden die Qallunaat nicht. Sie wollten von uns nichts wissen. Viele Jahre lebten wir jedoch friedlich zusammen. Mein Großvater und auch sein Großvater lebten so. Aber dann wurden wir zu viele, und die Qallunaat hatten das Gefühl, wir würden ihnen Fangtiere und das Land wegnehmen. Aber es gibt doch genug Tiere für uns alle, und das Land ist so groß, dass keiner weiß, wo es zu Ende ist.«

Es nahm sein Messer und fing an, das Fett der letzten Mahlzeit von den Handflächen abzukratzen. »Nun ja, es war schwer, mit den Qallunaat auszukommen. Und sie verstanden uns nicht. Sie versuchten, von dem zu leben, was auf der Erde gedeiht, und dem, was die gezähmten Tiere gaben. Aber das ist unmöglich in diesem Land. Sie töteten uns vielleicht, weil sie uns unser Fangglück nicht gönnten oder weil es ihnen ihr großer Geist, der in einem eigenen Steinhaus wohnte, befahl. Wir töteten sie, damit unsere Kinder und Kindeskinder in Frieden leben konnten. Nicht, weil wir es wünschten, denn wie ihr alle wisst, ist es uns eine Lust, in Frieden zu leben und alle Zusammenstöße um jeden Preis zu vermeiden. So ist es stets unter Menschen gewesen. Wir sind nicht böse und taten nichts Böses, als wir sie töteten. Einen Mann und eine Frau ließen wir leben. Der Mann starb bald an seinen Verletzungen, aber die Frau lebt immer noch bei uns. Sie spricht unsere Sprache, die sie schnell von einem Mann lernte, der aus dem Land im Osten kam, seine Familie wurde von einer Krankheit ausgerottet.«

Niemand aus Arluks Gruppe hatte Gelegenheit gehabt, diese erwähnte Frau zu sehen, und man bat deshalb, sie zu holen. Als sie aus dem Zelt kam, schnappte Arluk vor Überraschung nach Luft. Sein Sohn Nûtaq huschte hinter seinen Rücken und guckte verschüchtert über seine Schulter.

Die Frau war groß. Fast genauso groß wie Arluk, der größer war als die meisten. Sie war langgliedrig und hatte ungewöhnlich gerade Beine und eine helle Haut. Ihren Oberkörper bedeckte ein Anorak, der etwas zu klein war, und Arluk bemerkte, dass die Brüste, die unter dem Robbenfell gedrückt wurden, von ungewöhnlicher Größe sein mussten. Ihren Schoß bedeckte ein Natit, und an den Beinen trug sie Kamikken, die, wie die Frauen feststellten, am Fuß verlängert waren. Ihr Haar war hell, nicht so wie bei alten Menschen, sondern von einer mehr rötlichen Farbe. Am unglaublichsten aber waren ihre blauen Augen. Sie wirkten kalt, wie das Süßwassereis, das im Meer treibt.

»Sie ist ganz anders als der Mann, der noch ein paar Tage lebte«, sagte der Alte. »Er war viel größer und hatte fast kein Haar auf dem Kopf. Außerdem war er wie ein Hund am ganzen Körper behaart. Wir haben aus dem, was sie sagte, verstanden, dass er der Diener des großen Geistes war und darum nie eine Frau gehabt hatte.«

»Muss man das so verstehen, dass er nie verheiratet war?«, fragte Arluk.

»Ja, so ist es. Sie sagt, dass er als Diener dieses Geistes nicht bei Frauen liegen durfte.« Der Alte schüttelte nachdenklich den Kopf. »Ein merkwürdiger Mensch war er. Kämpfte wie ein Rasender, obwohl er von Pfeilen schwer verwundet war. Als er ruhig dalag, untersuchten ihn die Frauen genau, einige weinten, als er starb, denn Frauen haben immer Lust, etwas Neues auszuprobieren, wisst ihr.«

»Und die Frau da?«, erkundigte sich Arluk, »ist sie wie andere Frauen?« Er konnte seinen Blick nicht von ihr wenden. Sie stand aufrecht da und blickte hinunter zu den Männern. Die kleinen Haushosen verdeckten nur sehr unvollkommen ihr Geschlecht, und Arluk starrte hingerissen auf die goldblonden Haare, die sichtbar waren. Sie drehte sich um und ging wortlos zum Strand.

»Nun ja, die Frau«, seufzte ein jüngerer Jäger. »Vielleicht werden wir sie töten müssen, denn sie ist nicht wie gewöhnliche Frauen. Diejenigen von uns, die versucht haben, ihr Ernährer zu werden, haben es aufgegeben. Sie wohnt in meinem Zelt, weil ich keine Frau habe, aber sie ist faul und widerwillig und auf der Pritsche überhaupt nicht zu gebrauchen. Mit ihr kämpft man, anstatt seinen Spaß zu haben. Eine Nacht bei ihr zu liegen, ist ermüdender, als ein Rentier einen ganzen Tag in den Bergen zu verfolgen.«

Sie lachten über diesen Vergleich, und verschiedene Männer nickten zur Bestätigung. Arluks Blick folgte der Frau. Sie hatte einen kräftigen Rücken, stellte er fest, und er fühlte sich von ihrer fremdartigen Schönheit angezogen.

»Niemand will sie?«, murmelte er.

Der Fänger lachte. »Doch, viele haben sie gewollt, weil sie anders ist, aber jetzt will sie keiner mehr. Vielleicht ist es ja so, dass sie ganz ohne Sehnsucht nach einem Mann ist.«

Nachts dachte Arluk an das Qallunaat-Mädchen. Vielleicht, dachte er, sollte er wie seine Vorväter eine fremde Frau zu sich nehmen. Heq hatte sich mit einem Hundemenschen verheiratet und sein Sohn mit einer Binnenländerin. Sollte er eine Qallunaaq nehmen? Vielleicht war es ja Tewee-soos Wunsch, dass sich das Geschlecht mit dem Blut der Qallunaat mischen sollte.

Er weckte Pipaluk und sagte: »Es ist nicht ausgeschlossen, dass sich ein Mann eine fremde Frau wünscht. Eine Frau, die keine Inuit ist.«

Pipaluk lächelte. »Man hat es gesehen«, antwortete sie. »Noch ein Ruderer würde eine große Hilfe sein.«

»Vielleicht ist diese Frau ein wenig unbequem.«

Pipaluk nickte. »Sie ist sicher anders als wir. Aber bisher bist du noch nicht auf Unbequemlichkeiten gestoßen, mit denen du nicht fertiggeworden bist.« Sie hob das Fell, und Arluk legte sich dicht an ihren warmen Körper. Und für eine Weile vergaß er die fremde Frau.

12

Als Svava im Jahr zuvor auf die Inuit traf, wusste sie nicht, dass diese Mensch und Tier auf dem Hof getötet hatten. Eines Morgens ging sie früh hinaus, um für sich zu sein und Beeren für die Winterzeit zu pflücken: durch die Schlucht, wo das Pferd an einer langen Walrossleine angebunden stand, damit es nicht eine zu große Fläche abgrast, und hinauf ins Hochland. Sie geriet beim Aufstieg ins Schwitzen und ging zu dem flachen Badesee, der von der Sonne erwärmt war. Sie entkleidete sich und tauchte ins Wasser. Lange Zeit lag sie dort im See und betrachtete ihren Körper durch das klare Wasser. Sie sah, wie die Finger lang und dünn wurden, wenn sie sie zur Oberfläche hin bewegte, und die Knie wurden spitz und die Brüste lang mit harten Brustwarzen.

Nach dem Bad ging sie über die große Ebene und am Hang entlang zum Berg hinauf, den Inik Qaqqarsuaq genannt hatte. Der Tag war schön, und sie verspürte eine jubelnde Freude, als sie zurück zum Hof sprang. Am Ende des Tales, in dem der Fluss lief, entdeckte sie eine Gruppe von Inuit, die sich auf den Klippen zum Meer niedergelassen hatten. Sie sah ihr Feuer, und als sie näher herankam, konnte sie riechen, dass sie Fleisch zwischen flachen Steinen brieten. Sie rief sie an und winkte, und sie sprangen auf und zielten mit Pfeilen auf sie. Aber Svava fürchtete sie nicht. Sie begrüßte sie in deren Sprache, und verwundert ließen sie die Bogen sinken.

»Du sprichst die Sprache der Menschen«, sagten sie überrascht.

»Ein Großfänger, ein Pinagtorsuaq, aus dem Osten lehrte sie mich, als ich Kind war. Vielleicht hat man schon vieles wieder vergessen«, entgegnete sie bescheiden.

Die Inuit begannen zu lachen. Denn es war komisch, einer Qallunaaq zu begegnen, die ihre Sprache sprach. Einer von ihnen sagte: »Gibt es hier Männer aus dem östlichen Land?«

»Es gab nur diesen einen«, antwortete Svava. »Seine Familie kam durch die große Krankheit um. Auch er ist gestorben.«

Man lud sie ein, mit ihnen zu essen, das war ungewöhnlich, denn Inik hatte ihr erzählt, dass die Frauen immer nach den Männern essen. Sie reichten ihr Fleisch, und sie teilte mit ihnen ihre Beeren. Lange redeten sie miteinander über alles Mögliche, und alle lachten und hatten ihren Spaß. Die Nacht kam, und obwohl es immer noch hell war, erhob sich Svava, um heimzugehen.

Da fragte sie einer der Fänger: »Kommst du von der Stelle mit den flachen Steinen?«

Svava nickte. So hatte Inik die Landspitze genannt, auf der der Hof lag.

»Dort gibt es nur Tote«, sagte der Mann mit einem traurigen Tonfall. »Wir töteten sie.«

Svava sah ihn verständnislos an. »Getötet?«

Er zuckte bedauernd mit den Schultern. »So ist es.

Qallunaat und Inuit können nicht mehr zusammenleben. Deshalb waren wir gezwungen, sie zu töten.«

Es dauerte, bis seine Worte durch Svavas verwirrte Gedanken drangen. Aber plötzlich ging ihr auf, was geschehen war, und sie stieß einen lauten Schrei aus und lief zum Hof. Zwei Männer holten sie jedoch schnell ein. Sie warfen sie nieder ins Heidekraut, und weil sie ihnen nicht freiwillig folgen wollte, banden sie einen Riemen um jedes ihrer Handgelenke und schleppten sie hinunter zum Strand, wo ein Frauenboot lag.

Seitdem hatte sie den Hof nicht wiedergesehen, und sie wollte nicht glauben, dass ihre Eltern tot waren. Ein Jahr war sie nun schon bei diesen Menschen, nicht als Gefangene, sie konnte sich frei bewegen und im Großen und Ganzen tun, was sie wollte. Aber sie wusste nicht, wo sie sich befand oder wo Nordländer wohnten.

Die Inuit waren freundlich zu ihr. Obgleich ihre Frauen anfangs neugierig waren und sie überall befühlten, hatte ihr niemand etwas zuleide getan. Eine von ihnen hatte sie mit einer Nadel gestochen, um festzustellen, ob gewöhnliches Blut in ihr floss. Im Laufe des Winters hatten die Männer versucht, mit ihr zu schlafen, aber ihr Widerstand war so heftig gewesen, dass keiner mehr den Versuch gemacht hatte.

Als die Kälte begann, hatte eine ältere Frau ihr die wollene Kleidung genommen und ihr dafür Inuitkleidung aus Fell gegeben. Diese war zwar zu klein, aber angenehmer als der lange Rock, an den sie bisher gewohnt war. In der Sommerkleidung fühlte sie sich nackt, und sie hätte sich geschämt, wenn nicht alle anderen auch so bekleidet gewesen wären.

Man hatte ihr Kleidung und Essen und Unterkunft gegeben. Sie schlief am Eingang von Fänger Nungos Zelt. Er war Witwer und hatte zwei Söhne mit Namen Kukouk und Katuak.

Arluk ging auf Fang und kam mit einer Klappmütze zurück. Pipaluk zerlegte sie am Strand und verteilte Fleisch und Speck an alle. Sie entschuldigte die geringe Größe der Robbe, aber sie entspräche genau dem, was ihr Ernährer in Schlepp haben konnte. Dieser Spruch war bescheiden und zweideutig, und sie stand in dem Ruf, eine verständige Frau zu sein. Arluk hörte nicht auf ihr Geplapper. Er ging hinauf in sein Zelt und legte sich schlafen, ohne vorher etwas zu essen.

Als sich alle im Lager zur Ruhe gelegt hatten, stand er auf und ging zu Nungos Zelt. Seine Augen gewöhnten sich schnell an das Dämmerlicht, und er fand Svava, sie lag rechts vom Eingang. Als er sie aus den Fellen zog, machte er absichtlich viel Lärm. Sie murmelte verschlafene Proteste und setzte sich zur Wehr, dadurch wurden alle im Zelt wach. Keiner wandte sich gegen den Raub, und von der Schlafpritsche ihres Vaters vernahmen die beiden Jungen einen erleichterten Seufzer.

Svava kämpfte und wehrte sich wütend. Sie äußerte Unverständliches in einer Mischung aus ihrer eigenen Sprache und der der Inuit. Arluk hatte ihren langen Zopf fest im Griff. Er ging rasch hinauf durch ein schmales Tal, das nach Osten verlief, und Svava trippelte hinter ihm her in einer demütigenden, vornübergebeugten Haltung. Sie sprach ständig, und zwischendurch schrie sie und stöhnte vor Schmerz und Anstrengung. Arluk kümmerte sich nicht um ihr missvergnügtes Gerede und trabte schnell über das feuchte Gras des Tals. Auf halbem Weg durchs Tal stellte er fest, dass die Frau eine gewisse Bereitschaft zeigte, ihm zu folgen, und er ließ ihr Haar los und nahm sie an die Hand. Svava folgte ihm eine Weile, dann riss sie sich mit einem Ruck los und rannte zurück zur Siedlung. Dort war es trotz allem sicherer als hier im Gebirge mit diesem Heiden.

Es war Arluk ein Leichtes, sie einzuholen. Er schlug mit der Faust dorthin, wo man eine Robbe betäubt. Svava sank zusammen ins Gras.

Als sie aus der Ohnmacht erwachte, sah sie Arluk neben sich sitzen. Sein Gesicht war von der aufgehenden Sonne abgewandt, und sie betrachtete sein Profil. Er war anders. Etwas größer als andere Inuit, und er hatte eine andere Gesichtsform. Er besaß die Augen der Inuit, aber seine Lippen waren schmal, und die Nase sprang kräftig vor. Die Haare waren schwarz und lang und mit einem Fellstreifen am Kopf gehalten. Vielleicht war er unehelich geboren, von einem entlaufenen Sklaven mit einer Inuitfrau gezeugt, dachte sie. Als er sie ansah, schloss sie die Augen. Geduldig erwartete er ihr Erwachen.

Erst als Svava einsah, dass er so lange wachen würde, wie sie sich bewusstlos stellte, stand sie auf und fasste an ihren Kopf. Er hämmerte schlimm, dort, wo seine Faust getroffen hatte. Arluk lächelte aufmunternd. »Komm«, sagte er, »wir müssen lange gehen.«

Sie gingen drei Tage und Nächte. Tief hinein in die unberührte Bergwelt, in der noch kein Mensch gewesen war. Sie sahen Hasen und Schneehühner, und es gab große Rentierherden, die nur wenig Angst vor den beiden

Menschen zeigten. Sie aßen nichts, tranken aber häufig aus kleinen Schmelzwasserlachen.

In der vierten Nacht verließ Arluk Svava, während sie erschöpft von der Tageswanderung schlief. Er lief in die Berge, erlegte mit Steinwürfen einige Schneehühner und legte sich hoch über das Land der Ebene, jedoch so, dass er ständig die Frau im Auge behielt.

Svava verspürte eine große Befreiung, als sie entdeckte, dass der Inuitmann fort war. Zum ersten Mal dachte sie freundlich an ihn. Vielleicht war er wirklich anders als seine Landsleute. Ob er sie so weit nach Süden geführt hatte, damit sie selbst die Nordländer finden konnte? Wusste er, wo der nächste Hof lag? Sie erhob sich und sah, dass er sein Messer neben ihren Kopf gelegt hatte. Es war Brians Messer. Das Messer, welches das Holzkreuz geschnitten hatte, das in ihrer Kammer hing. Sie nahm es und strich mit den Fingern über die Klinge. Wenn die Inuit das Messer des Mönchs hatten, musste er tot sein. Es stammte aus Irland, und er hätte es nie weggegeben. Sie dachte wieder an Arluk. Er hatte ihr nichts zuleide getan. Hatte nicht zu verlangen versucht, was andere verlangt hatten. Er hatte sie bewusstlos geschlagen und an den Haaren gezogen, weil sie ihm nicht folgen wollte und zu flüchten versucht hatte. Vielleicht hätte sie mit ihm reden sollen, an den Tagen, die sie zusammen gewandert waren. Aber sie hatte nicht geantwortet, wenn er zu ihr gesprochen hatte, und deshalb hatte er es aufgegeben, ein Gespräch anzufangen.

Svava ging nach Süden. Sie kam zu einem kleinen See, und ihr fiel ein, als sie das klare Wasser sah, dass sie seit dem Tag nicht mehr gebadet hatte, als sie gefangen worden war. Die Inuit badeten nie. Es war, als störte sie alter Körpergeruch nicht. Rasch legte sie Anorak und Natit ab und watete in das kühle Wasser. Sie rieb ihre Haut mit feinem Sand und knetete das Haar gründlich durch. Als sie aufstand, fühlte sie sich zum ersten Mal in diesem Jahr rein. Sie breitete ihre Kleidung aus und legte sich darauf, um sich von der Sonne trocknen zu lassen.

Arluk betrachtete sie aus seinem Versteck. Er sah, wie die Wassertropfen über ihre weiße Haut liefen, sah das Dreieck aus goldblondem Haar, das ihr Geschlecht verbarg. Eine Weile lang grübelte er, ob dieser bemerkenswerte Haarbewuchs zusammengewachsen war und lästig sein würde, wenn man in die Frau eindrang, aber er tröstete sich damit, dass keiner der Stammesgenossen, die sich eben daran versucht hatten, gerade dies als ein Problem erwähnt hatte. Seine Sehnsucht nach Svava war groß.

Den ganzen Tag ging sie in der nach Süden führenden Ebene. Diese mündete in einen langen, schmalen Fjord, der vom Meer ganz bis zur Inlandeiskante führte. Enttäuscht blickte sie in den Fjord. Er war tief, und es würde lange dauern, ihn zu umlaufen.

Es war weit bis zu dem spiegelnden weißen Gletscher. Obgleich Svava oft in der Gegend des Berges Qaqqarsuaq gelaufen war, um Heu für Winterfutter zu sammeln, merkte sie, dass es ermüdender war, in unbekanntem Land zu gehen. Zu Hause hatte sie immer gewusst, wo sie war und wie weit es bis zum Hof war. Hier war es anders. Ein heidebewachsener Hügel verdeckte den anderen, ein

Tal nach dem anderen rollte seinen feuchten Teppich aus, bald nach Süden und dann wieder nach Westen.

Ihr Magen begann stärker zu schmerzen. Schmerzen, die ihr unbekannt waren. Denn der Hunger war ihr fremd – ein Gast, der Høgs Hof nicht besucht hatte. Es waren nicht die Schmerzen, die die monatliche Blutung mit sich brachte, sondern ein Schmerz, als würde eine große Faust ihre Eingeweide umkrampfen. Sie spürte den Hunger, brachte ihn aber nicht mit dem Schmerz in Verbindung. Jedes Mal, wenn der Schmerz einsetzte, krümmte sie sich zusammen und stöhnte laut, ging aber weiter.

Nachts ruhte sie sich nur einige Stunden aus. Sie war rastlos und sehnte sich nach ihren Landsleuten. Sie füllte sich den Magen mit Wasser aus einem Bach und aß die Beeren, die sie fand. Seltsamerweise erbrach sie die Beeren fast sofort wieder.

Als sie sah, wie die Sonne über dem Inlandeis aufging, war ihr klar, dass ein neuer Tag angefangen hatte. Sie merkte sich einen hohen Berg im Süden, auf den sie zugehen wollte. Die Inuit hatten sie nach Norden geführt, so viel wusste sie. Vielleicht war dieser hohe Berg der Qaqqarsuaq, den sie ihr ganzes Leben lang gekannt hatte, der aber vom Hof aus ein anderes Aussehen besaß.

Im Lauf des Tages umging sie den Fjord und wanderte weiter zu einer steilen Schlucht, die hinauf in die Berge führte. Diese lag im Schatten zwischen zwei hohen Granitgipfeln und war fast ohne Bewuchs. Eine kalte und feuchte Luft schlug ihr entgegen, als sie die Schlucht betrat, und ließ sie frieren.

Arluk folgte ihr aufmerksam. Er ging weiter über das Gebirge und legte sich ans Ende eines schönen Tals, in das die Schlucht auslief. Im Laufe der Nacht hatte er einige Schneehühner und einen Hasen gefangen, und er ruhte sich satt aus und blickte übers Tal und die silbrigglänzenden Fjorde.

Spät in der Nacht kam Svava in Sichtweite. Sie ging immer noch nach Süden, wie er vermutet hatte. Er bemerkte, dass der Hunger ihrem Körper eine gewisse Leichtigkeit verliehen hatte und sie noch Kräfte besaß. Sie sprang in der Tundra von Hügelchen zu Hügelchen, um den tausend kleinen Tümpeln, die sich durch die Schneeschmelze gebildet hatten, auszuweichen. Arluk dachte mit Zufriedenheit, dass sie ja fast genauso ausdauernd sei wie eine Inuit.

Noch zwei Tage ging sie so. Der Berg, den sie als ihr Ziel ausersehen hatte, kam ihr immer gleich weit entfernt vor, und der Hunger schmerzte nicht mehr, aber die Müdigkeit und die Augen. Arluk wartete im Gebirge geduldig wie ein Schatten. Er erlegte eines Nachts eine Rentierkuh mit dem Pfeil und bereitete das Fleisch über einem Feuer, das er allerdings so weit entfernt brannte, dass Svava den Rauch auf keinen Fall entdecken konnte. Das Fleisch war sehr wohlschmeckend, und er wünschte, dass er es mit der Frau teilen könnte.

Am Morgen brach Svava einige Male zusammen. Sie war die ganze Nacht hindurch gegangen, weil ihr verwirrter Kopf ihr gesagt hatte, dass der Qaqqarsuaq ganz in der Nähe war, nur in der Dämmerung noch nicht zu sehen. Sie brach nicht zusammen, weil sie stolperte, sondern weil ihre Beine zu schwach waren, sie zu tragen.

Sie redete laut, so laut, dass Arluk ihre Stimme aus den Felsen hören konnte. Er verstand ihre Sprache nicht, aber beim Zuhören merkte er, dass ihre Stimme ohne Klagen oder Jammern war. Es hörte sich an, als spräche sie mit jemandem. Vielleicht mit dem großen Geist, den die Qallunaat so sehr fürchteten. Oder sprach sie mit Tornarssuq, weil die Einsamkeit ihr Weisheit geschenkt hatte? Ja, so war es. Denn in diesem Tal hatte ihr Geist keine Macht. Hier war Sila in allem. Sie redete in der Sprache der Geister, wie auch er es beim Geisterflug tat.

Sie versuchte aufzustehen, um weiterzugehen. Aber sie hatte keine Kraft mehr. Ihre Beine waren wie tot, und sie fiel auf die Knie und Hände und lag mit vornübergebeugtem Kopf. Ihr helles Haar hing vor ihrem Gesicht. Dann plötzlich schrie sie. Schrie wild, bis ihr die Luft ausging. Ihre Stimme versagte, und die Schreie gingen in ein stilles Weinen über. Sie fiel auf die Seite, krümmte sich zusammen und zog die Knie zur Brust, und so blieb sie liegen.

Svava schlief traumlos. Und als sie der Schlaf verließ und sie ihre Augen aufschlug, erblickte sie Arluks Gesicht. Da begriff sie, dass das, was ihr von jetzt an geschehen würde, unabwendbar war und dass ihr Leben mit dem dieses Mannes unlösbar verbunden sein würde. In seinen Augen lag großer Ernst. Seine Lippen waren zu einem schmalen Strich zusammengepresst, und zwischen seinen kräftigen Augenbrauen stand eine senkrechte Falte. Sie holte vor Überraschung tief Luft. Dann streckte sie eine Hand aus und strich ihm über die Seite des Kopfes, an der das Ohr fehlte. Sie hatte dasselbe Gefühl auf der

Handfläche wie damals, als sie als kleines Mädchen ihre Mutter liebkost hatte. Arluk hielt verlegen seine Hand vor diese Stelle, aber Svava lächelte ihn an, und er wusste, dass sie es nicht als unangenehm empfand.

Arluk führte Svava in die Felsen. Er machte Feuer und gab ihr das Fell des erlegten Rentieres. Anfangs ließ er sie nur ganz wenig essen. Ein wenig Blutsuppe und kleine Stücke Rentierfleisch. Sie legte sich erschöpft auf das Fell, er legte sich neben sie, um ihr von seiner Wärme abzugeben. Sie rückte etwas ab, aber als sie merkte, dass er nichts von ihr wollte, schob sie sich wieder an seinen Körper. So lagen sie den Rest des Tages und ließen sich von der Sonne wärmen. Erst als sich die Dunkelheit über die Berge legte, erwachte Arluk. Er stocherte in der Glut und brachte das Feuer wieder zum Brennen. Eine Rentierschulter wurde mit einer Holzgabel über das Feuer gebracht, und er saß unbewegt und starrte in die Flammen. Er hatte den Anorak wegen der Hitze des Feuers ausgezogen, und Svava betrachtete ihn forschend.

Dieser Mann, dachte sie, war ihrem Vater oder jedem anderen freien Nordländer ebenbürtig. Auch wenn er von diesen »Schwächling« genannt wurde. Er war ein Mensch wie sie, mit Träumen und Sehnsüchten und Bedürfnissen. Seine Landsleute hatten ihre Eltern getötet, darum müsste sie ihn eigentlich hassen. Er hatte ihr die Freiheit gegeben, und sie hatte sie genommen, aber nicht die gestellten Anforderungen erfüllt. Und er war ihr gefolgt, weil er wusste, dass die Freiheit etwas anderes war als das, was sie suchte. Wenn sie leben wollte, musste sie sich ihm anvertrauen.

Svava erhielt das Leben von Arluk, und sie wusste es. Alles kam ihr einfach vor, denn das Dasein, das er ihr bot, war einfach. Sich satt essen, schlafen und sich warm halten. Etwas anderes war es nicht. Darum aß sie, was er ihr gab, hielt sich dicht am Feuer, das er angezündet hatte, und schlief, wenn sie müde war. Sie richtete sich nach seinem Lebensrhythmus, nicht widerstrebend oder kriecherisch, sondern mit einer Selbstverständlichkeit, die sie selbst in Erstaunen versetzte.

In diesen Sommertagen im Gebirge war sie ohne Gedanken an ihr früheres Dasein. Sie lebte von Augenblick zu Augenblick, ganz ohne Rückblicke und ohne Nachdenken. Und als Arluk sie an einem sonnenreichen Tag, als sie am Fluss saß und ihr Haar spülte, in die Heide legte, war sie bereit, ihm zu folgen.

Arluk lachte, als er in sie eindrang. Nicht triumphierend, sondern vor Freude. Und die Freude war ansteckend. Zuerst verstand sie es nicht. Denn sie hatte gelernt, dass das Zusammensein des Mannes mit der Frau ernst war und Schmerz mit ein wenig Wolllust brachte, die man aber doch bereuen musste. Die Mägde auf dem Hof hatten ihr dies erzählt, der Mönch hatte von Sünde gesprochen, und ihre Mutter hatte durch ihr Schweigen seine Worte noch bekräftigt. Daher wirkten die Freude, das Lachen und das Spiel, die in eine geradezu überrumpelnde Wollust mündeten, erlösend. Sie entdeckte bei sich einen brodelnden Überschuss von etwas, das größer und stärker war als die Gedanken, die versuchten, ihre Sinne zu durchdringen, etwas, das weit außerhalb ihres Fassungsvermögens und Wesens lag. Sie spürte Arluk in ihrem Körper, aber sie dachte weder an ihn noch an sich selbst, war nur umfangen von der Freude des Augenblicks. Es schwirrte im Körper wie Insekten um eine besonders bunte Blume. Sie legte die Arme um ihn und klammerte die Beine um seine Lenden, lachte, als sie seine Muskeln fühlte, die sich wie kleine Tiere unter der Haut bewegten. Sie schloss nicht die Augen, wie sie es getan hatte, als die anderen Inuit sich ihr mit Gewalt näherten. Sie blickte die ganze Zeit in seine lächelnden Augen.

Sie schwamm auf dem Meer. Ließ sich heben und senken von der großen Dünung, wurde zum hohen, blauen Himmel gehoben und in eine unendliche Tiefe geschleudert. Sie schrie, sie lachte, und sie presste sich an ihn, als ein Beben ihren Körper durchfuhr.

Danach schlief sie. Obgleich es helllichter Tag war, fiel sie in einen tiefen Schlaf, ihr Kopf lag auf Arluks Arm. Sie erwachte, als Arluk bei ihr saß und ihr einen fetttriefenden Schneehuhnschenkel unter die Nase hielt. Sie lächelte, öffnete den Mund und biss vorsichtig in das warme Fleisch.

Sie redeten viel miteinander, und Svava holte deshalb viele vergessene Worte aus ihrem Gedächtnis. Als sie Arluk fragte, ob sie zurück zur Siedlung gehen wollten, antwortete er: »Wir gehen bald zurück. Ich habe dort meine Frau und zwei Kinder.«

Sie starrte ihn an. »Du hast eine Frau? Werde ich auch deine Frau?«

Er nickte. »So wird es sein.«

»Kein Nordländer hat zwei Frauen«, protestierte sie.

»Man ist kein Qallunaaq«, entgegnete er mit einem Lächeln. »Vielleicht hat man keine Großfänger bei deinem Volk?« Er lachte. »Bei uns ist es so: wenn man mehr als eine Frau ernähren kann, sollte man noch eine nehmen. Denn wenn man Großfänger ist, gibt es für eine Frau zu viel Arbeit.«

Svava dachte nach. »Ich werde also deine zweite Frau?«

»Ja«, antwortete er. Und sie sprachen nicht weiter darüber.

Sie fragte ihn, ob sie in der Siedlung bleiben würden, und er antwortete: »Ich habe die Absicht, alle Länder der Erde zu bereisen. Darum müssen wir aufbrechen, bevor das Eis kommt.«

»Kommen alle aus der Siedlung mit?«

»Nur die, die wollen. Vielleicht fahren wir nur mit einem Umiak. Ich weiß es noch nicht.«

Dann sprach sie über ihren Gott, und er hörte zu und antwortete dann: »Du sagst, dass ihr einen Gott habt, der die Menschen erschuf. Das ist vielleicht gut für euch. Aber die Inuit sind selbst ein Teil von Gott oder den Geistern, wie wir es nennen. Denn im Anfang gab es nur zwei Männer, und einer von ihnen bildete sich zur Frau um, damit sie zusammen Kinder bekommen konnten. So wurden diese beiden unsere frühesten Vorväter.«

Diese Entgegnung beschäftigte Svavas Gedanken lange. Es wunderte sie, dass die Nordländer, die doch in manchem den Inuit überlegen waren, sich damit zufriedengeben mussten, das Produkt von Gott zu sein, wogegen die Inuit selbst ein Teil Gottes waren.

Obgleich Svava gerne länger mit Arluk in den Bergen geblieben wäre, folgte sie ihm willig zurück in die Siedlung. Sie trug ihren Teil der Beute, die er während dieser

Zeit gemacht hatte, und Arluk stellte zufrieden fest, dass sie kräftig und genauso ausdauernd war wie eine Inuit-Frau.

13

Nungo hatte vernehmlich geseufzt, als Arluk Svava entführte. Der Seufzer war wie eine Befreiung gewesen, aber auch ein wenig resignierend. Wenn ein anderer Mann das Mädchen wollte, hörte seine Verantwortung und Pflicht als Ernährer auf, und das war gut. Aber dass es ihm nicht gelungen war, sie zu seiner Frau zu machen, war schlecht, denn er entbehrte eine Frau sehr. Er war ein tüchtiger Jäger und zählte zu den Großfängern unter seinen Siedlungsgenossen. Aber er hatte keinen, der seine Felle bereitete, und keinen, der die Kleidung seiner Söhne und seine eigene in Ordnung hielt. In der Gruppe gab es keinen Frauenüberschuss, und er hatte lange Zeit mit der Hilfe, die ihm verheiratete Frauen im Lager anboten, auskommen müssen.

Svava hatte ihn auf der Schlafpritsche abgewiesen. Einige Male hatte er mit Glück sein Vorhaben ausgeführt, aber es war ein entmutigendes Erlebnis gewesen. Sie hatte abgelehnt, für ihn zu arbeiten, obgleich er sie einige Male verprügelt hatte, mehr mit Blick auf die Nachbarn als aus der Überzeugung, dass es helfen würde. Sie redete nur mit den Jungen, es gefiel ihr offenbar. Sie fragte sie häufig, wo das Lager lag und wie weit sie meinten, dass es bis zum nächsten Nordländerhof war. Es war klar, dass sie an Flucht dachte, und um die Flucht zu begünstigen, hatte Nungo ihr den Schlafplatz direkt am Zelteingang zugewiesen. Jetzt hatte ein anderer Mann die Verantwortung für sie, und er war wieder allein.

Einige Tage nach der Entführung sah er Aka am Fjord sitzen und Felle waschen. Sie war jung und hübsch, und er bekam richtig Lust auf sie. Er ging hinunter, hockte sich neben sie und fing an, mit ihr zu reden. Zu seiner Freude wurde er nicht abgewiesen. Sie verspottete ihn ein wenig, weil er zugelassen hatte, dass Arluk Svava nahm, die ja alle für seine Frau gehalten hatten. Er entgegnete, dass Svava, selbst wenn sie vielleicht eine Art Frau gewesen wäre, doch nicht sein Wunsch war. Er brauchte eine ganz andere Frau. Vielleicht war es eine gute Idee, wenn er die Frau mit Arluk tauschte. Bisher antwortete sie nicht, sondern lächelte, den Kopf über die Felle gebeugt. Sie war noch sehr jung und hatte nicht viele Bewerber gehabt. Darum war sie neugierig und ließ sich gern ansprechen.

Am nächsten Morgen ging er zu Arluks Zelt. Ivik war auf Fang, und Pipaluk sah ihn fragend an, als er sich setzte. Sie wollte aber nicht ungastlich sein und reichte ihm ein Stück Fleisch von einer kleinen Fjordrobbe, die sie gerade gekocht hatte. Er aß mit gutem Appetit und sagte, als er fertig war: »Eine gewisse Person kam eines Nachts und nahm sich meine Frau.« Er sprach zu Pipaluk und tat so, als ob er weder Aka noch deren Mutter sah. Er lachte etwas verlegen. »Sie war eine durch und durch miserable Frau, für nichts zu gebrauchen, aber für meine Jungen doch eine Gesellschaft, wenn ich auf Fang war. Außerdem bereitete sie auf der Pritsche nur wenig Vergnügen.«

Pipaluk lachte mit. Sie wusste genau, dass die Qallunaat-Frau auf der Schlafpritsche keine sonderlich aufmunternde Gesellschaft gewesen war. Nungo fuhr fort: »Man könnte gut die Hilfe einer Frau gebrauchen. Zufällig hatte man das Glück, gestern einige Robben zu fangen, unter anderem eine von den gesprenkelten. Es wäre schade, wenn ein so schönes Fell beim Speckkochen zu Schaden käme, weil sich niemand darum kümmert. Vielleicht kann es dem einen oder anderen eine Freude machen, es zu behandeln.« Er sah Aka zum ersten Mal an, und sie lachten sich an, als wäre zwischen beiden ein Einvernehmen hergestellt.

Nungos Aufenthalt in Arluks Zelt war von kurzer Dauer. Er bedankte sich für das Fleisch und ging zu seinem Zelt zurück. Die beiden Söhne schickte er zum Strand, Miesmuscheln zu sammeln, und er setzte sich hinters Zelt, wo er sich damit beschäftigte, das gesprenkelte Robbenfell von den Spannpflöcken zu nehmen. Er hörte Aka kommen, blieb aber noch eine Weile sitzen; erst als er das Geräusch des Fellschabers hörte, ging er hinein.

Sie saß mit einem Fell, das über dem flachen Stein, den man Qarparfik nannte, ausgelegt war, und zwei kleine Haufen Speck lagen neben ihrem Schenkel. Sie blickte rasch auf, als er sich direkt in den Eingang setzte. Er warf ihr das gesprenkelte Robbenfell vor die Füße.

»Man fand dieses kleine Fell hinter dem Zelt«, sagte er. »Obwohl es schlecht behandelt und voller Löcher ist, kann man es vielleicht für ein Paar Frauenhosen gebrauchen.«

Aka gab keine Antwort. Sie beachtete das Fell überhaupt nicht, sondern setzte ihre Arbeit fort. Ihr langes Haar verbarg das Lächeln, das das Geschenk ausgelöst hatte. Gesprenkelte Robben gaben das feinste Fell für Beinkleider.

Den ganzen Tag schabte und machte Aka Felle für Nungo weich. Sie war schnell und tüchtig und schnitt keine Löcher in die Felle. Abends aßen sie Lachs, und sie lachte und scherzte mit den Jungen und aß von den Muscheln, die sie gesammelt hatten. Nungo legte sich nach dem Essen hin, und zur Freude der Jungen legte sich Aka zu ihm. Sie lauschten auf das Spiel der Erwachsenen und dachten, dass es jetzt so war wie zu Lebzeiten ihrer Mutter.

Sie wurden nachts von Ivik geweckt. Unter viel Lärm kam er hereingekrochen, denn es war nicht seine Absicht, wie ein Dieb zu kommen. Er blieb im Eingang stehen und sagte: »Geh zurück zu unserem Zelt, Aka.« Seine Stimme klang befehlend, aber Aka tat, als ob sie schlief, und ließ die Männer reden. Nungo sagte: »Man hat sich eine Frau genommen, und damit sind wir Verwandte, Ivik.«

»Du hast die Frau eines anderen Mannes gestohlen«, erwiderte Ivik.

»Ach«, rief Nungo überrascht, »ich habe es als einen Frauentausch aufgefasst. Arluk bekam Lust auf meine Frau. Das hast du vielleicht gar nicht gehört?«

Ivik schüttelte den Kopf. »So war es nicht. Alle sagen, dass es dir nicht gelungen ist, die Frau zu deiner Ehefrau zu machen.«

»Sie wohnte in meinem Zelt, und ich habe sie ernährt, länger als ein Jahr.«

»Aka ist Arluks Frau. Er wird dich töten. Einmal hat er mich getötet, weil er sie wollte, aber er ist ein Angakoq pulik und erweckte mich wieder zum Leben.«

Nungo nickte friedfertig. »Man hat von seinen Fähigkeiten gehört, und man weiß, dass er ein Großfänger ist und in der Lage, drei Ehefrauen zu ernähren. Selbst aber hat man keine Frau, und viele sagen, dass man ab und zu ein bisschen Glück beim Fang hat. Vielleicht tötet er mich, vielleicht nicht. Ohne Frau aber ist das Leben jedenfalls für einen Mann mit zwei Söhnen zu erbärmlich.«

Ivik begriff, dass Nungo nicht beabsichtigte, Aka herzugeben. Er wollte mit ihm keinen Streit anfangen, denn er wusste, dass er ein guter Mann war, der seine Schwester mit Leichtigkeit ernähren konnte. Im Übrigen bezweifelte er, Nungo im Kampf besiegen zu können. Außerdem war deutlich, dass Aka bleiben wollte. Vielleicht, weil ihr Arluk nie sehr viel Aufmerksamkeit geschenkt hatte, wahrscheinlich, weil sie noch keine Fruchtbarkeit gezeigt hatte. Einige Frauen gebaren nie Kinder. Und wenn es um Aka auch so stand, dann war es vielleicht besser, zwei Pflegesöhne zu bekommen als gar keinen. Er nickte Nungo zu und verließ das Zelt. Er war etwas beschämt, dass er Arluks Sache nicht besser vertreten konnte, und gleichzeitig taten ihm Nungo und Aka leid.

Keiner im Lager hieß Arluk und Svava willkommen, als sie zurückkamen. Man tat so, als ob man sie nicht sah. Aber die Augen aller waren doch auf sie gerichtet, als sie aus den Bergen kamen. Es war offensichtlich geglückt, das Mädchen zu zähmen, denn sie ging friedlich hinter Arluk, wie es einem Mädchen geziemte, das eine schwere Last Rentierfleisch trug.

Die ganze Siedlung wartete die weitere Entwicklung der Dinge ab. Nungo, der zwei Jahre lang ohne Frau gewesen war, tat allen aufrichtig leid. Man gönnte ihm dieses junge Mädchen, wusste aber, dass er sie nicht behalten konnte. Denn er hatte die Gesetze gröblich übertreten. Einem anderen Mann die Frau stehlen, das war eine ernste Sache, aber einem bekannten Mörder und Geisterbeschwörer die Frau zu stehlen, das war unverzeihlich. Man war überzeugt, dass Nungo einen schnellen Tod erleiden würde, und hoffte inständig, er würde sich in der Zeit, die ihm übrig blieb, richtig mit Aka vergnügen.

Arluk zeigte sich am ersten Tag überhaupt nicht außerhalb seines Zeltes. Pipaluk hatte ihm von dem Raub erzählt, und sie war ein wenig enttäuscht über die Gleichgültigkeit, mit der er diese wichtige Mitteilung aufnahm. Er antwortete ihr zerstreut und redete mit Svava über gleichgültige Dinge. Es war, als hätte Aka überhaupt nicht existiert.

Svava nahm sich gegenüber Pipaluk in Acht, die sie jetzt mit Arluk zu teilen hatte. Aber die junge Frau ließ überhaupt keinen Zorn darüber erkennen, dass sie eine Mithausfrau bekommen hatte. Als Arluk eingeschlafen war, setzte sie sich neben Svava und erzählte flüsternd von Akas Entführung. Sie war überzeugt, dass Nungo getötet würde, aber das bezweifelte Svava.

»Ich glaube, er wusste, dass man ihn berauben würde«, sagte sie leise, um Arluk nicht zu wecken. »Mir sagte er, dass er nur eine Frau hat. Wenn er erwartet hätte, dass Aka hier sein müsste, wenn wir zurückkamen, hätte er doch sicher von zwei Frauen gesprochen.«

Dies gab Pipaluk einiges zu denken. Sie hatte Arluks Verhältnis zu Aka nie verstanden. Obwohl sie jung und hübsch war, lag er nur selten bei ihr, und auch nur, wenn ihn Pipaluk dazu aufgefordert hatte. Vielleicht hatte er sie nie als seine Frau angesehen. Es war immer etwas peinlich gewesen, wenn er sie und nicht Aka suchte. Vielleicht würde es mit Svava anders werden. Sie sprach den Namen laut aus, und Svava lachte über die Art, wie sie ihn aussprach. Pipaluk strahlte eine Wärme und Freude aus, die Svava Sicherheit verlieh. Sie blickte auf Arluk. Er atmete schwer. Sie legte sich neben ihn. Pipaluk lächelte sie an. Sie nahm Inaluq, die gerade zu quengeln anfing, und legte sie an ihre Brust.

Zwei Tage nach der Heimkehr ging Arluk zu Nungos Zelt. Keiner der Fänger war in diesen zwei Tagen auf der Jagd, denn keiner wollte die Auseinandersetzung verpassen. Sie hatten Kinder als Wachposten ausgesetzt, denn den Augen von Kindern entgeht nichts, und sie waren sicher, Tag und Nacht unterrichtet zu werden, wenn sich etwas außerhalb der Zelte abspielte. Sie selbst blieben in ihren Zelten, um Nungos Schicksal zu diskutieren. Einige glaubten, dass Arluk ihn sofort töten würde, mit dem Messer oder der Harpune oder durch Faustschläge. Vielleicht würde er auch die beiden Söhne und Aka töten. Andere wieder meinten, dass er, weil er sich noch nicht gezeigt hatte, damit beschäftigt war, einen Tupilaq herzustellen, der die Tötung ausführen könnte.

Man war sich einig, dass Nungos Chance, den Raub zu überleben, minimal war. Und die Erregung war groß, als ein Junge rief, dass Arluk gerade auf dem Weg zu Nungo war, jedoch unbewaffnet.

Viele Augen spähten aus den Zeltöffnungen. Sie sahen den großen Mann langsam durch die Siedlung gehen. Bei einem großen Stein blieb er stehen, um Wasser zu lassen.

Das wäre eine Warnung, meinte einer der Alten, aber wovor es warnte, konnte er auch nicht erklären.

Aka kniete auf dem Fußboden und machte Nungos Kamikken mit einem Stock weich. Sie blickte erschrocken hoch, als das Zeltfell zur Seite geschlagen wurde und Arluk eintrat. Rasch zog sie sich zum Pritschenrand zurück.

Arluk hockte sich bescheiden an der Tür hin. Nungo, der gerade einen Peitschenstiel für seinen jüngsten Sohn schnitzte, legte das Messer zur Seite, als er sah, dass Arluk unbewaffnet war. Die beiden Jungen verkrochen sich hinter seinem Rücken und guckten den fremden Angakoq mit großen, ängstlichen Augen an.

Zögernd reichte Aka Nungo die Kamikken. Er nahm sie ruhig und fing an, sie anzuziehen.

»Man war gerade dabei, sich für eine Fangtour fertig zu machen«, sagte er.

Arluk nickte verständnisvoll. »Das kann nötig sein, wenn man eine große Familie ernähren muss«, entgegnete er friedlich. Die beiden Männer behielten ihre Bewegungen genau im Auge. Nungo war klar, dass er nicht selbst seine Fanggeräte nehmen sollte, und er sagte zu den Jungen: »Ihr könnt die Harpune und den Speer zum Kajak bringen. Ich komme dann.«

Arluk rutschte ein bisschen zur Seite, als die beiden Jungen verschwanden. Er blickte ihnen lächelnd hinterher. »Selbst hat man nur einen Sohn«, sagte er. »Aber man hat zwei Frauen und kann mehr bekommen.« Er sah Aka an. Sie senkte den Kopf und wich seinem Blick aus.

»Man selbst hat nur eine Frau«, sagte Nungo herausfordernd. Es herrschte eine gespannte Stimmung im Zelt. Die Ruhe der beiden Männer war schrecklicher als der Kampf, den man erwartet hatte. Aka begann zu weinen und zu jammern, und ihre Mutter Manguaq, die ganz im Hintergrund auf der Pritsche gesessen hatte, legte tröstend eine Hand auf ihren Rücken.

Arluk sprach laut, um sie zu übertönen.

»Man könnte selbst Lust auf eine Tour in den Fjord bekommen. Vielleicht könnten wir ja zusammen hinausfahren?«

Akas Mutter kroch näher zu Arluk. Sie sagte: »Du tötetest meinen Sohn, und du gabst ihn mir zurück. Erinnerst du dich?«

Arluk nickte.

»Erst meintest du, dass du das Recht hattest zu töten, weil du der Stärkste warst. Aber dann fühltest du dich nicht mehr im Recht.«

Arluk nickte wieder.

»Ich wollte es einfach nur sagen.« Sie fing seinen Blick auf und lächelte. Ihr Lächeln war so wohltuend, dass Arluk zurücklächeln musste.

Aller Augen waren auf die beiden Fänger gerichtet, die Seite an Seite zu den Kajaks gingen.

»Er will ihn nicht im Zelt oder hier in der Siedlung

töten«, sagte ein junger Fänger. »Das ist sehr rücksichtsvoll.«

»Vielleicht hat er den Fjordgeistern befohlen, die Tötung vorzunehmen«, meinte der Alte, der die Warnung erkannt hatte. »Oder er wirft die Harpune in seinen Rücken, wenn sie so weit draußen sind, dass wir sie nicht mehr sehen können.«

Viele standen vor den Zelten, um zu sehen, wie die beiden wegpaddelten.

Sie fuhren vorbei an der kleinen Insel Uvingassoq, »die Schräge« genannt, dann fuhren sie so auseinander, dass ihr Kielwasser ein großes V bildete. Sie waren allerdings nie weit voneinander entfernt und behielten sich ständig im Auge.

Arluk hatte Glück und entdeckte eine Gruppe Narwale. Er verfolgte sie. Lag still, wenn sie zum Atmen auftauchten, und paddelte ihnen entgegen, wenn sie tauchten. Sie waren so mit ihrem Spiel beschäftigt, dass keines der Tiere das Kajak bemerkte, das, von der Sonne durchschienen, rasch näher kam.

Ein junger Wal tauchte auf und blies quer vor dem Kajak aus. Arluk setzte die Harpune hinter den großen Kopf. Der Wal tauchte und blieb lange unter Wasser, aber Arluk konnte die Fangblase über dem Wasser tanzen sehen und wusste, wo sich das Tier befand.

Als es zum Atmen auftauchte, war er genau über ihm. Mit großer Kraft stieß er ihm den Speer durchs Herz, und das Tier blieb neben dem Kajak liegen, unfähig zu tauchen.

Die beiden Jäger trafen sich bei der »Schrägen« wieder. Nungo hatte auch einen großen Fang gemacht, er hatte eine Klappmütze harpuniert. Sie ließen sich eine Weile treiben und ruhten sich aus.

Arluk war der Erste, der redete. »Man wird eine gewisse Ruderin vermissen, wenn man wieder aufbricht, um die große Reise fortzusetzen.«

Nungo nahm sorgfältig die Harpunenleine auf und legte sie aufs Vordeck. »Man sagt«, meinte er, »dass es bei den Kitsissut-Inseln viele Klappmützen gibt. Man hat lange den Wunsch gehabt, zu diesen Inseln zu fahren, hatte aber keine Frau und keinen, der mitkam. Vielleicht liegen diese Inseln in der Richtung, die du auf deiner Reise nimmst. Vielleicht ist es möglich, dass du gar keine Ruderer entbehren musst.«

Arluk holte die Schleppleine ein, um den schweren Wal so dicht wie möglich am Kajak zu haben. Er öffnete die Kapuze, die er ums Gesicht festgezogen hatte, falls ihn der Wal umgeworfen hätte. Dann fing er an, zum Land zu paddeln.

Nungo, der kein Missverständnis wollte, paddelte neben ihn und fragte: »Ist es so, dass du mit dem Frauentausch einverstanden bist?«

Arluk drehte sich nicht zu ihm um. Er lächelte und war zufrieden, weil ihr Treffen friedlich verlaufen war. Er hatte seine Kraft und den Zorn gefürchtet, und er freute sich, dass er beide beherrschen konnte.

»Man ist zufrieden«, antwortete er.

In Arluks Narwal fand man einen Fötus. Darum wurden alle in der Siedlung zum Fest des ersten Fanges eingeladen. Obwohl Nûtaq diesen Wal nicht eigenhändig gefangen hatte, wurde er doch als sein Erstfang angesehen. Allen wurde Tamorassat angeboten, während Arluk glücklich herumging und betonte, dass dies wirklich der Erstfang seines Sohnes war. Der kleine Nûtaq selbst saß da und aß Maktaaq mit zufriedenem Gesichtsausdruck. Er bekam kein Fleisch vom Fötus, denn gerade dieser Fötus sollte der Narwal sein, den er einmal in seinem Leben fangen sollte.

Die Menschen wunderten sich sehr, dass Nungo auf dem Meer mit dem Leben davongekommen war. Der Alte murmelte etwas undeutlich vor sich hin, dass es genau das war, was die Warnung bedeutet hatte: Arluk hatte seinen Ärger und Zorn auf dem Weg zu Nungos Zelt ausgepisst.

Auch Aka und die Jungen waren glücklich. Keiner von ihnen hatte erwartet, Nungo wiederzusehen, und sie waren denn auch diejenigen, die den Erstfang des kleinen Nûtaq am meisten priesen.

»Ach, lass uns glücklich sein«, rief Aka immer wieder. Und sie lachte so laut, dass die älteren Frauen meinten, es wäre ein wenig unpassend und kindlich für eine verheiratete Frau.

Während des Festes saß Arluk bei Svava. Er zwang sie, Fleischstücke zu essen, und er konnte sich nicht genug darüber wundern, dass er sich gerade deshalb besser fühlte, weil er Freundschaft mit Nungo geschlossen hatte, anstatt ihn und seine Söhne zu töten.

Vielleicht stammte die Gewalt, die in einem Menschen wohnte, von übel gesinnten Geistern? Vielleicht hatten diese Geister immer eine bestimmte Macht über ihn und seine Vorväter gehabt. Denn in der Geschichte des Geschlechts gab es viel Kampf und viele Morde. Vielleicht stammte diese schwer zu beherrschende Wut schon aus Heqs Zeit?

Er beschloss, die Siedlung einige Zeit zu verlassen, wenn das Fest vorbei war, um über all diese Dinge Klarheit zu gewinnen.

14

Der Aufenthalt in diesen südlichen Landen wurde lang. Das Leben war leicht, denn hier gab es guten Fang, und den größten Teil des Jahres war es warm.

Zuerst überwinterten sie nach einer schönen Reise im Sommer bei einem Ort, der Angisunguaq hieß. Den zweiten Winter brachten sie auf einer Insel mit Namen Aluk zu. Hier brach Mekos kleine Tochter durchs Eis und ertrank, aber weil sie kurz darauf wieder ein Kind zur Welt brachte, einen Sohn, währte die Trauer nicht allzu lange.

Wie lange man schon auf Reisen war, konnte man sich am besten merken, wenn man die Orte erinnerte, in denen man die Winter verbracht hatte. Und das rechnete man hin und wieder nach, weil es immer wieder Vergnügen bereitet, von dem zu sprechen, was man zusammen erlebt hat. Wenn man von diesen Orten erzählte, konnte man einfach nicht begreifen, dass schon wieder so viel Zeit vergangen war. Es kam ihnen vor, als hätten sie dies alles gerade erst erlebt.

Ivik und Meko sprachen nicht mehr davon, zurückzukehren. Manguaq wollte ihre Jahre mit Kindern und Kindeskindern verbringen, auch sie war also mit dem

Nomadenleben zufrieden. Nungo und Aka hatten ein Kind zusammen. Auch die beiden waren noch voller Reiselust.

Wenn man die Winter zählte und bei sieben angekommen war, dann sahen Pipaluk und Arluk, dass sie lange gereist waren. Am deutlichsten konnten sie es an den Kindern feststellen.

Nûtaq war so groß, dass er jetzt mit Arluk auf Fang ging. Seine Schwester Inaluq redete wie eine Erwachsene und konnte schon ihre eigene Bekleidung nähen. Ihre Nadelstiche waren feiner als die Manguaqs, weil ihre Augen besser sahen. Auch Svava hatte einem kleinen Mädchen das Leben geschenkt, Arluk liebte es sehr. Die Kleine war hellhaarig wie ihre Mutter, hatte aber Arluks Augen und eine blassgoldene Hautfarbe. Sie war langbeinig, feingebaut und lebendig. Pipaluk sagte, dass ihr viele nachstellen würden und sie deshalb ein interessantes, aber vielleicht auch etwas schwieriges Leben haben würde. Ihr Name war Panigpak.

Die Kinder waren alle bei Manguaq. Sie war die älteste der fünf Frauen und wurde deshalb Ninio genannt. Und sie besaß eine Geduld, die keine der Jüngeren aufbrachte. Sie beschäftigte die Kleinsten, wenn diese nicht mehr im Amaut ihrer Mütter waren, holte Schnodder aus ihren Nasen, wenn der Wind aus Nord pfiff, und war immer da, um zu trösten oder kleinere Schäden an den Kleidern auszubessern. Nungos Jungen, die fast erwachsen waren, liebten sie und wussten nichts Schöneres, als auf ihrer Pritsche zu sitzen und Erzählungen aus einer vergangenen Zeit zu lauschen.

Niemand hatte es besonders eilig, den Süden zu verlassen. Denn es gab viel zu sehen, und darum genoss man die Zeit, als ob sie unendlich wäre. Svava ergab sich ganz dem Schicksal, das sie getroffen hatte. Sie fügte sich in das Leben, wie es die Inuit lebten, und gewöhnte sich nach der Geburt des Kindes daran, dass Arluk Pipaluk genauso liebte wie sie. Im ersten Jahr gab es allerdings Tage, an denen sie nur ganz wenig sprach und gar nicht lachte. Da merkte Pipaluk, dass sie sich nach ihren Stammesgenossen sehnte. Sie fragte nicht danach, sprach aber mit Arluk, und der begriff, dass es für Svava wichtig war, den Hof bei den flachen Klippen wiederzusehen.

Sie verbrachten deshalb diesen Sommer damit, die großen Gebiete zu durchfahren, die von den Qallunaat besiedelt gewesen waren. Svava kannte die Fjorde mit deren nordischen Namen: Eriksfjord und Einarsfjord, Isafjord und Kambstaðafjord. Sie waren an einem Ort, den sie Gardar nannte, und dort fanden sie ein Geisterhaus, das aus einer gewaltigen Menge von Steinen gebaut war. Sie sahen niedergebrannte Häuser bei Hvalsey, wo auch ein Haus für diesen sonderbaren Gott, den Svava verehrte, lag. Überall, wo sie hinkamen, stießen sie auf Höfe, und es war ganz offensichtlich, dass hier einmal viele Qallunaat gelebt hatten. Einige Höfe waren niedergebrannt, andere von Wind und Wetter zerstört. Alle waren ausgeraubt und menschenleer.

Sie kamen in Qaerssormiit an und blieben mit dem Umiak am Strand liegen. Vom Fjord aus hatten sie gesehen, dass der Hof niedergebrannt und weder Tier noch Mensch zu sehen war. Svava saß stumm an ihrem Ruder und starrte auf das Land. Ihre Augen waren trocken, aber man konnte sehen, dass sie große Trauer empfand. Niemand sprach mit ihr, als sie an Land ging, und nur einige Kinder folgten ihr hinauf zu den Ruinen.

Arluk hatte das Kajak auf den steinigen Strand gezogen. Er und Nungo krochen das steile Ufer hinauf, das aus Kies bestand. Sie sahen, wie Svava um den Zaun vor der Brandstätte herumging. Die Kinder liefen herum, wo einst das Stallgebäude und das Wirtschaftsgebäude gewesen waren. Einer von Nungos Jungen stieß einen lauten Schrei aus und kam hinunter zum Strand gelaufen. Er hatte ein Beil in der Hand, das er hinter dem Stall gefunden hatte.

Nungo nahm es in die Hand. Er sah sich dieses herrliche Eisen lange an und gab es dann Arluk. Der studierte es genau. Es war ein schönes Beil, eine wertvolle Waffe, die man immer wieder scharf schleifen konnte. Er saß da, das Beil in der Hand, als Svava zurückkam. Ihre Augen waren rot und geschwollen, sie hatte viel geweint. Als Nungo sie sah, riss er Arluk das Beil aus der Hand und warf es weit hinaus in den Fjord.

»Wir sind keine Diebe oder Grabräuber«, sagte er leise. Der Junge blickte dem Beil lange hinterher, und sein Vater legte eine Hand auf seinen Arm.

»Dieses Beil gehört uns nicht«, sagte er. »Wenn sein Besitzer auch nicht mehr am Leben ist, gehört es ihm doch immer noch. Vielleicht kann er seine Inua gebrauchen, dort, wo er jetzt ist.«

Arluk sah Nungo dankbar an. Er wollte nichts mitnehmen, was Svava an ihr früheres Leben erinnern würde. Er stand auf und rief den Frauen zu, an Land zu kommen.

Viele von den Leichen waren noch gut erhalten, weil sie unter dem eingestürzten Dach lagen. Andere waren von Raben und Füchsen angefressen. Arluk fand Katla und stellte fest, dass auch ihr ein Ohr fehlte. Behutsam hob er sie auf und trug sie in die Felsen.

Man begrub die Leichen in einer Spalte in den Felsen, ein Stückchen oberhalb des Hofplatzes. Diese war groß genug, um alle aufzunehmen. Sie verschlossen die Spalte mit Steinen und Grassoden und gingen schweigend zurück zum Frauenboot. Svava weinte nicht mehr, und als sie Qaerssormiit verließen, ruderte sie wie die anderen auch in die Richtung, die Arluk angegeben hatte. Sie übernachteten an einem Ort, den sie Dyrnes nannten, und nahmen am nächsten Morgen zeitig Kurs aus dem Fjord hinaus aufs Meer.

Nach einigem Suchen fand man schließlich eine Stelle, wo man den dritten Winter verbringen wollte. Es war ein ganz außergewöhnliches Tal, das bei Tasermiut lag. Sie waren überaus verwundert über die kolossale Ähnlichkeit des Pflanzenwuchses mit dem im Tunulliarfik – oder Eriksfjord, wie Svava ihn nannte –, aber dieses Tal war unübertroffen. Es war ungemein üppig, denn hier fand man Sonne und Schutz vor allen Winden. Es gab viel Erde über den Klippen, und die Bäume waren höher als Arluk, und ihre Stämme waren genauso dick wie seine Oberschenkel.

Pipaluk hatte Angst vor dem Wald. Aber Svava beruhigte sie und sagte, dass solch ein Wald keine größeren Gefahren barg als die offene Landschaft.

Sie ließen sich im Qinquatal nieder, nicht weit vom See Tasersuaq. Pipaluk überwand nie ihr Grauen vor dem Wald. Keiner konnte sie bewegen, hineinzugehen. Sie war in einem Land ohne Wälder aufgewachsen, in dem sich nichts hinter tückischen Bäumen verbergen konnte. Sie, die nie einen Baum gesehen hatte, höher als ein Kinderstiefel, war vor Entsetzen gelähmt, wenn die krummen Birken die Aussicht verstellten. Dann fühlte sie, wie die bös gesinnten Wesen dieser Welt in sie hineinkrochen. Denn die Inua des Waldes waren bös gesinnt, davon war sie überzeugt. Hier war Amarsiniouk, der die Menschen in seiner großen Pelzkapuze entführte, Kukoriaq, der zehn Beine mit scharfen Klauen hatte, und Inoruseq, der die Gedanken der Menschen hören konnte und unter der Pflanzenwelt und der Muttererde lebte. Unter dem raschelnden Laub der Bäume wohnten die Zwerge, denen die schrecklichen »Zeigewaffen« gehörten. Ach, es gab so vieles, vor dem man sich in einem Wald fürchten musste.

Die Kinder waren nun so groß, dass sie die Freuden der Reise auch erlebten. Vorher waren sie einfach nur mitgekommen, jetzt aber sahen und hörten sie wie die Erwachsenen. Es war Arluks Wunsch, aufzubrechen, sobald er und Nungo Depots an der Küste angelegt hatten. Denn dies war fremdes Land mit anderen Fangbedingungen als das Land, aus dem sie kamen. Er und Nungo wollten zu den Kitsissut-Inseln fahren und Klappmützen fangen, die dann als Reiseproviant für die Reisen der kommenden Jahre dienen konnten. Die große Unruhe war wieder über Arluk gekommen, und er fühlte sich befreit, als er und Nungo das schöne Tal verließen.

Die Angst vor dem Wald erwies sich als unbegründet. Es wurde ein guter Winter. Sie hatten Fleisch und viel Brennholz aus dem Wald.

Einige Zeit nach Arluks und Nungos Abreise rief Nungos jüngster Sohn ganz aufgeregt aus den Felsen: »Umiarsuit, umiarsuit, tikipok! Ein Schiff kommt an!« Er hatte von den großen Schiffen der Qallunaat gehört und sah nun eines sich der Küste nähern, vielleicht vom Rauch des Kochfeuers am Strand angelockt.

Alle stürzten zum Strand und betrachteten das seltsame Fahrzeug, das schnell in die Bucht einlief. Svava sagte, dass es am sichersten wäre, sich im Wald zu verstecken, denn vermutlich war das Schiff voller Seeräuber, die sie alle erschlagen würden. Aber Ivik meinte, es spräche nichts dafür, dass die Fremden sie töten wollten. Er freute sich über diesen Schiffsbesuch, denn einen solchen hatte noch keiner von ihnen erlebt. Meko war seiner Meinung. Vielleicht konnten sie Kostbarkeiten einhandeln. Sie hatten viele Felle und wussten, dass die Begehrlichkeit der Qallunaat auf diese groß war. Ivik hatte ein schönes Bärenfell. War es wohl möglich, es für einen Eisenkessel einzutauschen?

Nur Svava rannte in den Wald, als das Schiff vor Anker ging. Die anderen blieben etwas weiter oben in den Felsen und sahen, wie ein kleineres Boot zu Wasser gelassen wurde. Sie konnten das Geräusch der Ruder in den Dollen hören, ein Geräusch, das sie vom Frauenboot kannten und das sie beruhigte. Diese Qallunaat waren trotz allem sicher nicht sehr viel anders als richtige Menschen. Die Kinder bekamen allerdings Angst, als sie die Männer in den Booten deutlich sehen konnten. Sie liefen rasch von den Felsen ins Gebüsch hinunter zu Svava. Pipaluk und Manguaq folgten ihnen, und nur Meko und Ivik blieben in den Felsen zurück.

Das Boot wurde auf den Strand gezogen, einige Männer sprangen heraus. Sie blieben abwartend stehen, in den Händen hielten sie lange Stöcke.

Svava erklärte Pipaluk flüsternd, dass dies »Zeigewaffen« wären, die den Tod brachten. Ihr Vater hatte ihr von diesen neuen Waffen erzählt. Er selbst hatte sie nie gesehen, und er sagte, sie könnten aus großer Entfernung töten.

Einer der Männer war offenbar der Anführer. Er trug ein langes Messer in seinem Gürtel, ein Messer von einer solchen Länge hatte Ivik noch nie gesehen. Pipaluk meinte, dass solch ein Messer seinem Besitzer keine Ehre machte. Es war zum Abspecken unbrauchbar, war zu lang zum Schneiden und diente offensichtlich nur der Prahlerei.

Svava erzählte ihr, dass man mit solch einem Messer einem Menschen den Kopf abschlagen könnte, wenn man wollte, eine Erklärung, die Pipaluk nicht verstand. Sie schüttelte den Kopf und murmelte: »Aber wer will denn so etwas?«

Zögernd begannen die Fremden, zum Haus hinaufzugehen. Sie blickten wachsam nach allen Seiten, als ob sie einen Überfall erwarteten. Zwei von ihnen blieben beim Boot stehen, es waren die beiden mit den Zeigewaffen.

Als sie ins Haus gingen, riefen sie so laut, dass man es weit draußen im Fjord hören konnte. Sie blieben lange drinnen, und als sie wieder herauskamen, trugen sie eine Menge Felle. Es waren Felle von vielen Robbenarten, Fuchsfelle und Bärenfelle. Selbst die Schlaffelle hatten sie mitgenommen, Ivik musste über ihre Gier lachen. Es war auch ein Walrosskopf mit langen Zähnen und ein

Narwalzahn unter den mitgenommenen Sachen. All dies trugen sie nach und nach hinunter zum Boot. Dort legten sie alles auf einen großen Haufen. Der Anführer breitete die Felle eines nach dem anderen aus und schaute sie sich bewundernd an.

Dann trugen sie große Fässer aus den Booten.

»Sie kommen wegen Wasser«, sagte Svava. »Sie sind nur gekommen, um Wasser zu holen.«

»Also nicht, um uns totzuschlagen?«, fragte Pipaluk.

»Das tun sie vielleicht, wenn sie uns sehen«, antwortete Svava. »Sie sind nicht wie Nordländer gekleidet. Vielleicht kommen sie aus dem Frankreich.«

»Was ist das, Frankreich?«

»Das Land, aus dem meine Mutter kam.«

»Die einohrige Frau?«

Svava nickte. Sie ergriff Pipaluks Arm. »Sieh nur, Ivik!«

Vom Felsen aus hatte Ivik mit Zufriedenheit gesehen, wie der Anführer die Felle zur Begutachtung hochhielt. »Jetzt, wo er sie gesehen hat, ist er sicher zum Tauschhandel bereit«, murmelte er halblaut. Er erhob sich und ging hinunter auf das Boot zu. Er trug keine Waffen und kam in Frieden, um für die Felle seiner Leute bezahlt zu werden.

Die Seeleute, die gerade zehn Fässer auf den Strand gerollt hatten, sprangen zurück und ergriffen ihre Waffen. Die beiden mit den Zeigewaffen legten auf ihn an, aber er war ohne Furcht, denn er hatte nichts Böses im Sinn. Er lächelte breit und winkte mit den Armen, damit sie sehen konnten, dass er weder eine Harpune noch ein Messer trug.

Der Anführer kam ihm einige Schritte entgegen. Er hatte das lange Messer aus dem Gürtel gezogen und hielt es schräg auf die Erde gerichtet. Ivik ging zu ihm hin. Er wies auf den Haufen von Fellen und sagte: »Man ist froh, dass diese armseligen Felle den Besitzer wechseln.«

Der Anführer sagte etwas, was Ivik nicht verstand. Aber es war keine Feindseligkeit in seiner Stimme, wenn er auch Iviks Lächeln nicht erwiderte. Er zog einen glänzenden Gegenstand aus der Tasche und reichte ihn Ivik. Mit einer Geste forderte er ihn zum Trinken auf. Es war ein merkwürdiges Gefäß – die reine Zauberei. Denn durch das klare Material konnte Ivik eine Flüssigkeit schwappen sehen. Er roch am Flaschenhals, und ein starker und unbekannter Geruch stieg ihm in die Nase. Der Fremde nahm ihm die Flasche ab und zeigte, wie man daraus trank. Ivik wollte nicht zurückstehen, nahm die Flasche wieder und fing an, zu trinken. Er trank lange, weil er höflich sein wollte. Obwohl der Geschmack entsetzlich war, trank er weiter in kleinen Schlucken. Es brannte im Hals und tief unten im Magen, und die Augen tränten ihm. Der Fremde ließ ihn trinken. Er nickte aufmunternd, und Ivik spürte, dass es peinlich wäre aufzuhören. Er atmete einige Male tief durch und trank weiter. Erst als die Flasche halb leer war, gab er sie mit einem Lächeln und einem kräftigen Rülpser dem Besitzer zurück. Dieser steckte sie in die Tasche und rief seinen Genossen etwas zu. Sie fingen an, die Felle einzusammeln und ins Boot zu laden.

Ivik schaute zu. Ihm war von dem Getränk etwas schwindelig geworden, es war, als flohen die Gedanken aus seinem Kopf. Er fing an, den Männern mit den Fellen zu helfen, und er rief wiederholt hinauf zu den Frauen im Wald, dass sie ruhig herauskommen könnten, denn dies wären wirklich freundliche Menschen, die zu Besuch gekommen waren.

Alle außer Svava kamen hervor. Sie gingen dicht zusammen, stießen sich gegenseitig vor. Vorn ging Manguaq, die eifrig darauf bedacht war, diese so oft erwähnten Qallunaat zu sehen. Als sie so nahe war, dass sie deren Gesichtszüge erkennen konnte, schlug sie die Hände vors Gesicht und begann zu lachen, denn es sah so unglaublich komisch aus – diese behaarten Gesichter, in denen nur Augen und Nase sichtbar waren.

Die Männer vom Boot waren offensichtlich erfreut, Frauen zu sehen. Es kamen muntere Zurufe, und die Frauen kicherten und verbargen ihre Gesichter in den Händen. Ivik forderte sie auf, im Haus nachzusehen, ob man nicht das eine oder andere Fell übersehen hatte, denn jetzt sollte wirklich gehandelt werden. Die Frauen taten, um was er sie bat, und sie kamen mit einigen ungeborenen Robben und ein paar Hasenfellen zurück, die die Qallunaat jedoch nicht wollten. Dagegen hatte Pipaluk eine Rolle Lederriemen mitgebracht, die die Bärtigen begeistert entgegennahmen.

Das Boot wurde beladen, und der Mann mit dem langen Messer ließ auch die Frauen aus der Flasche trinken. Als sie leer war, wurde eine volle Flasche geholt. Und die Frauen tranken. Vor allem die alte Manguaq, die als Älteste am mutigsten war, Neues auszuprobieren. Sie tranken und lachten über alles. Aka ging zu einem der Bärtigen und befühlte sein Gesicht. »Wie ein Moschusochse«, sagte sie bewundernd, und sie protestierte nicht, als sie der Mann an sich zog und seinen Mund auf ihren presste.

Ivik, der nicht mehr klar sah, beteuerte den Fremden, dass er eine angemessene Bezahlung für die Felle verlangte. Er kroch aufs Boot und setzte sich in den Bug, die Frauen machten es ihm nach. Der Anführer lachte und gab seinen Leuten den Befehl, die »Schwächlinge« zum großen Boot zu rudern. Er selbst blieb an Land, um das Wasserfassen zu überwachen.

Ivik und die vier Frauen waren von der seltsamen Flüssigkeit in Stimmung gekommen. Manguaq übergab sich unterwegs zweimal, aber sie hatte auch mehr als die anderen von dem magischen Wasser getrunken. Danach wurde sie schläfrig, und als sie beim großen Schiff ankamen, schlief sie zusammengerollt auf dem Boden des Bootes. Die Kinder und Svava lagen verborgen im Wald. Sie spähten über das niedrige Gehölz und sahen die anderen wegfahren.

An Bord des großen Schiffes gab es viel zu sehen. Ivik ging herum und starrte alles verwundert an. Nie hatte er so viel Reichtum an einem Platz gesehen. Hier gab es Holz und Eisen in Mengen, die eine ganze Siedlung in mehreren Generationen nicht verbrauchen konnte. Hier gab es Fässer und Tauwerk, und die Felle, die man mitführte, waren von derselben Art wie die Kleidung, die die Qallunaat trugen, nur gröber.

Die Frauen verschwanden unter Deck. Die fremden Seeleute waren begierig herauszufinden, wie Inuitfrauen ausgestattet waren, dachte Ivik. Er freute sich schon über all das, was Meko ihm über die Art und Weise der Fremden erzählen würde, wenn sie wieder an Land kamen. Er nutzte die Wartezeit und spazierte auf dem Deck herum und befühlte alles. Er freute sich auf den Augenblick, da der Handel beginnen würde.

Während seiner Rundwanderung kam Ivik zur Kombüse. Hier roch es gut, und lächelnd steckte er seinen Kopf zur Tür hinein. Der Koch schubste ihn zurück und sagte etwas in einem unfreundlichen Ton. Aber Ivik lächelte zuvorkommend, und da es offenbar Brauch und Sitte war, einander zu puffen, versetzte er dem Koch einen kräftigen Stoß, dass dieser zu Boden fiel. Der Koch sprang auf und ging mit einer Eisenstange auf ihn los. Ivik griff sich eine ähnliche Eisenstange von der Wand und schlug zurück. Er tat alles dem Koch gleich, um nichts falsch zu machen. Da seine Schläge aber wesentlich härter als die des Kochs waren und außerdem jedesmal trafen, was man von denen des Kochs bei weitem nicht sagen konnte, lag dieser bald blutend auf Deck. Einige Seeleute ergriffen Ivik. Sie kamen mit Tauen, um ihn zu fesseln, und da er immer noch im Glauben war, alles wäre Spaß, streckte er willig die Hände vor. Er wurde an den Mast gebunden, jedoch so, dass er bequem an das Holz gelehnt sitzen konnte. So saß er die ganze Nacht. Als er erwachte, war die Verzauberung des Getränkes verflogen. Er hatte Kopfschmerzen und wenig Lust, aufzuwachen.

Die Frauen kamen nun an Deck, nach einer langen, aber unterhaltsamen Nacht. Viele Männer hatten sie begehrt, sogar Manguaq hatte mehr Männer in der Nacht gehabt, als ihr recht war. Sie hatten kleine Geschenke von den Qallunaat bekommen, Perlen und Ringe und Steine, die so blank waren, dass man sich in ihnen sehen konnte.

Ivik wurde losgebunden, und zusammen mit den Frauen wurde er ins Boot geschickt. Er hatte einen schweren Kopf und einen widerlichen Geschmack im Mund. Er dachte an die vielen Felle, die jetzt im Laderaum lagen, und er hoffte, dass der Handel später am Tage zustande kommen würde.

Am Strand stand der Anführer mit den vier Männern, die Wasser geholt hatten. Zehn Fässer hatten sie an den Strand gerollt, und auf einem saß die gefesselte Svava.

Ein Matrose hatte Nûtaq entdeckt, der sich neugierig herangeschlichen hatte, um die Qallunaat aus nächster Nähe zu sehen. Der Matrose war dem Jungen gefolgt und hatte dadurch Svava in ihrem Versteck aufgespürt. Sie hatten sie bis hinauf zum See verfolgt, wo sie sie fingen. Als sie ihre helle Haut und ihr helles Haar sahen, befahl der Anführer, sie zum Strand zu tragen und gut auf sie aufzupassen. Er sprach sie an, aber sie verstand ihn nicht. Seine Sprache war nicht die aus Frankreich, die ihre Mutter einst mit ihr gesprochen hatte, und sie ähnelte auch überhaupt nicht der nordischen Sprache. Svava leistete erheblichen Widerstand, als man sie aus dem Wald holte. Darum fesselte man sie an Händen und Füßen und trug sie zum Strand.

Das Boot lief auf den Strand, und Ivik und die Frauen sprangen heraus. Sie wollten zu Svava gehen, aber der Anführer fuchtelte mit seinem langen Messer, um sie fernzuhalten.

»Sie sind nicht böse«, rief Manguaq Svava zu, »sieh, wir haben Geschenke von ihnen bekommen.« Sie hielt ein Stück blanken Stein hoch. »Hab keine Angst, Svava, wenn du bei ihnen eine Nacht gelegen hast, setzen sie dich an Land, nachdem sie dir die Geschenke gegeben haben.«

Die Fässer wurden an Bord gehoben. Svava schrie, als zwei der Seeleute sie in ihre Mitte nahmen, und Ivik lief zum Boot hin. Da ertönte ein gewaltiges Krachen, und eine Sandwolke erhob sich vor seinen Füßen und machte ihn blind: Eine Zeigewaffe war abgefeuert worden.

Bis er sein Augenlicht wiedererlangt hatte, war das Boot vom Strand weg und auf dem Weg zum großen Schiff.

Aber Ivik konnte nicht zulassen, dass sie Svava entführten. Sie war Arluks Frau, und nur Arluk konnte erlauben, dass andere sie gebrauchten. Er nahm sein Kajak von der Auflage und brachte es zu Wasser. Meko lief, um seine Waffen zu holen, und er nahm die große Harpune und auch den Speer mit.

Bevor er beim großen Boot war, hatten sie das kleine Boot mit Fässern und Menschen an Bord genommen. Ivik schrie die Leute an, die an der Reling standen und ihn anstarrten. Einer von ihnen kletterte hinab auf einer Leiter und befestigte eine Leine an Bug und Heck des Kajaks. Dann wurde auch Ivik an Bord geholt.

Sie zogen ihn aus dem Kajak und führten ihn zu einem kleinen, dunkelhäutigen Mann, der anders als die übrigen Männer gekleidet war. Er lächelte und zeigte auf Ivik; dieser sah, dass er an einem Finger einen großen Ring trug.

»Die Felle könnt ihr nehmen«, sagte Ivik, »aber Svava will ich wieder mit zurücknehmen.« Er riss sich los und ging ganz dicht an den kleinen Mann heran. Dieser wich zurück und schrie etwas in seiner merkwürdigen Sprache. Ivik drehte sich rasch um und sah die Männer, die sich mit großen Messern näherten. Er machte einen Satz zur Reling, fiel aber über eine Taurolle. Bevor er es richtig gemerkt hatte, war ein Tau um ein Bein gebunden, und er wurde nach oben gezogen.

Sie zogen ihn hoch in den Mast. Der kleine Mann lachte laut, als er den Inuit hoch über seinem Kopf hin- und herpendeln sah. Er nahm eine Zeigewaffe und zielte sorgfältig. Die erste Kugel verfehlte ihr Ziel, aber die nächste traf Ivik im Oberschenkel, die dritte in die Brust.

Am Strand hörten sie das Krachen. Sie sahen, wie die Gestalt am Mast baumelte, und sie sahen, wie sie heruntergelassen und über Bord geworden wurde und das Boot Segel setzte.

Nungos ältester Junge, Kukouk, fuhr mit dem Kajak hinaus, um zu sehen, was sie über Bord geworfen hatten. Er fand Ivik im Wasser treibend und brachte ihn an Land.

Meko weinte sehr, denn sie liebte Ivik. Auch Aka beweinte den Tod ihres Bruders, und Manguaq saß zwei Tage wie versteinert und blickte aufs Meer hinaus, auf dem das große Schiff nicht mehr zu sehen war.

Arluk und Nungo hatten Glück und trafen bei Kitsissut die ersten Bewohner aus den östlichen Ländern. Auch diese waren auf der Jagd nach Klappmützen, und ihre Depots waren zahlreich und groß. Anfangs hatten die Männer aus dem östlichen Land Angst vor den Westbewohnern, aber als sie merkten, dass diese nichts Böses im Schilde führten, verschwand ihr Misstrauen, und sie luden die Reisenden in ihr Zelt ein.

Es waren zwei Männer und drei Frauen und viele Kinder im Zelt. Sie waren wie die Inuit, aber doch ein wenig anders: Ihre Sprache war nicht so leicht verständlich, und allein deshalb schon hörte man, dass sie von weither kamen.

Arluk und Nungo gingen mit ihnen auf die Jagd. Die Abende brachten sie im Zelt bei den Frauen zu, wo man viel über alles Mögliche redete. Die Leute aus dem östlichen Land erzählten von ihrem Land, das bei – wie sie es nannten – Timmiarmiut lag, einem Land mit hohen Bergen und viel Eis. Sie erzählten auch, dass sie sich zum ersten Mal so weit nach Süden vorgewagt hätten, teils aus Neugierde, teils um zu sehen, wie weit die Welt nach Süden reichte. Sie wollten auf dem Festland gegenüber den Inseln überwintern, dort waren sie vor Wind geschützt und hatten guten Fang im Winter.

Arluk erkundigte sich nach dem Land im Osten. Er erzählte, dass er die Absicht hätte, durch alle Länder der Welt zu reisen, und dass er jetzt, da er den südlichsten Teil erreicht hätte, die Reise für halb vollendet ansah. Die Männer aus dem östlichen Land waren beeindruckt und begriffen, dass Arluk Großfänger und Angakoq war. Denn ohne das Mitwirken der Geister konnte kein Mensch so ferne Länder bereisen. Sie lauschten begierig seinen Erzählungen über die Westküste, seinen Berichten über die Qallunaat, die er durch seine Frau Svava kannte, die von diesem Volk stammte. Sie konnten ihren Namen nicht aussprechen, darum nannten sie sie Aput, das bedeutete Schnee, weil sie nach Arluks Aussage am ganzen Körper weiß war.

Es herrschte Freundschaft zwischen den Leuten aus

den östlichen Landen und den Fängern aus dem Westen. Nungo beschlief wiederholte Male die Frau eines der Männer, dadurch entstand zwischen beiden Männern eine herzliche Freundschaft. Arluk bot man keine der Frauen an, weil man es als zu unbescheiden betrachtete, eine der armseligen Frauen einem so großen Mann anzudienen.

Der Fang war gut, und die beiden Westküstler legten Depots entlang der Küste an, die die Männer von der Ostküste zu beaufsichtigen versprachen. Sie erzählten, der letzte Teil des Frühlings wäre die beste Reisezeit an der Ostküste. Da bildeten sich sehr häufig große Durchfahrtsrinnen im Eis, die immer im Süden zuerst auftraten und sich nach Norden fortsetzten.

Bei der Heimkehr ins Qinquatal verschwand Arluk in den Bergen, als man ihm von Svavas Entführung und Iviks Tod berichtete. Er fertigte aus einem Fuchskopf, einem Rabenfuß, Fleisch und Fell sowie kleinen Steinen einen Tupilaq, den er an seinen Geschlechtsteilen rieb, bis Leben in ihm war. Diesen schickte er den Mördern hinterher. Und weil er nie zurückkam, konnte man annehmen, dass sie alle auf eine grausame Weise getötet worden waren. Er erwähnte Svava nie, und die Leute aus der Siedlung betrachteten sie deshalb als tot.

Sie blieben diesen Winter bei Tasermiut. Aber es war ein freudloser Winter. Anfangs froren sie sehr, dann aber fingen Nungo und Arluk Bären und Rentiere, sodass alle wieder Schlaffelle hatten.

Meko zog zu Nungo. Aber trotz guter Versorgung und ihrer Liebe zu dem Kind, das Ivik ihr gegeben hatte, ging sie dennoch ins Meer und nahm sich das Leben. So groß war ihre Trauer. Man hörte später von Leuten der Ostküste, dass man ihre Kamikken am Strand vor Auarqat gefunden hatte. In einer kleinen Bucht hatte man die Spur von Kamikken im Sand des Strandes gesehen. Und als man der Spur folgte, fand man die Kamikken, die an einen Stein gelehnt standen. Dass es Mekos waren, daran war kein Zweifel. Denn wie die Ostküstenmänner sie beschrieben, erkannten sie Mekos Fellstickerei. Man wusste nun, dass sie ein Qivitoq, ein Berggänger, geworden war, um den Mord ihres Ernährers zu rächen, und sie fürchteten sie sehr.

Über Svava Høgsdottirs Schicksal wurde nichts bekannt. Vielleicht kam sie nach Island, aber das ist nur wenig wahrscheinlich. Vielleicht wurde sie als Sklavin irgendwo im Süden verkauft, das wäre möglich, weil sie jung und schön war. Am wahrscheinlichsten ist aber, dass sie zuerst dem kleinen, dunkelhäutigen Mann, der der Schiffsführer war, zu Willen sein musste, dann der Besatzung. Und als sich ihr Gemüt verdunkelte und sie deshalb keinem mehr eine Freude war, wurde sie über Bord geworfen und verschwand im Meer.

15

Wenn Arluk später in seinem Leben von den Ländern im Osten sprach, geschah dies stets mit Ehrfurcht und Bewunderung. Die Länder, die er im Westen und Süden gesehen hatte, waren von überwältigender Schönheit. Aber die östlichen Länder waren von ganz einzigartiger Pracht und mit nichts anderem zu vergleichen. Die Berge erreichten schwindelnde Höhen, und ihre Formen waren nicht zu beschreiben. Ihre Hänge waren im Sommer braun, gelb, rot und grün bewachsen, es gab ruhige Fjorde und klare Seen und schöne, heidebedeckte Ebenen. Das Meer war voller tosender und mahlender Eismassen, überall an den Küsten spie das Inlandeis große Eisberge ins Meer. Ein merkwürdiges Land; ein brutales Land, in dem es aber auch Sanftmut gab und eine betäubende Stille, die dem Gemüt gut tat.

Die Männer von der Ostküste waren wie das Land. Großzügig, wild, aber ebenso freundlich und empfindsam. Sie strahlten eine Herzlichkeit und Wärme aus, die Arluk nicht einmal bei seinen Stammesverwandten im Westen angetroffen hatte. Auch ihr Aussehen war anders. Viele waren groß, hatten große Nasen und schmale Lippen. Und Arluk hatte sich ihnen verwandt gefühlt. Vielleicht hatten sich ihre Vorväter mit den Tunit vermischt, wie seine eigenen, wodurch sich diese besondere Ähnlichkeit ergeben hatte.

Er sprach gerne von der Geisterwelt der Menschen aus dem östlichen Land, die im Großen und Ganzen derjenigen sehr ähnlich war, die er kannte. Nur erschien ihm ihre Furcht vor den Geistern häufig übertrieben und unnötig. Sie wurde von den Geisterbeschwörern gehörig wach gehalten, und er traf mehrere von den Geisterbeschwörern, die Angakoq pulik waren, mit Macht über Eismassen und Winde.

Der Verlust von Ivik und auch der Schwiegertochter Meko war schwer für die alte Manguaq. Und als man anfing, vom Aufbruch aus dem Qinquatal zu reden, entschloss sie sich, nicht mitzukommen. Sie ging durch den Wald zum See, wo sie sich auf einen Stein setzte in der Absicht, bis zu ihrem Tod hier sitzen zu bleiben. Als sie zwei Nächte so dagesessen hatte, besuchte Arluk sie. Er setzte sich auf die Erde vor dem Stein und schaute über den See. Der war sehr schön, denn das Eis war geschmolzen, und das Wasser schimmerte im Sonnenlicht, dass die Augen schmerzten.

Anfangs sprachen sie nicht miteinander. Aber als Arluk sich einiges zurechtgelegt hatte, von dem er meinte, dass es brauchbar wäre, sagte er: »Es ist nicht gut für Kinderohren, ohne die Worte der alten Menschen zu leben. Denn wer soll ihnen die Geschichte der Vorväter erzählen? Wer soll sie die Tabuvorschriften lehren, die so wichtig sind, um den Zorn der Geister zu vermeiden? Ein alter Mensch besitzt mehr Weisheit als ein junger. Er hat die Weisheit seiner Vorväter und seine eigene dazu, um daraus zu schöpfen. Und dies alles sollte an die Jüngeren weitergegeben werden.«

Er schwieg und kniff die Augen wegen des scharfen Lichtes zusammen. Er sah das Eis blau und grün unter dem Wasser schimmern. In Kürze würde auch dieses Eis schmelzen, und das Wasser würde sich erwärmen, und dann würde es über dem Wasser von Insekten summen und schwirren.

»Man lauscht immer begierig, wenn du sprichst«, fuhr er fort. »Wenn du nicht bei uns wärest, wer sollte dann den jungen Frauen in all ihrer Unwissenheit raten? Wer sollte die Kinder holen, die geboren werden, und wer sollte ihnen dann Namen geben? Du bist die Ninio aller, und darum musst du weiterleben, obgleich es schwer ist.

Einige sterben, andere leben, so ist es immer gewesen. Dein Enkel Miteq, der jetzt Akas Pflegesohn ist, braucht dich. Meine Kinder brauchen dich. Wir brauchen dich, Manguaq.«

Er blickte auf zu ihr, um festzustellen, ob das, was er gesagt hatte, Eindruck hinterlassen hatte. Manguaq wich seinem Blick aus. Sie saß da und nestelte an den Fellrändern der Stiefelschäfte. Schließlich sagte er: »Es ist unser aller Wunsch, dass du lebst.«

So eindringlich hatte Arluk nie zuvor um ein Leben gebeten. Und Manguaq spürte, dass sie trotz allem Grund hatte, ihr Leben fortzusetzen. Sie stand auf und ging am Strand auf und ab, das Umiak lag dort bereits beladen und reisefertig. Die Frauen im Boot legten ihre Ruder aus, und die Kinder riefen ihr laut und freudig zu und bespritzten sie übermütig mit Wasser, als sie an Bord ging.

Bei Kitsissut luden sie so viel Fleisch aus den Depots ein, wie das Boot tragen konnte, und ruderten durch den Ikeqsund, der in diesem Jahr eisfrei war. Sie fanden die freundlichen Männer aus dem östlichen Land bei der Siedlung Kumak und verbrachten einige Tage in ihrer Gesellschaft. Die Männer von der Ostküste gaben ihnen viele Ratschläge und erzählten Wissenswertes über die Küste bis ganz hinauf zu der Insel, die sie Kutdlek nannten. Einer von ihnen schnitt eine Karte in Treibholz, und diese Karte war für die spätere Weiterreise von großem Nutzen, als Arluk sie zu deuten gelernt hatte.

Von Kumak fuhren sie weiter bis in einen langen, schmalen Sund und dann wieder genau nach Norden. Zum ersten Mal begann Arluk, über den Zweck seiner

Reise nachzudenken. Er hatte seine Reise in Kullorssuaq begonnen, weil es von anderen, die stärker waren als er, so bestimmt worden war. Aber warum? Warum musste gerade er diese lange Reise auf sich nehmen? Diese Frage beschäftigte ihn oft, und er konnte sie nicht beantworten.

Das Eis aus dem Norden war noch nicht gekommen. Es lag unversehrt und noch nicht aufgebrochen in den Fjorden, und daher hatten sie, abgesehen von Eisbergen und vereinzeltem Meereis, die ganze Strecke eisfreie Fahrt, so weit die eingeschnitzte Karte reichte.

Es war Sommer geworden, als sie in Qeqertatsiaq ankamen. Erst hier trafen sie auf das Eis. Große Schollen lagen zwischen die Insel und das Festland gepresst, stauten sich mit Donnern und Krachen und machten das Meer unbefahrbar. Sie bauten die Zelte auf der Insel auf und warteten. So weit sie sehen konnten, waren sie von Eismassen umgeben. Und mit dem Eis kam ein kalter Nebel, der durch die Kleidung drang und nur dadurch aus den Zelten gehalten werden konnte, dass man Tag und Nacht die Lampen brennen ließ. Aber sie hatten genug Speck und konnten verschwenderisch mit der Wärme umgehen.

Den halben Sommer mussten sie auf der Insel zubringen. Es war ein schlechter Zeltplatz, denn es gab dort überhaupt keine Vegetation, die man als Brennholz und Pritschenunterlage gebrauchen konnte. Außerdem war die Insel frei von Mücken. Und obwohl man sich doch sonst immer über diese lästigen Insekten beklagte, empfand man es als ganz verkehrt, nun ohne diese Sommerplage zu sein.

Tag für Tag warteten sie, bis ein harter Wind vom Land her das Eis aufs Meer hinaus trieb. Als es wie eine weiße Linie am Horizont lag, ruderten sie von der Insel fort. Arluk blieb in der Nähe des Umiak und achtete aufmerksam auf Bewegungen in der Eiskante. Sie fuhren zu einer Insel, die Timmiarmiut genannt wurde, und erreichten sie auch ohne Schwierigkeiten. Hier gab es die ersten Menschen von der Ostküste in Sommerlagern.

Sie baten um die Erlaubnis, sich niederzulassen, und sie wurden herzlich empfangen. Es war eine seltsame Siedlung, denn es gab dort nur vier erwachsene Männer und elf erwachsene Frauen, darüber hinaus eine Menge Kinder beiderlei Geschlechts. Weil es so wenige Männer waren, hatten einige der Frauen Ernährerpflichten übernommen und wurden deshalb als den Männern gleichgestellt angesehen. Diese Frauen fuhren Kajaks, fingen alle Art von Tieren mit großer Tüchtigkeit und redeten, ohne sich zu schämen, in Gesellschaft der Männer. Pipaluk und Aka mussten immer wieder kichern, wenn sie sahen, wie ein weiblicher Fänger mit Robben oder einem Bären im Schlepp heimkehrte.

Auf Timmiarmiut trafen sie einen merkwürdigen Mann. Er hieß Avgo und war ein Mensch, der an nichts glaubte. Als junger Mann war es sein sehnlichster Wunsch gewesen, ein Angakoq zu werden. Deshalb hatte er eine Angukusarfit, eine Felshöhle, aufgesucht, in der es eine Steinfläche gab, die man mit einem kleineren Stein reiben musste. Drei Tage und Nächte hatte er so voller Hoffnung gerieben, im Glauben, dass Tornarssuqs Stimme sich aus dem Fels unter ihm vernehmen ließe: Aber nichts geschah. Keine helfenden Geister zeigten sich, keine Geräusche, kein Tornarssuq oder etwas anderes Übernatürliches. Nur das Geräusch des Steins, der auf der Steinfläche mahlte, und sein eigener Atem. Avgo war so enttäuscht, dass er seit diesem Tag an nichts mehr glaubte und deshalb natürlich völlig furchtlos war.

Avgo hatte drei Frauen und viele Kinder. Früher war er ein tüchtiger Fänger gewesen, aber als er den Glauben an alles verloren hatte, wurde er faul und lustlos und saß am liebsten zu Hause. Glücklicherweise waren zwei seiner Frauen gute Fängerinnen, sie konnten die Familie leicht ernähren.

In dem Winter, den Arluk und seine Gruppe bei diesen Ostküstenbewohnern zubrachten, geschah etwas mit Avgo, das viele Jahre danach ein gutes Gesprächsthema an der Ostküste abgab.

Dieser Mann ohne Glauben war weder freundlich noch unfreundlich. Er spielte mit seinen und den Kindern der anderen, wirkte jedoch seltsam abwesend. Er schlief mit seinen Frauen, die sich jedoch über seine Gleichgültigkeit beklagten. Er nahm Anteil an den Freuden und Leiden der Gemeinschaft, aber nur, wenn er dazu aufgefordert wurde, zum Beispiel bei besonderen Festen oder in Hungerperioden. Im Großen und Ganzen war Avgo ein Mensch, der sich selbst nicht mochte und daher auch anderen nichts geben konnte.

Eines Tages im späten Herbst, bevor der Frost das Eis geschlossen hatte, paddelte er an der Nordseite der Insel hinaus, um mit seinen vielen heimlichen Gedanken allein zu sein. Unterwegs tauchte eine Bartrobbe vor seinem Kajak auf, und mehr aus alter Gewohnheit denn aus Lust am Fang stieß er seine Harpune in den Körper der Robbe. Diese tauchte, und bald zeigte die Fangblase an, wo sie sich unter Wasser befand. Avgo paddelte zur Blase hin und wartete, bis die Robbe auftauchte. Er stieß den Speer fest in ihren Rücken, so tief, dass man glauben konnte, sie wäre tot. Aber die Robbe sprang hoch aus dem Wasser, wie es Wale tun, und dadurch legte sich die Harpunenleine um den spitzen Steven des Kajaks. Und dann begann das Tier, Avgo aufs Meer hinauszuziehen.

Er hatte Mühe, das Gleichgewicht zu halten, und er sah zu seiner Verwunderung, dass die Bartrobbe riesengroß war und ganz schwarz auf dem Rücken, dort, wo dieser grau sein sollte. In großen Kreisen zog sie ihn auf dem Wasser herum. Dann begann sie zu tauchen, und sie zog das Kajak mit in die Tiefe. Es war aber nie länger unter Wasser, als Avgo Luft in den Lungen hatte. Wenn er merkte, dass das Kajak wieder oben schwamm, richtete er es rasch auf und ließ sich weiter führen.

So ging es eine lange Zeit. Schließlich wurden Avgos Arme müde, und er gab den Kampf mit dem Ungeheuer auf. Er zog die Paddel ein und legte die Arme überkreuz auf die Brust, denn jetzt wollte er sterben. Was nach dem Tod kam, wusste er nicht, denn er glaubte weder an ein Land über noch unter ihm.

Die Bartrobbe vollführte einen gewaltigen Sprung aus dem Wasser und verschwand dann senkrecht in der Tiefe. Avgo folgte ihr. Er hörte das Wasser in den Ohren sausen, es klang, als gleite ein Schlitten über blankes Eis, und er wurde über hohe Berge geführt, die dicht bewachsen waren. Dies war das Land unter dem Meer, von dem er gehört, aber an dessen Existenz er nie geglaubt hatte. Er sah die Bewohner des Meeres, Robben, Wale, Walrosse, Fische und viele andere Tiere. Er konnte allerdings keine Menschen oder menschenähnlichen Wesen entdecken. Plötzlich wurde er von einer Schule von Schwertwalen umringt. Sie stürzten sich auf ihn und fingen an, das Fleisch von seinem Körper zu reißen. Es kitzelte, er musste laut lachen, und er dachte, dass es das erste Mal war, dass er seit seiner missglückten Anrufung in der Felsgrotte lachte.

Als kein Fleisch mehr an ihm war, drang das Wasser durch die Sitzluke des Kajaks ein, weil er diese nicht mehr ausfüllen konnte, und das Kajak lief voll. Er rutschte heraus, und das Kajak verschwand mit der Robbe. Seine Gebeine schwammen an die Oberfläche, verfolgt von den Schwertwalen. Aber da es nun nichts mehr zu fressen gab, ließen sie ihn in Frieden. Die Dünung trug ihn an den Strand, gerade dorthin, wo er sich gewünscht hatte, mit seinen Gedanken allein zu sein. Dort setzte er sich und blickte an sich hinunter und stellte fest, dass er jetzt ein Skelett war. Und wie er so dasaß und darauf wartete, dass das Fleisch zurückkommen oder das Skelett zerfallen würde, fanden ihn einige Kinder. Sie erschraken, denn er glich nicht mehr sich selbst. Als er sie fragte, ob sie sein Fleisch sehen könnten, antworteten sie jedoch mit ja. Aber sie sagten, dass er abgemagert wäre und in seinen Augen ein Feuer, als sähe er in Flammen. Er gab sich damit zufrieden und ging nach Hause, denn er trug nicht einmal sein Natit. Er ging direkt zu seinem Zelt und ließ Arluk rufen.

»Es geschah«, sagte er, als Arluk sich vor dem Kessel auf den Fußboden gesetzt hatte, »dass man von einer Bartrobbe verschleppt und von Schwertwalen aufgefressen wurde. Es ist möglich, dass man durch einen Irrtum das Fleisch und die Augen eines anderen Mannes bekommen hat. Aber man hat unglaubliche Dinge gesehen und etwas erlebt, das anders war und das Leben verändert.«

»Das geschieht einigen Menschen«, antwortete Arluk lächelnd. »Denn ohne Glauben kann keiner von uns leben. Ohne dieses Nichtverständliche wird das Leben so wie Augen, die keine Farben sehen können. Sag mir, sahst du einen Raben über deinem Kopf?«

Avgo bedachte sich lange. »Man sah ihn nicht. Aber da du es erwähnst, so kommt es mir vor, als wenn ein Rabe über dem Meer schwebte, dort, wo ich mich befand.«

»Dann hast du etwas erlebt, was nicht viele erleben«, sagte Arluk. »Vielleicht kannst du, wenn du deine Fähigkeiten entwickelst, ein Zauberer werden, allerdings ohne die Fähigkeit der Seelenreise.«

»Zauberer ist genug für mich«, entgegnete Avgo zufrieden.

Später dann, als sie im Frühling Timmiarmiut verließen, kam Avgo mit seinen drei Frauen und den vielen Kindern mit. Ohne seine Hilfe hätte die Reise nach Ammassalik viel mehr Zeit in Anspruch genommen. Und er, der viele Jahre nur mit seinen eigenen Gedanken beschäftigt war, ohne sich für die anderer zu interessieren, wurde neugierig wie ein Fuchswelpe und war voller Lebenslust.

16

Zwei Frauenboote fuhren nach Igdloluarsuk. Eines ließ man bei Akorninarmiut, dort hatte es Avgo von den Eltern seiner jüngsten Frau geliehen. Sie waren aber nicht so viele Menschen, sie fanden alle in einem Boot Platz, und weil sie jetzt viele Ruderer waren, trug es sie rasch nach Norden.

Wie im Jahr davor war das Eis im ersten Teil des Sommers zerborsten. Tag für Tag ruderten sie, und es war zu sehen, dass die Frauen allmählich müde wurden. Sie sprachen nicht mehr viel miteinander, obgleich es doch viel zu reden gab, weil immer neue Gegenden vorbeiglitten. Sie lachten seltener und schalten häufiger die Kinder aus.

Das Eis war überwiegend gebrochen. Nur in den schmaleren Sunden wurden sie durch aufgestaute Gletschereismassen aufgehalten. An solchen Stellen gingen sie weit aufs Meer hinaus und umfuhren das Eis.

Sie passierten den berüchtigten Eisfjord Ikarsuaq, und Arluk meinte, dass sie Glück gehabt hätten. Denn es gab Jahre, in denen dieser Fjord unpassierbar war. Es ist schon vorgekommen, dass Reisende ein oder auch zwei Jahre hatten überwintern müssen, bevor das Eis aufbrach und sie ihn durchfahren konnten.

Sie kamen in Inigsalik zu Beginn des Herbstes an. Hier trafen sie auf Menschen. Diese waren gerade von der Insel Orsuiarsuaq, auf der sie den Sommer verbracht hatten, zu den Winterhäusern zurückgekehrt. Es waren arme Menschen, die ein kümmerliches Dasein fristeten, weil das Eis oft ganz dicht an ihrer Küste lag und den

Winterfang behinderte. Aber sie waren freundlich und gastlich, und man blieb mehrere Tage bei ihnen, damit sich die Ruderinnen ausruhen konnten.

Von Inigsalik fuhren sie innerhalb der Klippen weiter und kamen durch den gewaltigen Sermilikfjord. Hier nahmen sie Kurs direkt auf die Insel Ammassalik, die von vielen Menschen bewohnt wurde. Sie durften sich auf der Insel niederlassen und bauten Winterhäuser – zur großen Freude der Frauen, die den ganzen Sommer tüchtig gerudert hatten und jetzt gerne eine Zeit lang sesshaft sein wollten.

Sie bauten ein Langhaus, wie es an der Westküste üblich war, ein Haus, in dem Avgo, Nungo und Arluk mit ihren Familien wohnen konnten. Das Haus bestand aus drei Bereichen mit einem gemeinsamen Hausgang. Es war so lang wie fünfzehn Schritte eines erwachsenen Mannes, gebaut aus Erde und Grassoden, die mit Wasser begossen wurden, damit alles rasch zusammenfror.

Es gab drei große Fenster, aus Streifen von Darmhaut genäht. Dachsparren und Latten waren aus Holz, das man reichlich in einem nahe gelegenen Fjord fand. An einer der Außenseiten befand sich ein Kochraum, der mit dem am weitesten entfernten Raum durch einen langen Gang verbunden war. In diesem Raum gab es einen offenen Rauchabzug im Dach und drei Feuerstellen auf dem Fußboden. Feuer wurde mit jedem brennbaren Material entfacht: zerkleinerten Knochen, in Speck und Tran eingerollt, Heidekraut, Torf und Treibholz.

Die Menschen auf Ammassalik waren sehr neugierig. Sie hatten bisher noch keinen Besuch von Menschen der Westküste gehabt und waren sehr wissbegierig. Ständig hatte man Gäste, und zum Glück war der Fang in diesem Winter gut, denn die Gäste waren stets hungrig.

Einer der Männer hieß Amoreq. Er war ein gefürchteter Geisterbeschwörer und Massenmörder und besaß große Macht über die Menschen. Auch er kam oft zu Besuch. Er war ein Mann, der gerne mit den kleinen Kindern spielte, und obgleich er selbst noch jung war, hatte er die Geduld eines alten Mannes mit dem kleinen Völkchen. Er war groß und kräftig und ein berühmter Dichter, mit dem sich keiner in einen Sangeswettstreit einlassen wollte. Aber er hatte eine Tollheit im Körper, die bewirkte, dass er hin und wieder besessen war und ohne jeden Grund Leute in der Siedlung ermordete.

Zahlreich waren die Erzählungen über seine Grausamkeiten. So hatten vor Jahren die Menschen bei Umivik gehungert und damit begonnen, Menschenfleisch zu essen. Ein kleines Mädchen, dessen Mutter man aufgegessen hatte, war voller Entsetzen den langen Weg nach Ammassalik auf dem Wintereis gelaufen und kam dort in sehr erschöpftem Zustand an. Amoreq nahm es mit in sein Haus, dort trennte er dem Mädchen den Kopf ab und steckte ihn auf eine Stange über der Lampe. Die ganze Nacht sang er Zauberlieder über dem Kopf des Kindes, und als er nach einiger Zeit nach Umivik kam, hatte man wieder guten Fang gemacht und damit aufgehört, Menschenfleisch zu essen.

Es geschah auch einmal, dass Amoreq einen Fängerkameraden ohne Grund hinterrücks harpunierte. Sie waren im Kajak bei kräftigem Wind hinausgefahren und deshalb vereist worden. Auf dem Heimweg hatte Amoreq seine Harpune in den Rücken des anderen Mannes geworfen. Die Wurfkraft war so groß, dass die Harpunenspitze durch die Eisschicht des Anoraks fuhr, sich in den Körper bohrte und auf der Brust wieder austrat. Amoreq berichtete selbst von diesem meisterlichen Wurf und sagte, er hätte sich die Zeit genommen und ein Stückchen von der Leber des Opfers herausgeschnitten, um dessen Kraft zu bekommen. Dann hatte er das Kajak aufgeschnitten und versenkt. So erzählte man viel über Amoreq, den gefürchteten Totschläger.

Es war interessant, bei den Leuten der Ostküste zu wohnen, denn vieles war so ganz anders, als man es aus dem Westen kannte. Die Frauen waren putzsüchtig. Ihre Natits waren erstaunlich klein und schmal, gar nicht wie die breiteren und mehr bedeckenden Haushosen im Westen. Pipaluk gewöhnte sich sehr schnell an diese Art von Hosen, und Arluk musste zugeben, dass sie kleidsam waren. Auch die Frisuren waren einzigartig. Sie trugen Kopftücher, die aus Haarwurzeln eines Bartrobbenfells hergestellt wurden. Unter diesen waren zwei schmale Lederhaarbänder um den Haarschopf gebunden. Sie trugen gerne Halsbänder mit Perlen aus den Rückenwirbeln der Angmag-Häsinnen. Diese waren abwechselnd knochenweiß und mit Blut rot gefärbt. Auch Ohrenschmuck trugen sie, aus Walrosszähnen geschnitzt, und für die Leute von der Westküste war all dies neu und ein bisschen aufreizend.

Fast alle Männer trugen Amulettriemen, denn man fürchtete die bösen Geister und versuchte sich so gut es ging zu schützen. Alle Kinder hatten Amulette in ihre Kleidung eingenäht, viele trugen Halsbänder mit besonderen Amuletten.

Es gab viel zu sehen und zu lernen in diesem schönen Land. Das Eis auf dem Meer erforderte eine andere Fangtechnik, und anstelle der langen Hundeschlitten mit vielen Hunden, wie man sie an der Westküste kannte, fuhr man hier breite, stumpfnasige Schlitten mit nur wenigen Hunden.

Die Männer der Ostküste waren gewaltige Dichter. Ein Mann konnte lange ein Gedicht im Kopf haben, das er entweder zur Unterhaltung oder zur Schilderung eines Geschehens vortragen wollte. Aber es konnte auch ein Gedicht sein, das als Bestrafung gedacht war. Mehrmals im Laufe des Winters erlebten Arluk und seine Gruppe solche Liedwettstreite. Sie wurden im Tal hinter der Ansiedlung abgehalten, und ein Gegner besang den anderen. Oft waren es lange und verhöhnende Dichtungen, die das Gelächter der Zuhörer hervorriefen. Und das Gedicht, bei dem man sich am meisten vergnügt hatte, gewann den Wettstreit. Fast immer verließ der Verlierer die Siedlung, weil er es nicht ertragen konnte, ausgelacht zu werden. Gab es offenes Wasser, paddelte er mit dem Kajak hinaus, ließ es kentern und ertrank. Im Winter ging er in die Berge und legte sich in der Kälte schlafen. Die Leichen dieser Menschen fand man im Sommer, wenn der Schnee geschmolzen war. Die gerichtlichen Entscheidungen waren klug und vernünftig, fand Arluk, denn mit ihrer Hilfe vermied man viel Feindschaft. Nur Amoreq tötete seine Feinde, das war unnatürlich und ein wenig beunruhigend, weil häufig die besten Fänger darunter leiden mussten, die Männer, die das meiste Fleisch in die Ansiedlung schafften.

Eines Tages, zu der Zeit, an der die Sonne einen ganzen Mondwechsel am Himmel gewesen war, kam eine Frau zu Nungo. Sie setzte sich auf Akas Pritsche und fing an, den Lampendocht zu putzen, damit die Flamme hoch und klar brannte. Sie redete erst ein wenig abfällig über eine Nachbarin, eine faule Frau, die oft Prügel von ihrem Mann bekam, aber bald sagte sie dann, gleichermaßen für Nungos und Akas Ohren bestimmt: »Gestern hat man mir den Sohn bei Itidlerk getötet.« Sie begann zu weinen, und Aka versuchte sie zu trösten. Die Frau erzählte mit tränenerstickter Stimme, Amoreq hätte mit seinem langen Speer ihren Sohn durchbohrt, weil dieser eine schöne Frau hatte und Amoreq nie aufgefordert worden war, mit ihr zu schlafen. »Sie hatte Angst vor ihm«, sagte sie, »und darum wollte mein Sohn sie nicht eintauschen.«

Nungo hatte ihr zugehört. Er wusste, dass der Sohn dieser Frau ein viel versprechender junger Fänger gewesen war. Dies war der Verlust eines guten Mannes, dachte er. Und er sprach noch am selben Tag mit Avgo über die Mordtat. Dieser sagte, dass alle in der Siedlung Amoreq den Tod wünschten, aber keiner wagte es, ihn zu töten.

»Es kommt mir nicht zu, ihn zu töten«, sagte Nungo. »Ich bin Gast in seinem Land. Aber du als ein Bewohner der Ostküste, kannst du es nicht tun?«

Avgo nickte. »Man hat lange darüber nachgedacht«, entgegnete er. »Töte ich ihn nicht, tötet er mich. Denn er will meine jüngste Frau haben, ich spüre es. Wäre er ein vernünftiger Mann, der Mann, den wir kennen, wenn er zu Besuch kommt und mit unseren Kindern spielt, könnte er sie für eine Zeit bekommen. Denn dann wäre ich gerne sein Freund geworden. Aber wenn er sich auch meistens wie ein normaler Mensch verhält, ist er doch von einer Tücke besessen, die er nicht beherrschen kann. Ich muss mit Arluk reden.«

Avgo ging zu Arluk, und dieser hörte ihm zu. Als er zu Ende gesprochen hatte, versetzte sich Arluk in Trance und sprach laut mit seinen helfenden Geistern. Seine Sprache war allerdings so verworren, dass Avgo und Nungo, obwohl sie die Worte verstanden, keinen Sinn in ihnen fanden. Als Arluk wieder bei sich war, sagte er zu Avgo: »Du musst Amoreq mit einem Pfeil töten. Du musst es tun, wenn er heute Abend aus seinem Haus tritt, um die Hunde zu füttern. Den Pfeil wirst du von mir kurz vor der Tötung erhalten.«

Es sprach sich rasch herum, dass Avgo beabsichtigte, Amoreq zu töten. Auch Amoreq hörte davon, und er lachte laut. Er ging zu Avgos Haus. Als er durch den Hausgang kam, den die drei Familien gemeinsam benutzten, war Arluk der Erste, den er erblickte. Sie nickten sich zu, und Amoreq lächelte.

»Man kommt, um etwas zu holen«, sagte er.

Arluk blickte auf. »Du wirst erwartet«, antwortete er. Er saß und schliff eine Pfeilspitze aus dem Eisen, das er aus dem Stein im ausgetrockneten See herausgehauen hatte.

Amoreq lachte laut, als die kleinen Kinder, die im Hause waren, zu ihm liefen und ihm um den Hals fielen. Er freute sich so, dass er lange blieb und mit ihnen spielte. Aka setzte ihm Essen vor, und er aß mit großem Appetit. Er sprach mit Avgo über Wind und Wetter, und als er gehen wollte, ging er zur Pritsche und riss Avgos jüngste

Frau herunter. Bevor ihn jemand aufhalten konnte, hatte er sie durch den Hausgang geschleppt und lief mit ihr auf dem Rücken durch den Schnee. Sie schrie ununterbrochen, und Avgo, der sie sehr liebte, lief hinterher. Arluk hielt ihn vor dem Haus zurück.

»Lass ihm das, wofür er kam«, sagte er. »Er ist ein armer Mensch und muss heute Abend sterben. Deine Frau nimmt keinen Schaden, sondern gewinnt nur mehr Erfahrung.«

Avgo beruhigte sich, und er wartete ungeduldig darauf, dass Arluk den Pfeil fertig stellte. Dieser schimmerte blank, Arluk legte ihn vor sich hin und begann, Zauberworte über ihm zu sprechen. Er sprach langsam, schleppend und unverständlich, und alle im Haus hielten sich die Ohren zu, um nicht dieses starke Serrat hören zu müssen, das aus der Entfernung töten konnte. Als er fertig war, gab er Avgo den Pfeil, und dieser verließ das Haus. Arluk verbot allen anderen, das Haus zu verlassen, und versank in einen Zustand, der weder Wachen noch Schlaf war.

Es geschah, wie er gesagt hatte. Als Amoreq herauskam, um die Hunde zu füttern, schoss Avgo von seinem Hausdach einen Pfeil in seinen Rücken. Und da der Pfeil verzaubert war, durchdrang er das Stück dicken Walrossfells, das sich Amoreq als Schutz über den Rücken gelegt hatte, und durchbohrte Amoreqs Herz.

Amoreq drehte sich um und blickte seinen Mörder erstaunt an. Sein Gesicht drückte nur Freundlichkeit aus, und er schüttelte langsam, als verstünde er nicht, seinen Kopf. Aber dann verloren seine Augen jeden Ausdruck, und er brach zwischen seinen Hunden zusammen. Diese rochen Blut und fingen an, ihn zu zerfleischen. Doch bevor sie ihn aufgefressen hatten, verjagte sie Avgo mit seiner Peitsche. Er schnitt ein kleines Stück Leber aus dem Getöteten und aß es roh.

Jetzt kamen die Leute aus allen Häusern. Groß war die Freude, als sie Amoreq tot daliegen sahen. Nur die Kinder verstanden nichts. Sie weinten laut, denn sie hatten diesen merkwürdigen Mann geliebt.

Der Rest der Leiche wurde zerteilt, und die Fänger fuhren mit Schlitten in verschiedene Richtungen, um den Körper so weit wie möglich zu verstreuen.

Am Abend schlief Avgo mit seiner jüngsten Frau, und sie berichtete, was sich in Amoreqs Haus zugetragen hatte. Es gab jedoch nichts in ihrem Bericht, was Avgo und die anderen, die zuhörten, nicht schon vorher wussten: Auf der Schlafpritsche war Amoreq wie alle anderen gewesen.

17

In Ammassalik hatte man gute und schlechte Jahre. Weil die schlechten Fangjahre jedoch überwogen, hörten die Inuit bereitwillig zu, wenn Arluk von der Reise erzählte, die er in den Norden beabsichtigte. Er fragte sie nach seinen frühesten Verwandten aus, aber keiner kannte Heqs Geschichte. Daraus schloss er, dass diese Menschen, wie er auch, aus dem Süden gekommen waren und die Gegend vielleicht noch gar nicht so lange bewohnten. Sie bestätigten dies, denn mehrere konnten sich an ihre

Großeltern erinnern, die eine lange Reise erwähnt hatten, die sie an der Küste entlanggeführt hatte.

Was nördlich von Ammassalik lag, wussten sie nur zum Teil. Viele von ihnen waren hoch oben bei Kangerlussuaq auf Fang gewesen, aber nördlicher von diesem großen Fjord war keiner gereist. Hier waren, so erzählten sie, gewaltige Berge, die an den meisten Stellen wie senkrechte Mauern zum Meer hinabfielen. Keiner hatte Lust verspürt, diese Küste zu befahren, weil es unmöglich war, an Land Platz zum Aufbau der Zelte zu finden. Es zeigte sich jedoch, dass mehreren Familien daran gelegen war, Ammassalik zu verlassen und ihr Glück in einem neuen Land zu suchen. Als Arluk und seine Gruppe nach dem Eisgang ausliefen, wurden sie von sechs Frauenbooten begleitet, alle mit Tieren und Menschen beladen.

Zuerst ruderten sie nach Tugtilik, wo es zwei Häuser gab, aber keine Menschen. Sie sahen an der grauen Asche des Feuers, dass dieser Ort bewohnt gewesen war, und sie gingen davon aus, dass die beiden Familien vor Kurzem erst auf Sommerfahrt gegangen waren. Da das Eis in einem breiten Gürtel direkt vor der Küste lag, hielten sie sich hier nur kurz auf. Dann ruderten sie weiter nach Nugalik, dort wohnten mehrere Familien, und dort wollten auch einige der Leute aus Ammassalik bleiben. Das Eis lag dicht vor der Küste, und Arluk und die Boote, die weiter nach Norden wollten, suchten eine Durchfahrt durchs Eis zum offenen Meer hinaus. Aber der Eisgürtel war so breit, dass sie nicht wagten, ihn zu verlassen, weil die Dünung draußen zu groß für die Frauenboote war. Sie ruderten um die großen Eisschollen herum, bis das Wasser von der Kälte dick wurde und zufror. Anfangs schlugen die größeren Jungen das neue Eis vor dem Bug der Boote in Stücke, und große, klare Schollen schoben sich mit einem klingenden Geräusch übereinander. Sobald die Sonne hinter den hohen Bergen verschwand, gefror das breiige Eis und bildete eine so dicke Schicht, dass die Boote nicht mehr durchkamen. Nungo fand ein Eisfeld, in das man eine Rinne für die Boote hackte, und hier schlugen sie ihr Lager auf.

So blieb es dann viele Tage lang: Wenn die Sonne das neue Eis geschmolzen hatte, schoben sie die Boote ins Wasser und fuhren weiter. Die Männer stiegen abwechseln auf Eisberge, um das Fahrwasser zu überblicken und offene Rinnen auszumachen. Wenn die Sonne unterging und sich eine neue Eisdecke bildete, schleppten sie die Boote auf eine geeignete Eisscholle und schlugen ihr Lager auf.

Die Jagd war gut. Es gab überall Robben, und in den großen eisfreien Flächen fanden sie Narwale, von denen sie drei harpunierten. Es fehlte ihnen weder Fleisch noch Speck, und sie bekamen viele Felle.

Nungos ältester Sohn erlegte im Eis seinen ersten Bären, und Aka lud zum Fest dieses Erstfanges ein. Der Bär wurde geehrt, wie es die Sitte gebot, und Kukouk bekam von Manguaq sein erstes Natit überreicht, das sie für diese Gelegenheit schon fertig liegen hatte. Es hatte den Schnitt, wie er an der Ostküste üblich war, und der Junge bekam vor Stolz einen roten Kopf, als er im Zelt in diesem Natit saß. Die jungen Ammassalik-Mädchen lächelten ihn auffordernd an. Mit diesem Natit war er mit einem Schlag erwachsen geworden, so wie ein Mädchen, das sein erstes Natit erhält und sein langes, aufgelöstes Haar zu einem Schopf auf dem Kopf hochbindet.

Ein starker, ablandiger Wind drückte das Eis aufs Meer hinaus, und sie konnten wieder zum Land hin rudern. Sie fuhren so rasch und so weit es ging unter Land, bevor das Eis wieder nach Westen trieb. Und sie kamen zu dem gewaltigen Fjord, der Kangerlussuaq genannt wurde. Es war ein freundlicher Fjord mit vielen Inseln und Klippen, die durch das Eis weich und rund geschliffen waren. Viele der Ammassalik-Leute waren hier schon gewesen, und sie erzählten, dass es weiter nach Norden nur steile Berge gab, die noch niemand betreten hatte.

Auf einer kleinen Insel, wo sie ihre Zelte aufschlugen, um sich einige Tage auszuruhen, brachte ein junges Mädchen Zwillinge zur Welt; das war ungewöhnlich und wurde als ein gutes Zeichen gewertet. An diesem Tag ging Arluk ins Gebirge, um seine helfenden Geister nach der Gefährlichkeit der Nordküste zu befragen. Er blieb lange, so lange, dass Pipaluk Nûtaq hinausschickte, um nach ihm zu sehen.

Nûtaq fand seinen Vater hinter einem Felsbrocken zusammengekrümmt liegen. Als er näher kroch, konnte er ihn laut stöhnen und zusammenhanglos reden hören. Der Junge rannte zu seiner Mutter zurück und erzählte ihr, was er gesehen hatte. Sie wusste nun, dass ihr Ernährer noch bei den Geistern weilte.

Erst einen ganzen Tag später kam Arluk zurück. Er war müde und hungrig und vom Nachtfrost erschöpft. Aber er wollte weder essen noch sich ausruhen. Er befahl den Frauen, die Umiaks zu beladen, und ging, um mit den anderen Männern zu reden.

»Wir werden eine gute Durchfahrt bekommen«, sagte er. »Aber wir müssen schon in der Nacht aufbrechen, denn das Eis wartet nicht auf uns. Es fängt an, sich im Lauf der Nacht von Süden her zu schließen.« Bevor der Abend kam, verließen sie die Insel und ruderten nach Norden. Bald konnten sie die hohen, schwarzen Berge erkennen, die noch niemand umfahren hatte. Die Frauen legten sich hart in die Ruder und steuerten nach den Männern, die ihnen den Weg durch das aufgelockerte Treibeis wiesen. Sie ruderten eine Nacht und einen Tag und noch eine halbe Nacht, bevor sie Rast einlegten. Es schien, als würden die Nächte länger und heller werden, obgleich die Sonne früher unterging, weil sie von den steilen Bergen verdeckt wurde. Anfangs fuhren sie dicht unter den Bergen, die wie senkrechte Wände aus dem Wasser ragten. Aber als sie einige Male von starken Fallwinden getroffen wurden, gingen sie weiter aufs Meer hinaus.

Arluk behielt die ganze Zeit die Berge im Auge. Er war von ihrer unfruchtbaren Schönheit und schwindelnden Höhe hingerissen. Sie fuhren an einem Gletscher nach dem anderen vorbei, und eingedenk der Katastrophe, bei der seine Familie umgekommen war, hielt er sich frei von den mächtigen Eisbergen, die langsam nach Süden trieben.

Sie blieben in den Booten. Sie schliefen, aßen und hielten lange Ruhepausen in den Booten. Die Männer in den Kajaks wurden ausgewechselt, krochen an Bord und fielen auf der Stelle in Schlaf, zwischen Fellen und Hunden und Kindern.

Niemand wusste, wie viele Tage es dauerte, diese fürchterliche Küste zu passieren. Aber als dann endlich in weiter Ferne flaches Land undeutlich zu erkennen war, konnten sie an der Stellung der Sonne am Himmel sehen, dass sie sich bereits im letzten Teil des Sommers befanden. Das Wetter war ruhig, und wenn das Eis an einigen Stellen auch noch störte, hatte es sich doch nie aufgestaut oder sie in Lebensgefahr gebracht.

Die Männer aus Ammassalik lachten vor Freude, als sie das Tiefland sahen. Sie riefen sich gegenseitig zu, wie unbegreiflich es wäre, dass keiner diesen Küstenstreifen, der sich doch als ganz ungefährlich erwiesen hatte, bisher passiert habe. Arluk sagte nichts. Er lächelte Nungo zu, der neben ihm paddelte, und dachte, wenn das Eis aufs Land gepresst und sich aufgestaut hätte oder ein Sommersturm aufgekommen wäre, dann hätte keiner von ihnen überlebt. Er dankte in seiner ruhigen Art denen, die alles bestimmen, für seine guten Verbindungen zu ihnen und für die glückliche Reise. Er wusste, dass dieses Land, in das er jetzt gekommen war, ganz anders war als alles, das er bislang gesehen hatte.

Die steile Küste hinter sich lassend, fuhren sie in einen Fjord, der größer war als jeder andere Fjord, den sie bisher gesehen hatten oder von dem man ihnen erzählt hatte. Wenn sie von einem Berggipfel auf ihn hinab sahen, konnten sie nicht erkennen, wo sein Ende war. Eigentlich wussten sie nicht, ob es sich tatsächlich um einen Fjord handelte. Weit im Westen des Fjords waren hohe Berge, die sie bei klarem Wetter als Inseln erkennen konnten. Hinter den Inseln zeigte ihnen der Himmel, dass dort mehr Wasser war.

Arluk hatte die Idee, dass möglicherweise ein Sund ihre Welt zweiteilte. Wenn man in dieses Binnenmeer fuhr, würde man vielleicht zu Sunden gelangen, die in den westlichen Teil der Welt führten, dorthin, wo man die Reise begonnen hatte. Aber andererseits, dachte er, hätten die Menschen, denen er auf seinem Weg begegnet war, sicher diese Sunde erwähnt, und eine so leichte Verbindung zu den Leuten an der Ostküste hätten viele von ihnen gekannt.

Sie richteten ihre Wintersiedlung auf einer Landspitze zum Meer hin ein: auf einer kleinen, windverwehten Bergkuppe, von der man Aussicht nach Norden, Süden und in den Fjord hatte.

Hier hatten sie die besten Möglichkeiten, Fangtiere zu sichten. Die Frauen, Kinder und einige der Männer bauten Häuser, andere gingen auf Fang, um Depots für den Winter anzulegen.

Es war ein fantastisch reiches Land, in dem sie nun lebten. Hier gab es alle Fangtiere des Meeres, und an Landtieren gab es unzählige Rentiere und viele Moschusochsen. Zum ersten Mal aßen sie ost- und westländisches Moschusochsenfleisch. Es war wunderbar, man konnte nicht aufhören, es zu essen. Es zerging auf der Zunge und hinterließ einen appetitanregenden Geschmack, den man nicht beschreiben konnte.

Die Leute von der Ostküste, darunter sechsundzwanzig Kinder, wollten sich in diesem herrlichen Land niederlassen. Auch Nungo war von dieser Gegend begeistert, und er entschloss sich zu bleiben. Sein ältester Sohn hatte sich eine Frau von der Ostküste aus Ammassalik genommen, und Manguaq war alt und müde und für eine weitere Reise nicht geeignet. Dies erklärte sie Arluk entschuldigend, und dieser ermunterte sie, sich am Fjord mit den anderen Leuten von der Ostküste niederzulassen.

In Arluk allerdings brannte die Unruhe wie ein Feuer.

Er hatte ein außerordentlich schönes Land erreicht und wollte es in seiner ganzen Weite bereisen. Pipaluk, die sich nach ihrer Heimat sehnte, widersprach ihm nicht. Sie wollte die Reise fortsetzen, um das Haus an der Grotte wiederzusehen und zu Arluks Geburtsort Kullorssuaq zurückzukommen.

Es geschah das Erstaunliche, dass man, als das Eis wiederkam, andere Menschen sah. Zwei Schlitten kamen übers Eis auf die Häuser zu. Als sie nahe genug waren, zählte man im Ganzen fünf Menschen. Sie kamen so nahe, dass man die Farben der Hunde erkennen konnte, bevor sie anhielten. Lange saßen sie und redeten, aber ihre Stimmen wurden vom Land weggetragen, und niemand hörte, was sie sprachen. Schließlich kam ein alter Mann unbewaffnet zu den Häusern. Er ging langsam und zögernd, er wusste ja nicht, ob es Freunde oder Feinde waren, die in sein Land gekommen waren.

Einige der Ostküstenleute gingen ihm entgegen. Auch sie waren unbewaffnet, und sie lachten und riefen freundliche Willkommensworte. Sie sprachen mit dem Alten und schickten einen Jungen zu den anderen Leuten bei den Schlitten.

Diese neuen Leute von der Ostküste waren bemerkenswert. Ihre Kleidung unterschied sich von der anderer Inuit, zum Beispiel ihre Anoraks waren hinten so lang, dass sie fast die Erde berührten. Ihre Kleidung erinnerte Arluk an die Inuit, die mit seiner Schwester und seinem Schwager ums Leben gekommen waren. Vielleicht stammten diese Inuit auch aus Akilineq? Aber ihre Sprache klang anders. Diese Inuit sprachen sehr schnell, so als würden sie singen, und man musste genau hinhören, um mitzubekommen, was sie sagten. Aber es war die Sprache der Inuit, der Menschen, die alle verstehen konnten.

Sie erzählten, dass sie von einer Siedlung weit drinnen im Fjord kamen, hinter einer Insel, die Agpat hieß. Sie waren einer Bärenfährte gefolgt, als sie die Häuser sahen. Der alte Mann, der zuerst an die Küste gekommen war, zog zu Arluk und Pipaluk. Die Leute aus Ammassalik nahmen die anderen auf.

Den Rest des Tages und den größten Teil der Nacht saß Arluk mit dem Alten und erzählte. Er hieß Ere, und er war ein guter Erzähler.

Ere kannte Heqs Namen, und er wusste auch, dass dieser mit einem Hundemenschen verheiratet gewesen war. Er konnte sich allerdings nicht erinnern, wie diese Frau hieß. Er erzählte, dass seine Familie von Heqs Schwester abstammte, die vor undenkbaren Zeiten aus dem Norden eingewandert war, bis sie und ihr Ernährer der Sonne nicht näher kommen konnten. Die Frau hieß Ayapana und hatte viele Kinder.

Dann erzählte er noch, dass entlang der ganzen Küste überall Menschen wohnten, bis zu dem alten Land, aus dem die Vorväter stammten. Jetzt war es schon viele Jahre her, dass jemand eine Reise vom Uummannaq gemacht hatte, aber er konnte sich immer noch an eine Familie erinnern, die in seiner Kindheit entlang der weit im Norden liegenden Ufer gereist war. Das Land dort oben war gefährlich, die Sommer waren ebenso lang wie die Winter. Die Kälte war entsetzlich und die Stürme waren von einer ihnen bisher unbekannter Stärke.

Ere war voller Bewunderung, als er Arluks Tochter Panigpak zum ersten Mal erblickte. Arluk erzählte ihm von Svava und den Qallunaat, die nun aus dem Land im Süden völlig verschwunden waren. Der Alte, der noch nie von diesen Geschöpfen gehört hatte, strich behutsam über Panigpaks helles Haar. Noch nie hatte er ein schöneres Kind gesehen.

Panigpak wurde sein Liebling. Sie folgte ihm überallhin, hatte stets ihre kleine Faust in seine Hand gedrückt, und sie lachte hell, wenn er sie nur anlächelte. Die beiden hatten sich sehr lieb, vielleicht, weil Ere selbst keine Kinder hatte und Panigpak keinen Großvater. Vor allem wegen des kleinen Mädchens ließ sich Ere überreden, mit Arluk und seiner Familie für den Rest des Winters zusammenzubleiben. Und weil er nicht von Panigpak getrennt sein konnte, entschloss sich der Alte, mit ihnen nach Norden zu reisen, wo er entfernte Verwandte besuchen wollte.

Sie verließen die Siedlung sehr früh in einem Frühling, als die Sonne hoch genug am Himmel stand, um Licht zu spenden, aber noch keine Wärme gab.

Sie fuhren durch eine erstarrte Welt, halb in den Fjord hinein und hinauf über einen Pass, wie Ere sie anwies. Hier trafen sie auf tiefen und lockeren Schnee, es dauerte einige Tage, hindurchzukommen. Aber die Jagd war gut, denn es gab viele Moschusochsen auf den Berghängen. Nach dem Pass kamen sie in einen gewaltigen, nach Westen verlaufenden Fjord. Hier gab es Rentiere, die mehr neugierig als ängstlich und daher leicht zu erlegen waren.

Ere war in dieser Gegend öfter gereist, und er führte sie tief in das Land, wo das Eis fest war und ein gutes Vorwärtskommen ermöglichte. Sie reisten in den späten

Herbst und den ersten Sommern und nahmen Land auf einer mächtigen Insel, die ziemlich dicht bewohnt war. Überall wurden sie gastlich empfangen, und Arluk hatte das Gefühl, als wäre er auf einer Besuchsreise bei lieben Verwandten, denn alle beanspruchten für sich, aus Ayapanas Geschlecht zu stammen.

Der Sommer in diesem nordöstlichen Teil der Welt wurde für Arluk einer der besten. Die Menschen waren friedfertig und nahezu ohne Gewalttätigkeit, obgleich doch zwischen einzelnen Familien Blutfehden herrschten. Das Land war schöner als jedes andere, das er gesehen hatte, es wehte dieselbe kühle Luft und herrschte das klare Licht, wie er es in Kullorssuaq so geliebt hatte.

Nûtaq war ein guter Jäger geworden. Er ging inzwischen ins dreizehnte Jahr und war meistens mit Arluk unterwegs. Eines Tages, im zweiten Frühling, den sie auf der Insel zubrachten, sahen sie eine Bärenfährte. Sie folgten ihr zwei Tage und sahen dann schließlich einen großen Bären, der an einer Wake im Eis lauerte. Arluk gab dem Jungen Zeichen, sich ruhig zu verhalten und den Bären zu beobachten, und Nûtaq gehorchte verwundert.

Lange lagen sie und starrten auf den Bären, der völlig ruhig an der Eiskante stand und hinunter ins Wasser schaute. Plötzlich schlug er mit seiner gewaltigen Pranke zu, und mit einem Ruck holte er eine Robbe aus dem Wasser und warf sie in Richtung seiner Zuschauer.

Arluk stieß einen Begeisterungsschrei aus, als er aufsprang. Der Bär brüllte ihn wütend an, weil er annahm, dass es um seine Beute ging. Mit einem ungelenken Galopp ging er auf Arluk los. Dieser sprang zur Seite und rief Nûtaq zu, er solle schießen. Nûtaq schoss einen Pfeil ab.

Der traf den Bären mit großer Wucht in der Brust. Der Bär hielt inne, versuchte den Pfeil mit den Zähnen herauszureißen, konnte ihn aber nicht fassen. Dann wühlte er mit seinen Pranken im Brustfell – mit dem Ergebnis, dass ihm der Pfeil große Schmerzen bereitete. Noch ein Pfeil traf ihn, diesmal am Kopf. Das große Tier brach zusammen und sank langsam auf die Seite, als ob es schlafen wollte.

Dies war Nûtaqs erster Bär. Er sprang auf und lief zum Bären. Aber Arluk hielt ihn mit einer Handbewegung auf. Er warf seine Harpune, die dem Tier in den Bauch drang, doch es reagierte nicht. Jetzt erst erlaubte er dem Jungen weiterzulaufen.

Während sie den Bären aufbrachen, fragte Nûtaq seinen Vater, warum er den Bären nicht sofort getötet habe. Arluk schüttelte den Kopf.

»Der Bär war auf den Fang konzentriert, und man wollte ihn nicht stören. Selbst erwartete man noch mehr Fangglück als einen Bären.« Er zeigte auf die Robbe, die hinter ihm lag. »Geduld gab mir diese Robbe, und deine Pfeile gaben dir einen Bären. So haben wir heute beide unseren Fang gemacht.«

Sie erzählten Ere von der Jagd, und er lachte und sagte, dass dies für Nûtaq ein lehrreicher Tag war. Wenn man jetzt ein Fest zum ersten Fang feiern wollte, müsste er freundlich an den Bären denken und ihm schöne Geschenke machen. Am liebsten hätte dieser Fell für Sohlen, denn ein Bär läuft viel. Er nahm Panigpak auf den Schoss und liebkoste sie. Sie legte die Arme um seinen Hals und fragte: »Hast du auch einmal einen Bären gefangen, so wie mein Bruder?«

Ere nickte. »Einmal, ja, und ich fing ihn auf fast dieselbe Art wie Nûtaq und Arluk. Es ist jetzt viele Jahre her, damals war mein Haar schwarz und mein Kinn ohne Bart.« Eres Bart war dünn und lang – sein ganzer Stolz. Er erzählte: »Ich sah den Bären, bevor ich seine Fährte sah. Man war in dem Alter, wo sich die Gedanken mehr mit den jungen Mädchen der Siedlung als mit der Jagd beschäftigten, ein herrliches Alter.

Es lag ein Bär da und drückte sich ein Stück von einer Robbe entfernt aufs Eis, die Robbe war aufs Eis gekrochen, um sich zu sonnen. Die Robbe benutzte ihr Atemloch, nicht weit von diesem befand sich eine Wake, die gerade erst zugefroren war. Die Robbe lag ganz ruhig und genoss die Wärme. In kurzen Abständen hob sie den Kopf und blickte sich um, fand aber offenbar nichts Verdächtiges. Der Bär kroch näher und näher. Wenn die Robbe Ausschau hielt, blieb er regungslos und sah für die kurzsichtige Robbe wie eine Schneewehe auf dem Eis aus.

Doch plötzlich sprang der Bär. Mit einem gewaltigen Satz sprang er hoch und kam dort aufs Eis, wo die Robbe gelegen hatte. Die Robbe war in ihr Loch entwischt, wo sie eine Zeit lang blieb. Wütend zog sich der Bär zurück.

Aber die Robbe tauchte wieder auf. Es war eine junge Ringelrobbe, die mit Bären noch nicht die Erfahrung der Alten hatte. Sie sah vorsichtig nach allen Seiten und beruhigte sich wieder, als wäre nichts geschehen.«

Er strich leicht über Panigpaks helles Haar. Sie hatte ihren Kopf in seinen Schoß gelegt und die Augen geschlossen, damit sie sich die Geschichte richtig vorstellen konnte. Arluk saß ein bisschen vornübergebeugt, eine Hand hinter der Ohrmuschel, damit ihm kein Wort entging.

»Ich hätte den Bären natürlich angreifen können«,

sagte Ere, »aber ich war von seinem Vorhaben so gefesselt und neugierig zu erleben, was er unternehmen würde. Er fing wieder an, sich an die schlafende Robbe anzuschleichen. Wieder sprang er, als er nahe genug war, und wieder plumpste die Robbe ins Loch, bevor seine Klauen sie erreichten. Der Bär brüllte vor Wut und setzte sich auf sein Hinterteil, um sich einen anderen Plan auszudenken. Mit viel Lärm trabte er weg vom Loch, damit die Robbe hören konnte, dass er jetzt aufgegeben hatte. Er ging zur Wake, wo er sich hinlegte, nachdem er mit seiner Pranke das neue Eis entfernt hatte.

Die Robbe kam wieder hoch und legte sich hin. Der Bär wartete geduldig. Mehrmals glitt er ins Wasser und war eine Zeit lang verschwunden, weil er glaubte, die Robbe würde das Eis verlassen. Aber die Robbe blieb liegen. Als der Bär zum dritten Mal unters Eis tauchte, kam ich ihm ein wenig zur Hilfe. Ich erhob mich und ging zur Wake. Die Robbe flüchtete sich ins Atemloch, und dort wartete der gerissene Bär unter Wasser auf sie. Es dauerte nicht lange, bis Robbe und auch Bär in der Wake erschienen. Der Bär befand sich in Atemnot und leistete nicht den geringsten Widerstand, als ich meinen Speer in seinen Nacken setzte.« Ere lächelte breit. »Also bekam ich an diesem Tag auch Bär und Robbe, so wie Nûtaq.«

Panigpak hob den Kopf und sah ihren Bruder stolz an. »Ist Nûtaq jetzt ein Großfänger?«, fragte sie.

Ere lachte. »Er ist auf dem Wege, kleine Sonne, er ist auf dem besten Wege.«

18

Nach fünf Überwinterungen in den nordöstlichen Ländern meinte Arluk, dass die Kinder groß genug wären, um die gefahrvolle Reise im Norden am Eismeer entlang zu beginnen. Panigpak lebte jetzt zehn Sommer, Inaluq zwölf, und Nûtaq war ein erwachsener Mann von siebzehn Jahren. Pipaluk war bereit. Sie sehnte sich mehr denn je nach ihrem Heimatland, obgleich sie das Land im Osten und seine Menschen sehr mochte.

Arluk bot dem alten Ere an, mit ihnen nach Kullorssuaq zu kommen, aber Ere wollte sein Geburtsland nicht verlassen. Außerdem meinte er, dass er ihnen auf einer so langen und gefahrvollen Reise nur zur Last fallen würde. Traurig sah er sie in einem frühen Frühling fortziehen.

Nûtaq und Arluk fuhren beide mit ihren Schlitten. Sie transportierten große Lasten, denn man hatte ihnen viel Fleisch als Reiseproviant mitgegeben.

Anfangs fuhren sie innerhalb der Klippen, bis sie zu einer lang gestreckten Insel kamen, die ein Stück draußen im Meer lag. Das Eis zwischen Insel und Festland war dick und nur an einigen Stellen mit verwehtem Schnee bedeckt. Sie fuhren mit Kufenbeschlägen aus Knochen, und das brachte sie schnell vorwärts. Überall gab es Ansiedlungen, und Arluk kam es vor, als wären die Länder im Osten ebenso bevölkert wie die westlichen. Die Reise zum nördlichsten Teil der Welt war wie eine lange Besuchsreise und keine Fahrt durch unbekanntes Land, wie sie befürchtet hatten.

Erst als die Küste sich mehr nach Westen wandte, hörte die Bebauung auf. Sie fuhren jetzt abwechselnd über Land und Fjorde, weil das Meer völlig mit übereinandergeschobenem Treibeis bedeckt war.

Es war ödes Land, nur von wilden Tieren bewohnt, die ihnen reichlichen Reiseproviant bescherten. Arluk bewahrte das Land so genau in seiner Erinnerung, dass er das kleinste Detail dieser Reise später anderen beschreiben konnte. Er bewahrte diese lange Reise in seiner Erinnerung von dem Augenblick an, als sie Kajakas Siedlung verließen, bis zu diesen weiten Strecken hoch in den Norden. Einmal versuchte er, die Länder in eine Holzkarte zu schnitzen, wie die Leute der Ostküste es konnten, aber er besaß nicht ihre Fähigkeiten. Seine Karte war flach und unverständlich und gab überhaupt nicht die Küsten wieder, die er im Gedächtnis hatte. In den Schnee konnte er allerdings mit seinem Peitschenstiel seine Reiseroute zeichnen, und er tat es hin und wieder, um sie Nûtaq und seinen beiden Töchtern einzuprägen.

Sie überwinterten auf einer Landzunge, die ins Eismeer hinausragte, und in diesem Winter litten sie sehr viel Not. Obgleich es spät im Jahr war, fanden sie nicht den Schnee vor, den sie erhofft hatten. Der Niederschlag hoch im Norden war nur gering, und selbst mitten im Winter gab es große, schneefreie Gebiete. Sie hatten zu lange auf Schnee gewartet. Als sie versuchten, ein Haus aus Grassoden zu bauen, stellten sie fest, dass der Boden tief gefroren war, man konnte ihn unmöglich bearbeiten. Deshalb mussten sie sich mit dem Zelt aus Rentierfellen zufriedengeben; sie beschwerten es allerdings mit Steinen und der Erde, die sie abkratzen konnten. Es wurde ein elendiges Winterhaus, sie froren viel, obwohl sich allmählich verwehter Schnee schützend über das Zelt legte.

Arluk und Nûtaq gingen weiterhin auf die Jagd, obwohl es schnell dunkel wurde. Sie fanden die Losung von Moschusochsen und Rentieren, aber diese Tiere schienen das Land im Winter verlassen zu haben. Keines der Kinder klagte. Erst als die Lampe wegen Brennstoffmangels verlöschte, merkte Pipaluk, wie sehr sie dieses kleine Stück ausgehöhlten Fettstein liebte – eine offene Schale, mit Speck gefüllt, der allmählich am langen, gezackten Docht schmolz. Dieses weiche, gelbe Licht, das alle Tage Mittelpunkt ihres Lebens gewesen war. Sie hatte ihre Lampe immer gut gepflegt, sie gefüllt, bevor sie wegen Speckmangels spratzte, immer dafür gesorgt, dass sie nicht qualmte, indem sie rechtzeitig den Docht putzte, bevor er zu lang wurde. Die Lampe strahlte Freundlichkeit und Wärme aus. Es war gut, in ihrer Nähe zu sein, denn das schöne Licht machte die Gedanken leicht und froh.

Mit der Lampe erlosch auch etwas in Pipaluk. Tag für Tag lag sie mit ihren beiden Töchtern auf der Schlafpritsche aus Schnee. Die Kälte war schnell durch die dicken Schneewände gesickert, und ihr warmer Atem bildete eine Eisschicht auf den äußeren Haaren des Schlaffells. Obgleich sie in ihrem Leben viel Kälte erlebt hatte, so hatte sie sich doch nie solche Kälte vorstellen können wie diese, die sich jetzt über sie legte. Es war, als wenn der Frost bei jedem Atemzug bis in die Lungen drang. Und unter den Fellen konnten sie nur ganz kurze Zeit atmen, weil die Luft rasch verbraucht war und sie schwindelig machte.

Das Unglück geschah, dass Arluk heimkam, auf Nûtaq gestützt. Er hatte sich im Dunkel den Fuß zwischen zwei

Eisstücken geklemmt, und der Knöchel war gebrochen. Die Schmerzen waren höllisch, und Pipaluk befestigte zwei Moschusochsenrippen vom Fuß bis zur Wade, die sie mit einem Stück Riemen festschnürte.

Am selben Tag beschloss Nûtaq, Hilfe zu holen. Es waren von den sechsundzwanzig Hunden, die sie mitgebracht hatten, nur noch vier übrig. Den Rest hatten sie geschlachtet und gegessen. Mit den übrigen Hunden wollte er die Küste entlangfahren, bis er auf Menschen traf.

Arluk widersprach ihm nicht. Er fühlte, dass er Silas Missfallen erregt hatte, und weil er hilflos war, musste er sich dem Beschluss seines Sohnes beugen. Er bat Nûtaq jedoch, den ältesten Hund zu schlachten und die Hälfte als Reiseverpflegung mitzunehmen.

Und dann begann eine lange Wartezeit. Arluk und Pipaluk lagen, die beiden Mädchen zwischen sich. Sie hatten die Füße an der Wand und ihre Köpfe zum Eingang hin, mehr aus alter Gewohnheit, nicht, weil es irgendwelchen Nutzen brachte. Es war in der Mitte des Zeltes ebenso kalt wie an seinen Wänden. Pipaluk war in Gedanken bei Nûtaq. Sie hoffte sehnlichst, dass er auf Menschen traf, die mit Fleisch und Speck kommen würden. Sie dachte so lange an Lampenlicht, dass sie meinte, manchmal einen flackernden, schwachen Lichtschein an der Decke des Zelts zu sehen. Tag für Tag lagen sie so, bis auch der halbe Hund verspeist war. Arluks Fuß hatte sich ein bisschen gebessert, und er begann wieder, kurze Touren zu unternehmen, gestützt auf seine Harpune. Die beiden Rippen fixierten den Bruch, und wenn er auch stark hinkte, so konnte er doch gehen. Bald würde er wieder etwas fangen, und dann würde die Lampe wieder leuchten.

Eines Tages merkte sie, dass er aufstand und sich von der Pritsche schlich. Die Kälte hat ihn sicher geweckt, dachte sie. Er zog seinen Rentierpelz an, und feine Eiskristalle rieselten über ihr Gesicht, als seine Arme an die Decke stießen. Sie konnte ihn nicht sehen, weil völlige Dunkelheit herrschte. Und sie blieb auch deshalb etwas beschämt liegen, weil sie nichts tun konnte, um ihnen allen aus diesem Elend zu helfen. Immer war sie zuerst aufgestanden, und immer hatte sie für ihn eine warme Suppe und Fleisch gehabt, bevor er auf die Jagd ging. Sie legte ihre Arme um die Mädchen. Der Tag war so dunkel wie die Nacht in diesem Land, und deshalb schliefen sie viel. Aber wenn sie aufwachten, fingen sie an zu reden. Denn das Gespräch war das Einzige, was sie vom Weinen über den Hunger und die Kälte abhalten konnte.

Pipaluk dachte an ihre Kindheit. Sie erinnerte sich an die Zeit, als ihr Vater von einem Bären getötet wurde. Um mit den Depots, die er angelegt hatte, sparsam zu haushalten, hatten sie und ihre Mutter Polardorsch und Seeskorpione in den Gezeitenspalten gefischt. Gab es denn überhaupt keinen Fisch in diesem Land? War das Meer so tief zugefroren, dass die Fische keinen Platz zum Leben hatten? Aber das Meer arbeitet unter dem Eis, das wusste sie, ungeachtet der herrschenden Kälte. Und ihre Mutter hatte immer Gezeitenspalten gefunden, in denen man fischen konnte. Vielleicht gab es ja auch hier oben Polardorsch und Seeskorpion. Sie überdachte alles sorgfältig, und als die Mädchen erwachten, erklärte sie ihnen, dass sie versuchen wollte, ein wenig Fisch zu fangen.

Sie sagten nichts, und als sie aufstand und sich anzog, legten die Mädchen sich unter dem schweren Fell dicht zusammen.

Nach vielen Tagen verließ Pipaluk zum ersten Mal wieder das Zelt. Sie schob den Schneeblock zur Seite, den Arluk vor den Eingang gelegt hatte. Die Sterne leuchteten schwach über ihr, und sie konnte schwarze Wolken sehen, die langsam am Himmel dahintrieben. Als sich ihre Augen an das Dunkel gewöhnt hatten, ging sie zum Eissockel. Die dünne Schneedecke knirschte unter ihren Füßen.

Sie ging wie im Traum. Taumelte über den fast schneefreien Fjord, ohne die scharfen Steine zu spüren, die gegen die Kamiksohlen drückten. Sie spürte die Kälte, aber nicht als etwas Störendes, Lästiges, und auch als ihre Augen zu tränen begannen und die Tränen sofort zu Eis gefroren, spürte sie nichts. Sie war so darauf versessen, zu fischen, nur ein paar garstige Seeskorpione für die Kinder, dass ihr nicht bewusst war, einige Male vor Erschöpfung zusammengebrochen zu sein. Ohne darüber nachzudenken, raffte sie sich wieder auf und stapfte mühsam weiter. In den Eisstaus, dort, wo Meer und Land sich trafen, ging sie auf ihre Knie und Hände und kroch durch die aufgetürmten Eisschollen. Sie stöhnte laut, zog die Fausthandschuhe aus und suchte mit den Händen nach Spalten im Eis.

Die Kälte drang durch den Pelz, durch ihre Haut und nahm Besitz von ihrem Körper. Sie kam gleichsam anschmiegsam, gefährlich und lautlos, ließ sie einige Augenblicke stark beben und legte sich dann auf ihre Gedanken, die schwach und lückenhaft wurden. Sie brach zusammen, ihr Kopf lag auf dem Eis, und eine Hand hatte sich in eine tiefe Spalte gegraben. Die Augen konnte sie nicht mehr offen halten, sie waren durch die Tränen eisbedeckt. Aber sie konnte durch die geschlossenen Lider sehen und lachte über das, was sie sah. Denn dort gab es eine Spalte mit schwarzblauem Wasser. Dort wollte sie ihren Knochenhaken hinabsenken und die Leine in ihrer ganzen Länge auslaufen lassen. Und bald würde sie merken, wie es an der Leine ruckte, o, diese herrlichen kleinen Rucke, die guttaten bis in die Arme. Schnell würde sie an der Leine ziehen und fühlen, wie der Fang zappelte. Und ganz vorsichtig zöge sie ihn hoch, nähme ihn mit einer Hand und bisse direkt ins Genick. Sie würde ihn nicht essen, denn der Fisch gehörte den Kindern. Aber sie spräche mit ihm und dankte ihm, denn er hatte sich gerade jetzt fischen lassen, wo er so nötig gebraucht wurde.

Nicht nur ein Fisch würde sich aus dem Wasser ziehen lassen. Nein, ein richtiger Kreis kleiner Fische würde sich um sie herum türmen. Pipaluk lachte. Sie lag ganz ruhig und genoss die Wärme, die sie überkam. Ihr Gesicht war am Eis festgefroren, und die Hand saß unrettbar in der Spalte fest. Aber es machte nichts. Sie hatte einen Fang gemacht. Bald würde sie mehrere Fische aus dem schwarzen Wasser ziehen.

Die Mädchen erzählten Arluk, dass Pipaluk zum Fischen gegangen war. Ohne den Pelz auszuziehen, machte er kehrt und kroch aus dem Zelt. Er war so erschöpft, dass er sich kaum aufrichten konnte, und um ihre Spur leichter verfolgen zu können, blieb er auf allen Vieren und kroch über den Boden.

Als er sie fand, war sie fast tot. Ihr Gesicht war dick mit Eis bedeckt, das er erst von ihrem Mund abschlagen musste, um zu spüren, ob sie noch lebte. Er steckte ein Messer unter ihre Wange und löste ihren Kopf vom Eis. Er schnitt dabei in ihre Haut und sah, dass kein Blut floss. Als er sie auf den Rücken gedreht hatte, fing sie an, ihre Lippen zu bewegen. Er beugte sich über sie, um ihre Worte aufzufangen.

»Wenn … ich sterbe«, sie atmete rasch, als ob sie schnell gelaufen war, »… den Kindern mein Fleisch geben.« Er kratzte das Eis von ihren Augen, aber sie konnte sie nicht öffnen. »Man will«, sagte sie unter Anstrengungen, »… sie sollen leben, leben … mein Fleisch«, sie hustete, und wenig Blut sickerte aus ihrem Mundwinkel, »… wie meine Milch, … leben von mir.« Er sah, dass sie zu lächeln versuchte.

»Dumme … Frau«, flüsterte sie, »hoffte … Dorsch zu fischen.«

Im schwachen Sternenglanz blickte er ihr ins Gesicht. Dieses liebe Gesicht, das er von dem Tag an geliebt hatte, an dem sie und ihre Mutter ihn bei der Grotte gefunden hatten. Sie, die ihm auf diese lange Reise gefolgt war, die seinen Kindern das Leben geschenkt und Svavas Kind zu sich genommen hatte, als wäre es ihr eigenes. Diese kleine Frau war größer als jeder andere Mensch, der ihm begegnet war. Nie hatte sie sich beklagt oder zum Ausdruck gebracht, dass sie sich ihr Leben anders wünschte: Pipaluk, die ihm Zärtlichkeit, Liebe und Freude geschenkt hatte. Er legte sich an ihre Seite und umfasste ihren Körper, bis er spürte, dass sie nicht mehr atmete.

Zu keiner Zeit kam Arluk der Gedanke, dass auch er sterben könnte. Obwohl er die Nähe des Todes fühlte, war er überzeugt, dass er leben würde, um die Reise durch die Welt fortzusetzen. Das war so bestimmt, und auch der Tod konnte diese Bestimmung nicht ändern.

Die Tage nach Pipaluks Tod blieb er bei den Mädchen. Sie lagen eng zusammen auf der Pritsche, die er aus Schnee gebaut hatte, weil es dort keine Erde oder Holz gab. Er sprach zu ihnen, wie Kajaka damals zu Isserfik und ihm gesprochen hatte. Wie viel sie davon aufnahmen und verstanden, wusste er nicht, denn sie sagten nichts. Lagen einfach und schliefen und stumpften ab, ohne Notiz von den Tagen zu nehmen, die verstrichen. Ihm war klar, dass ihr Leben langsam verrann. Und deshalb holte er Fleisch für sie von Pipaluks Körper, wie diese es gewollt hatte. Sie nahmen es als selbstverständlich entgegen und schluckten es, ohne zu kauen. Dann aber, als sie ein wenig Kräfte wiedergewonnen hatten und anfingen, wieder ganz zu sich zu kommen, fragten sie ihn, woher dieses wohlschmeckende und weiche Fleisch stammte. Arluk erzählte ihnen, dass ihre Mutter es beschafft habe, bevor sie im Eis verschwand, und mit dieser Erklärung gaben sie sich zufrieden.

Er selbst aß nichts von dem Fleisch. Er kaute Lederriemen und schluckte kleine Stückchen, um seinen Magen beschäftigt zu halten. Er war sehr entkräftet und entsetzlich abgemagert. Aber dachte klar und hatte den Willen, die Kinder durch den Winter zu bringen.

Er hatte Pipaluks Leiche vom Strand hinauf zum Zelt geschleppt, und eines Tages, als er neben ihr kniete, tauchte ein schreiender Rabe über ihm auf. Er blickte hoch und erkannte dessen große, ausgefranste Schwingen gegen den schwachleuchtenden Himmel.

»Kajaka«, murmelte er. Und er blickte vom Vogel hinunter in Pipaluks Gesicht. Obwohl es dunkel war, konnte er es deutlich sehen, denn er liebte dieses Gesicht und konnte es sich in jedem Augenblick ins Gedächtnis rufen. Er beugte sich hinunter und berührte mit der Nase ihre eiskalte Haut. Dann erhob er sich und folgte dem schreienden, niedrig fliegenden Vogel.

Der Rabe führte ihn über die Ebene, weg von der Küste und hinauf in ein Nebental. Hier erblickte Arluk drei Wölfe. Einer war groß und ganz weiß, und kaum sah er ihn, wusste er, das war Manito, der große Geist, den die Hundemenschen anbeteten, er hatte damals Tewee-soo zur Erkenntnis geführt. Dieser Wolf hatte sich in die Kehle eines Moschusochsen verbissen, und Blut und Schaum ergossen sich auf sein weißes Fell. Die beiden anderen Wölfe, die sich auf die Flanken der Beute geworfen hatten, waren einjährige Welpen.

Arluk ergriff sein Messer. Er spürte, wie sein Blut anfing, schneller in den Adern zu fließen. Seine Gedanken waren nicht mehr bei seinen Töchtern oder Pipaluk oder beim Tod. Sie konzentrierten sich auf den sterbenden Ochsen und dessen drei Feinde.

Mit einem wilden Schrei lief er auf sie zu. Die Müdigkeit verwandelte sich in einen starken Schmerz und der Schmerz in eine wahnsinnige Wut.

Die große Wölfin ließ den Ochsen fahren und kam schnell auf die Beine. Aber bevor sie das Weite suchen konnte, war Arluk schon über ihr. Mit einem furchtbaren Schnitt schlitzte er ihre Seite auf. Er warf sich über sie und stach immer wieder mit dem Messer zu, bis sie tot war.

Die Welpen sprangen ihn an. Einer schnappte nach seiner Kehle, blieb aber mit seinen Zähnen an der Anorakkapuze hängen. Arluk schlug ihn mit einem harten Faustschlag auf den Kopf bewusstlos. Der andere Welpe hatte ihn in den Knöchel gebissen, um ihn zu Boden zu reißen. Arluk hörte das knirschende Geräusch von Knochen, verspürte aber keinen Schmerz. Da erinnerte er sich an die Rippen, die Pipaluk um den Knöchel gebunden hatte als Stütze für den gebrochenen Knöchel, und er lachte laut. Der Wolf ließ das Bein fahren und sprang zur Seite. Das Gelächter des Mannes war einschüchternder als sein Messer. Er setzte sich ein Stück von Arluk entfernt und starrte mit seinen gelben Augen auf seinen Gegner.

Arluk beachtete ihn nicht. Er wusste, dass er nicht angreifen würde, jetzt, da er allein war. Er kniete beim Ochsen nieder, der noch schwer atmete, Blut quoll aus einer Wunde am Hals, und er machte seinem Leiden mit dem Messer ein Ende.

Zuerst trank er von dem Blut, bis nichts mehr herausrann. Dann öffnete er den Bauch des großen Tieres und steckte die Hände in die dampfenden Eingeweide, um sich zu wärmen. Er merkte, dass er nach dem Kampf am ganzen Leibe zitterte, und er fing an, die Wölfe anzusprechen. Er entschuldigte sich, dass er ihre Mutter getötet hatte und ihnen die Beute nehmen musste. Und er sagte, dass er wüsste, der weiße Wolf war Tewee-soos großer Geist, der diesen Ochsen getötet hat, damit er und seine Kinder leben konnten. So redete er mit den Wölfen, während er den noch warmen Körper zerlegte. Er zog dem

Ochsen das Fell ab und legte Fleischstücke darauf. Den Kopf, abgesehen von der leckeren Zunge, ließ er für die Wölfe und die Raben liegen. Als er fertig war, zog er das Fell mit dem Fleisch hinunter zum Zelt.

In dieser Nacht fütterte er seine Kinder mit warmem Fleisch. Der Talg des Ochsen brannte gut in der Lampe, so hatten sie Licht und Wärme.

Er aß selbst sehr viel, doch nicht mehr, als er bei sich behalten konnte. Und er trank zum ersten Mal wieder Wasser, seitdem die Lampen verlöscht waren.

Draußen in der Nacht hörte er, dass die Wölfe Pipaluks Leiche wegschleppten. Er stand nicht auf, um sie zu vertreiben, denn er wusste, dass dies seine Gabe an Manito war.

Der Ochse rettete das Leben der Kinder, und bevor das Licht zurückkehrte, begann Arluk wieder zu fangen. Zuerst einige Hasen, dann aber, als er genug Kräfte besaß, um aufs Eis zu gehen, auch Robben und Bären. Und jetzt hatten sie wieder Nahrung, Licht und Wärme. Die Mädchen erholten sich schnell. Keines fragte nach Pipaluk, aber Arluk wusste, dass sie sie sehr vermissten.

Dann kehrte das Licht zurück. Das Land wurde wieder lebendig, es schien sich von einem Tag zum anderen zu ändern. Die Kälte hielt an, aber der eisige Wind vom Meer ließ nach. Die Robben kamen aufs Eis und lagen in der Sonne, Arluk machte guten Fang. Seine einzige Sorge in diesem ganz zeitigen Frühling war Nûtaq. Er machte sich viele Gedanken über des Jungen Reise und weigerte sich zu glauben, er könnte umgekommen sein. Wenn die Mädchen von ihrem Bruder sprachen, dann war ihm, als könnte dieser jeden Augenblick auftauchen.

Sie fingen damit an, die Abreise aus dem Eismeer vorzubereiten. Inaluq nähte Beutel aus Robbenfell für Hausgeräte und Proviant. Arluk trocknete Fleisch, und Panigpak füllte Speck in kleine Säcke, klopfte die Läuse aus den Schlaffellen und legte die Felle zum Auslüften in die Sonne.

Und eines Tages dann zogen sie fort. Sie folgten nicht der Außenküste, sondern stiegen ins Inlandeis auf und gingen in einer schrägen Linie in westsüdwestlicher Richtung. Denn alte Berichte hatten von einer Ansiedlung der Tunit im Land nördlich vom Uummannaq erzählt. Dieses Land wollte Arluk zur Abkürzung durchqueren.

Jeder trug seine Last am Stirnband und zog die Schlittenleine. Inaluq hatte die Kleidung ausgebessert, so gut sie konnte, und neue Sohlen unter die Kamikken genäht.

Nachdem sie einige Tage gewandert waren, überraschte sie ein Sturm. So lernten sie, dass trotz des Frühjahrs an den Küsten immer noch Winter auf dem Inlandeis herrschte. Der Sturm kam aus dem Norden und war eiskalt.

Arluk drehte rasch die Schlitten um. Und als sich hinter diesen eine Schneewehe aufgebaut hatte, grub er die Mädchen und sich selbst hinein. Obwohl sie froren, litten sie keine Not, und sie hatten reichlich Fleisch.

Nach dem Sturm kam eine sonnige Periode. Und bald schien die Sonne den ganzen Tag. Sie gingen, bis sie müde wurden, und aßen, wenn sie hungrig waren, und so gingen sie Tag für Tag.

Noch ein Sturm überfiel sie. Ein Sturm, der als orkanartiger Föhnwind im östlichen Land wie eine kleine, ovale Wolke über dem Eis begann, die sich im Laufe nur weniger Minuten zu einem schwarzen Himmel auswuchs. Die Böen waren gewaltig, und sie mussten zusammengebunden gegen den Wind kriechen, bis sie eine Schneeverwehung fanden, in die sie sich eingraben konnten. Panigpak verlor einen ihrer Fäustlinge und erlitt Erfrierungen an der linken Hand. Der kleine Finger und die Kuppen zweier weiterer Finger färbten sich nach einiger Zeit schwarz, und Arluk musste das kranke Fleisch wegschneiden. Sie schrie sehr, weil er in das gesunde Fleisch schneiden musste, um das kranke ganz zu entfernen. Inaluq musste sie festhalten, bis sie das Bewusstsein verlor und nichts mehr spürte. Dies war Panigpak eine Lehre, auf ihre Fäustlinge aufzupassen.

Es vergingen so viele Tage, dass sie sich nicht mehr genau mit der Zeit auskannten. Die Mädchen wurden träge und wankten hinter Arluk mit den Fleischsäcken her, die sich allmählich leichter tragen ließen. Arluk schnitt für sie Sonnenschirme aus gespaltenen Rentierknochen, und er rieb ihre Augenhöhlen mit dem Ruß der Lampe ein, um die Augen vor dem starken Sonnenlicht zu schützen. Er fühlte sich gesund und kräftig, obgleich sein Bein immer noch ein wenig schmerzte, wenn er müde war, und dann musste er ein bisschen hinken. Er war so davon überzeugt, die Küste zu erreichen, dass er überhaupt kein Erstaunen erkennen ließ, als sie die ersten Nunataqs in weiter Ferne erblickten.

Der Abstieg aus dem Inlandeis war gefährlich. Denn hier am Rande der gewaltigen Eisdecke bildeten sich Risse und Spalten, die oft unsichtbar verliefen, weil sie der Schnee zudeckte. Arluk kannte diese Gefahr. Kajaka hatte sie oft erwähnt, weil seine Eltern in eine solche

Spalte gestürzt und umgekommen waren. Er stach bei jedem Schritt, den er tat, mit seinem Speer in den Schnee, und er prüfte Schneebrücken und Eis sorgfältig, bevor er seine Töchter, die an eine lange Leine gebunden waren, hinüberschickte.

Es war Sommer, als sie schließlich schneefreies Land erreichten. Vom Gebirge konnten sie eine Küste auf der anderen Seite einer breiten Meerenge sehen, und Arluk vermutete, dass dies Akilineq war, das Land, aus dem Heq gekommen war.

Nur wenige Tage später begegneten sie Menschen. Eine kleine Gruppe von Jägern war mit ihren Familien nach Norden gezogen, um Walrosse zu jagen. Sie ruderten in offenem Wasser mit einem Frauenboot und vier Kajaks und erschraken sehr, als sie Menschen am Strand erblickten. Ihre erste Reaktion war Flucht. Die Frauen hörten auf zu rudern, Unterhaltung und Lachen erstarben. Einer der Kajakmänner paddelte vorsichtig so dicht an die Küste, dass er die drei Gestalten deutlich erkennen konnte. Und da war ihm klar, dass es Verwandte Nûtaqs waren, die sich in der Winterdunkelheit mit zwei Helfern aufgemacht hatten, seiner Familie zu Hilfe zu kommen.

Nie war Arluk glücklicher gewesen, Menschen zu treffen, als er jetzt diese Landsleute begrüßte. Das Zelt wurde schnell aufgebaut und Fleisch gekocht. Die Mädchen und Arluk bekamen neue Kleidung, und Inaluq war vom Anblick all dieser lächelnden Gesichter so bewegt, dass sie wiederholt in Tränen ausbrach.

Arluk musste von seinen vielen Abenteuern erzählen. Und diese Menschen, die sowohl Heq als auch Tewee-soo kannten, betrachteten ihn mit großem Respekt. Keiner von ihnen konnte richtig ermessen, welche lange Reise er hinter sich hatte, denn niemand war in den südlichen oder östlichen Ländern gewesen. Aber sie glaubten, was er erzählte, denn er hatte keinen Grund zu lügen. Sie konnten es an Panigpak sehen, dass er weit herumgekommen sein musste, um zu solch einer Tochter zu kommen.

Mit diesen gutherzigen Menschen verbrachten Arluk und seine Mädchen den Sommer. Erst als der Herbst nahte, zogen sie zur Siedlung beim Uummannaq zurück. Hier fanden sie Nûtaq.

Mit drei Hunden war er vom Eismeer aufgebrochen, und mit nur einem Hund war er zum Uummannaq gekommen. Er lachte, wenn man ihn nach dem Verlauf der Reise fragte, und sie begriffen, dass sie fürchterlich gewesen sein musste. Er wollte nicht darüber sprechen, sondern beließ es dabei, zu lachen und zu sagen, dass die Reise ein klein wenig anders als andere seiner Reisen gewesen war.

Kaum am Uummannaq angekommen, hatte er sich von den Fängern Hunde geliehen. Und nach nur ein paar Tagen Ruhe war er zusammen mit zwei jungen Männern wieder aufgebrochen. Sie waren an der Außenküste entlanggefahren, bis sie spät im Frühling das Zelt gefunden hatten. Und sie waren auf ihrem Rückweg demselben Weg wie Arluk und die Mädchen gefolgt. Sie waren gefahren, hatten gefroren und hin und wieder gehungert. Mehr gab es nicht zu erzählen.

Eines Abends, als die Mädchen schliefen, erzählte Arluk seinem Sohn von Pipaluk. Nûtaq weinte, als er von ihrem Tod und ihrem letzten Wunsch erfuhr. Er fühlte einen starken Drang, sie in die Arme zu nehmen und sein Gesicht an ihres zu legen. Auch Arluk weinte, denn es war gut, seine Trauer hinauszuweinen. Keiner von beiden erzählte den Mädchen, welcher Art das Fleisch gewesen war, das sie am Leben erhalten hatte. Und allmählich vergaßen die beiden Mädchen, dass das Fleisch anders geschmeckt hatte als das, was sie immer gegessen hatten.

19

Arluk nahm sich keine Frau am Uummannaq, und das wunderte die Menschen sehr, besonders die Frauen. Denn es gab einige unverheiratete, junge und alte Frauen, die gerne solch einen Ernährer gehabt hätten.

Solange er sich am Uummannaq aufhielt, wohnte er bei seinen Kindern. Nûtaq heiratete ein junges Mädchen, es hieß Eqilana, und er zog nach einer Hochzeitsreise, die die meiste Zeit eines Sommers dauerte, nach Qeqertarsuaq in das Haus ihrer Eltern. Inaluq heiratete einen Großfänger, dessen Großvater in seiner Jugend von Akilineq eingewandert war. Er hieß Arrutaq und war einer der Jungen, die mit Nûtaq zum Eismeer gezogen waren. Er zog bei Arluk ein, und Inaluq bekam im Laufe von zwei Jahren zwei Kinder.

Svavas Tochter Panigpak blieb unverheiratet in Uummannaq. Sie hatte viele Verehrer, wie Pipaluk prophezeit hatte, denn sie hatte etwas Besonderes und war sehr schön. Aber es gab niemanden, den sie als Ernährer wollte. Sie hatte gern ihren Spaß und bekam ein Kind, für das viele bereitwillig die Vaterschaft übernehmen wollten, aber sie blieb mit dem Kind bei ihrem Vater wohnen.

Drei Winter lang blieb Arluk am Uummannaq. Er sprach nie davon, zu reisen, und deshalb war die Überraschung groß, als er eines Tages anfing, seinen Schlitten zu beladen. Sein Nachbar, ein bekannter Geisterbeschwörer und darum vertraut mit Arluk, konnte seine Neugierde nicht zügeln. Einige Male ging er am halbbeladenen Schlitten vorbei. Er nickte Arluk zu, konnte sich aber nicht überwinden und ihn fragen, was dieses Packen zu bedeuten habe. Ärgerlich ging er zu seinem Haus zurück, und kurz darauf erschien sein Sohn mit des Vaters Frage.

»Du willst wohl verreisen?«, fragte er Arluk.

Arluk nickte und ging, um die Bretter zu holen, die man als Pritschenunterlage benutzte.

»Und man nimmt viel mit«, konstatierte der junge Mann.

Arluk legte die Bretter auf den Schlitten und schnürte sie fest.

»Ja«, sagte er, »alles kommt mit.« Mehr gab es hierzu nicht zu sagen. Aber in der Siedlung war allen klar, dass Arluk sie verlassen und sich von keinem verabschieden wollte; das ist immer peinlich bei Menschen, die man gern hat. Sie ließen ihn in Frieden packen. Einige stellten jedoch kleine Säcke mit Fleisch und Speck als Abschiedsgeschenk und Reiseproviant in seinen Hausgang.

Arluk, seine Tochter und das Enkelkind verließen den Uummannaq an einem funkelnd klaren Morgen, noch bevor richtiges Leben in der Siedlung herrschte. Niemand von ihnen blickte zurück, aber sie wussten, dass

Arrutaq damit beschäftigt war, seinen Schlitten fertig zu machen. Arluk lächelte bei diesem Gedanken. Er hatte weder Nûtaq noch Inaluq gebeten, mit ihm nach Kullorssuaq zu fahren, aber er war überzeugt, dass sie bald seiner Schlittenspur folgen würden. Arrutaq hatte bei mehreren Gelegenheiten seine Neugier auf neue Länder zu erkennen gegeben, und Nûtaq war voller Reiselust, wie es Arluk in diesem Alter selbst gewesen war.

Nach ein paar Tagen fuhr er hinunter in eine große Bucht, und dort nahm er Kurs auf das Haus an der Grotte. Es war gut, manchmal aber auch schlecht zu fahren, doch er hatte viele Hunde und war es gewohnt zu reisen, und so kamen sie schnell voran.

Als sie das Haus sehen konnten, hielt er an, blieb auf seinem Schlitten sitzen und blickte übers Land. Dort war Pipaluk geboren, dort hatte er sie und ihre Mutter gefunden, und dort hatte er sich unlösbar mit ihr verbunden. All dies erzählte er Panigpak. Und er erzählte ihr alles, was er und Pipaluk zusammen erlebt hatten in den vielen Jahren des Reisens.

Als er fertig war, legte Panigpak eine Hand auf seinen Arm. »Du musst allein dorthin gehen«, sagte sie, »wir bleiben hier und warten auf dich.«

Arluk erhob sich. Er kramte eine Schachtel aus dem Schlittensack und ging durch den Schnee zur Küste. Er ging ins Haus, es war so, wie sie es verlassen hatten, und er setzte sich auf die Pritsche. Er schloss die Augen, und es war, als wäre Pipaluk wieder bei ihm. Ihre fröhliche Stimme klang in seinen Ohren, und sie umarmte ihn und warf ihn lachend auf die Pritsche. Er nahm die Schachtel, die er im Schlittensack gehabt hatte. Er hatte sie von den

Männern der Ostküste in Ammassalik bekommen. Sie war schön gefertigt, mit vielen kleinen Figuren aus Knochen als Ausschmückung auf den Seiten und dem Deckel. Er öffnete den Deckel und ließ seine Finger den Inhalt fühlen. Es waren ihre Nadeln, in ein Stück Fell gesteckt. Und ihr Halsband aus Kapelanknochen, Ohrgehänge und Halsschmuck und das kleine Natit. Er hielt ihr kleines Ulo hoch, das halbmondförmige Frauenmesser. Es war aus Eisen und hatte viele Felle gekostet. Er hatte eigenhändig den Handgriff aus einem Walrosszahn geschnitzt. Mit einem Seufzer legte er es zurück und stand auf.

Er blieb eine Weile draußen vor dem Haus stehen, nachdem er die Tür hinter sich geschlossen hatte. Dann ging er langsam hinauf zur Grotte. Die Sonne im Westen beleuchtete sie, und er nickte als Zeichen des Wiedererkennens, als er hineinging. Seine Hände fuhren über die glatten Wände, die trotz der Sonnenwärme von Feuchtigkeit glitzerten. Er legte Pipaluks Kästchen beiseite und legte sich lang ausgestreckt auf den Boden. Er atmete tief, schloss die Augen und verbannte die Welt, in der er sich befand.

Das Sonnenlicht verschwand, und ein rötlich flackernder Feuerschein glitt über die Wände. Er hörte Teweesoos Stimme und fand, dass auch Pipaluks Stimme in ihr war. Und er verließ seinen Körper und wurde vom Leitlicht tief in die Grotte geführt.

Hinter dem Feuer saß Tewee-soo. Sie lächelte ihn an. Hinter ihr stand ein junges, schönes Mädchen, das Pipaluk und alle anderen jungen Mädchen war. Er streckte die Hand nach ihr aus, und sie kam bereitwillig zu ihm. Er spürte die Zärtlichkeit, die er so lange entbehrt hatte, und er musste vor Freude weinen.

»Du fragtest, warum«, sagte Tewee-soo, »und ich will dir antworten.

Du hast die Erde umfahren, die du kennst und liebst, und hast gefunden, dass sie eine Insel im Meer ist. Du fuhrst, weil deine Augen sehen und erfassen sollten, damit du jetzt anderen von den Ländern der Erde erzählen kannst. Und deine Erzählung wird sie ermutigen, zu reisen und zu verstehen, dass alle Menschen in allen Ländern gleich sind, obgleich Sprache und Aussehen ein wenig verschieden sein mögen.« Die Flammen des Feuers loderten auf, und Tewee-soo verschwand hinter ihnen.

Arluk erwachte, weil er fror. Die Sonne war weitergewandert, und in der Grotte war es kalt und halbdunkel. Er stand auf und sah, dass Pipaluks Nähschachtel verschwunden war. Langsam verließ er die Grotte und ging ins Sonnenlicht. Er schaute hinunter übers Land und auf das Eis und erkannte zwei Schlitten neben seinem eigenen. Er rief laut vor Freude und winkte mit beiden Armen. Und dann rannte er den Hügel hinunter und hinauf aufs Eis, um seine Kinder und ihre Partner zu begrüßen.

Sie bauten in Kullorssuaq Häuser, und zwar so, dass sie von ihren Fenstern auf die kleine Insel Sardlia sehen konnten. Niemand in der Siedlung konnte so richtig verstehen, dass Arluk heimgekehrt war. Als elternloser Junge war er von ihnen gereist, und als Angakoq pulik und Erdumfahrer war er zurückgekommen. Seine Erzählungen waren so einzigartig und mannigfaltig, dass die Menschen von weither gereist kamen, nur um aus seinem eigenen Mund über die Reise zu hören.

Arluk wurde von allen geliebt. Er war klug und verständnisvoll und verhielt sich wie ein ganz gewöhnlicher Mensch. Er ging auf die Jagd mit seinem Sohn und Schwiegersohn und später mit seinen Enkelkindern, und auch als er alt wurde, brachte er viel Fleisch aus dem Meer.

Panigpak verheiratete sich nie. Sie bekam etliche Kinder, denn sie liebte es, auf der Pritsche zu spielen. Einige der Kinder hatten ihre Haarfarbe und helle Haut.

Als sie einige Jahre in Kullorssuaq gewohnt hatten, kam Nûtaq eines Tages zu Arluks Haus. Er brachte die Leber einer frischerlegten Robbe mit, und die beiden setzten sich und aßen, solange die Leber noch warm war.

»Es ist so«, sagte Nûtaq zu seinem Vater, »dass man große Unruhe spürt und sich fortsehnt.«

Arluk betrachtete seinen Sohn. Er war so klein, wie Pipaluk es gewesen war, besaß aber einen breiten Brustkasten und einen kräftigen Nacken. Sein Gesicht war breit mit starken Kiefern und vielen weißen Zähnen. Und immer war ein Lächeln in seinen Augen.

»Man wurde auf einer Reise geboren«, fuhr er fort, »und verbrachte seine Kindheit und die jungen Jahre auf Schlitten oder im Umiak. Was für unsere Vorväter natürlich war, ist auch natürlich für mich.«

»Wohin?«, fragte Arluk.

»Nach Akilineq«, entgegnete Nûtaq.

Sie aßen von der kleinen Leber, die sehr wohlschmeckend war. Nûtaq hatte seinem Vater seinen Wunsch mitgeteilt und mehr nicht zu sagen. Als er gehen wollte, gab ihm Arluk den Pfeil, den er aus einem Splitter des Steins vom ausgetrockneten See gearbeitet hatte – den Pfeil, der Amoreq getötet hatte.

»Dieser Pfeil«, sagte er, »soll dir Glück bringen. Andere haben an ihm keine Freude. Es ist mein Wunsch, dass du ihn in das alte Land mitnimmst. Vielleicht wird er dich zuweilen an deine Familie hier in Kullorssuaq erinnern. Ich möchte, dass dein ältester Sohn ihn bekommt, wenn du einmal nicht mehr da bist.«

Nûtaq nahm die Pfeilspitze und ging fort. Am nächsten Tag war er abgereist, und Arluk sah ihn niemals wieder.

20

Man erzählt sich, dass ein Mann, der sein ganzes Leben Arluk genannt wurde, alle schönen Länder der Erde bereist hatte. Als älterer Mann kehrte er in seine Heimat nach Kullorssuaq zurück, wo er sich mit seinen Kindern und Enkelkindern niederließ.

Auch wird erzählt, dass dieser Arluk älter als die Ältesten wurde und dass er, als ihn die Blindheit traf, sich von zwei Enkeln und einer hellhaarigen Enkelin zur Insel Sardlia fahren ließ. Er ließ sie in das Gebirge fahren, und an einer Stelle, an der sein Großvater Kajaka oft nach Walen Ausschau gehalten hatte, erzählte er den Kindern vom Leben, das er gelebt, und von allem, was er gesehen hatte. Er erzählte ihnen von einer Welt, die in seiner Erzählung ihnen und ihm selbst sichtbar wurde. Als er seinen Bericht beendet hatte und nichts mehr zu sagen war, legte er sich so nieder, dass er hinaus über das eisbedeckte Meer sehen konnte, und starb.

Niemand fürchtete später Arluks Seele, obwohl er ins Gebirge gegangen war, um zu sterben. Denn er war nicht als Qivitoq gegangen, sondern um die Augen der Jungen für die Schönheit der Erde zu öffnen, bevor er sein Leben beschloss.

Worterklärungen

Aadlee Name des Landes, in das man nach dem Tod gehen wird

Ajagaq ein Spiel der Inuit, das aus Knochen besteht

Akilineq »das alte Land« , aus dem die Inuit nach Grönland kamen. Heute umfasst dieses Gebiet das arktische Kanada und Alaska.

Amaut Frauenparka mit Kapuze und ausgeweitetem Rücken zum Transport von Kleinkindern

Ammassalik Stadt in Ostgrönland

Amortortoq Geist des Schreckens

Angakoq (pulik) Schamane, Schamanin (von hohem Rang)

Angiak ein Kind, das heimlich geboren wurde

Ap »Ja«

Arsussuq »die im Überfluss leben« (im Königreich der Toten)

Brattahlíð Ort im Süden Grönlands; Erik der Rote ließ sich um 1000 dort nieder

Erqigdlit Inlandbewohner. Leute mit zwei Gesichtern und einem Auge mitten auf der Stirn jedes Gesichts. Weist auf die Loucheux-Indianer oder »Schieler« hin, die nach der Sage den feindlichen Pfeilen mit einem Blick zur Seite entgehen – »In Längsrichtung blinzeln«.

Erqungassoq Alle Geisterbeschwörer hatten einen *Erqungassoq*. Dieser war ohne Kraft, aber unentbehrlich wegen seines Scharfsinns. Dieser helfende Geist ist immer der Erste, der sich bei einer Anrufung einfindet, kommt aber häufig übel davon, wenn es um einen Kampf gegen Feinde geht.

Hundemenschen Bezeichnung für Indianer, die vielleicht aus den Kriegen zwischen Inuit und Indianern in Kanada stammt. Die Indianer hatten die Gewohnheit, sich unter einem Wolfsfell zu verbergen, wenn sie angriffen.

Inoruseq siehe *Inua*

Inua Die gesamte sichtbare Welt wird in der Vorstellung der Inuit auf eine übersinnliche Art von gewissen »Besitzern« oder Herrschern, *Inua,* beherrscht. Es gibt nichts, das man einem *Inua* nicht zuschreiben kann. Die Seele des Menschen etwa ist *Inua* des Körpers, solange es Reste des Körpers gibt. Zu den *Inua* gehören die *Inoruseq*, die Inland-Inua. Ihre Hausgänge sind unter der Erde und durch Pflanzen verborgen. Sie sind doppelt so groß wie Menschen, ähneln ihnen aber in ihren Sitten und Lebensart. Sie gehen auf Fang und verwenden Nebel als Kajak; auch sind sie sehr klug und kennen die Gedanken der Menschen.

Inuit »Menschen«; Selbstbezeichnung der Eskimos (Sg.: *Inuk*)

Inuk Mensch

Iserkat »die in Längsrichtung blinzeln«

Itqiliit Bezeichnung der Inuit für Indianer. Wörtlich »Läuseesser«, womit auf das lange und häufig von Ungeziefer befallene Haupthaar der Indianer angespielt wird.

Kalaaluch Häuptling

Kamik Stiefel aus Seehundfell. Oft mit einem Strumpf aus Hunde- oder Hasenfell

Kiligtisiaq »der sich Kenntnisse verschafft«. Bezeichnung für ein Kind, das während einer Anrufung auf dem Schoß des Geisterbeschwörers sitzt.

Kivingak helfender Geist

Klappmütze Robbe im arktischen Gebiet *(Cystophore cristata)*

Kukoriaq Tier mit scharfen Krallen und mit bis zu sechs Beinen. Das Fleisch eines erlegten Tieres kann dreimal wachsen. Wird auch *kiliwak* genannt (Mammut).

Kullorssuaq der große Daumen«; Ort in Nordwestgrönland und Bezeichnung für den charakteristisch geformten Berg bei diesem Ort

Manito der große Geist der Indianer

Narsaq »Ebene«; Stadt in Südgrönland

Natit Haushosen, ein winziges Kleidungsstück, das gerade die Scham bedeckt

Ninio »Großmutter«

Nunataq aufragender Berggipfel über der Oberfläche von Gletschern und Inlandeismassen

Nuussuaq große, vorspringende Landspitze

Okalugtuaq abgeschlossene Erzählung, die eine wortgetreue Wiedergabe nach Überlieferung von den Vorvätern verlangt

Oqalualarut »Geschichte, Erzählung«
Pinagtorsuaq »Großfänger«
Qaerssormiüt Ort mit Klippen (zum Trocknen von Fleisch). Es gibt viele Stellen mit diesem Namen in der Arktis, die Schreibweise kann daher etwas abweichen.
Qallunaat Sg. Qallunaaq (auch Kafclunait). Bezeichnung der Inuit für Europäer (Nicht-Inuit, Weiße)
Qaqortoq »das Weiße«; grönländischer Name der Stadt Julianehåb in Südgrönland
Qeqertat Insel vor Qaanaaq (Thule) in Nordgrönland
Qinqua Ortsname; üppiges, bewaldetes Tal in der Gemeinde Nanortalik (Südgrönland)
Qivitoq »Berggänger« (Mensch, der nach seinem Tod ein böser Geist wird und den Menschen gefährlich sein kann)
Qutdleq »Grab«
Sardlia Insel vor Kullorssuaq
Savissivik Ort, an dem man sich Meteorsteine verschaffen kann. Siedlung in Nordwestgrönland
Serrat Bitte, Gebet
Sérrassoq Menschen beim Gebet
Sila »Herr des Wetters oder Geist der Luft«
Támorassât Hautstreifen mit Speck, die man kaut
Taq Personenname bzw. Bestandteil eines Namens, wörtlich »Mensch«
Tornaq helfender Geist. Wird dem Lehrling eines Geisterbeschwörers von *Tornarssuq,* dem besonderen helfenden Geist, nach langer Fastenzeit und Anrufung gewährt.
Tornarssuq siehe *Tornaq*
Tunit (Singular: Tuniq) Die Tunit ist ein Indianervolk, das vor etwa fünftausend Jahren aus dem Osten gekommen sind und das Territorium im Nordwesten Grönlands bewohnten. Einige Hundert Jahre nach Ankunft der Eskimos aus Kanada, sind die Tunit verschwunden bzw. haben sich an jene assimiliert.
Tupilaq ein Wesen, aus verschiedenen Teilen zusammengesetzt und zum Leben erweckt auf magische Art und Weise mit der Absicht, Feinde zu töten
Ublormiut Land des Lichts

Ulo ein Messer für Frauen, in der Form eines Halbmondes
Umingamiarpoq Moschusochsenjäger
Uummannaq Ort in Westgrönland mit dem charakteristischen Felsen gleichen Namens; auch grönländischer Name für Thule in Nordgrönland

Dank

Einen herzlichen Dank an die vielen freundlichen Menschen, die mir auf den Reisen in Alaska, Kanada und Grönland behilflich waren. Ebenso den Zeitungen *Politiken* und *Kvällsposten*, die vermutlich nie einen ungeschickteren Korrespondenten gehabt haben, an Knud Højgaards Fond und nicht zuletzt an den Verlag *Bra Böcker*, dessen an keine Ansprüche gebundene Großzügigkeit die Reisen ermöglicht hat.

Ich möchte auch Jørgen Meldgaard, Nationalmuseum, danken für die Ratschläge sowie dem »Alten Adler«, der mir ein Paar inspirierende Bärenfellhosen geliehen hat.

Ich habe die Hoffnung, dass es mir mit dieser Trilogie, der Geschichte einer Familie durch ein Jahrtausend hindurch, gelungen ist, eine Wurzel in die Vergangenheit hinunterzutreiben: eine kleine, bescheidene Wurzel, aus der die junge Generation der Inuit vielleicht ein wenig Nahrung gewinnen kann.

J. R.

Das Haus meiner Väter

Dies ist die Geschichte des Inuit-Jungen Agorajaq, seiner zwei weißen Väter, seiner drei Onkel und ihrem Haus am Fuß des Berges, der Miss Molly genannt wurde.

»Riel spinnt seine Romane wie Seemannsgarn: Sie sind so wahr wie die unglaublichen Geschichten, die sich Trapper, Jäger und Fischer, Abenteurer, Ausgestoßene und Ausgebrochene seit je in den ewigen Winternächten erzählen.« *Stadtanzeiger Neustadt*

Zu viel Glück auf einmal

Neue Geschichten der Jäger und Fänger in Grönland, die sich die langen Winternächte mit Geschichtenerzählen verkürzen.

»Dieses Buch macht uns Seite für Seite schmunzeln. Hin und wieder grenzt das Narrenspiel ans Trauerspiel. Aber bei allem Mitleiden bleibt dem Leser die Freude an den Eulenspiegeleien, mit denen dieses Buch ihn beschenkt.« *Sabine Brandt, F. A. Z.*

Vor dem Morgen

Einen glücklichen Sommer verbringen die Inuit-Großmutter Ninioq und ihr Lieblingsenkel Manik auf einer Insel vor der Küste Grönlands. Als der Herbst kommt, freuen sich die beiden auf die Heimkehr. Aber die Boote, die sie zurückholen sollten, bleiben aus.

»Ein magisches Buch, das mit seiner Weisheit und Eindringlichkeit den Leser tief erschüttert.« *Schweizerischer Bibliotheksservice*

Der Raub der Stammesmutter

Die Grönland-Saga I

Um das Jahr 1000 n. Chr. machen sich die Inuit aus Kanada auf nach Grönland, das »Land der großen Erwartungen«. Von Generation zu Generation wird die Geschichte der abenteuerlichen Entdeckung des neuen Landes weitergegeben.

»Eiseskälte, Schnee und Stürme – Jørn Riel erzählt großartig über die Wanderungen der Inuit von Alaska nach Grönland.« *Ditta Rudle, Buchkultur*

LAURENT QUINTREAU Und morgen bin ich dran. Das Meeting (UT 492)
GALSAN TSCHINAG Der singende Fels (UT 491)
RAFAEL SABATINI Captain Blood (UT 490)
FREDERICK MARRYAT Das Geisterschiff oder Der fliegende Holländer (UT 489)
SAHAR KHALIFA Heißer Frühling (UT 488)
JEAN-CLAUDE IZZO Mein Marseille (UT 487)
YAŞAR KEMAL Die Hähne des Morgenrots (UT 485)
PETRA IVANOV Tote Träume (UT 486)
LEONARDO PADURA Der Nebel von gestern (UT 484)
JØRN RIEL Der Raub der Stammesmutter (UT 483)
NAGIB MACHFUS Die Nacht der Tausend Nächte (UT 482)
JURI RYTCHËU Wenn die Wale fortziehen (UT 481)
TSCHINGIS AITMATOW Kindheit in Kirgisien (UT 480)
TRAN-NHUT Das schwarze Pulver von Meister Hou (UT 479)
BRUNO MORCHIO Wölfe in Genua (UT 478)
ROBERTO ALAJMO Mammaherz (UT 477)
MANJUSHREE THAPA Geheime Wahlen (UT 468)
HANNELORE CAYRE Der Lumpenadvokat (UT 467)
FRANK GÖHRE Mo (UT 466)
MANFRED WIENINGER Rostige Flügel (UT 465)
NAGIB MACHFUS Das Buch der Träume (UT 464)
DRISS CHRAÏBI Die Zivilisation, Mutter! (UT 463)
JEAN-CLAUDE IZZO Die Marseille-Trilogie (UT 462)
CHESTER HIMES Harlem-Romane (UT 461)
PETRA IVANOV Fremde Hände (UT 460)
PHAM THI HOAI Sonntagsmenü (UT 459)
CLAUDIA PIÑEIRO Ganz die Deine (UT 458)
WLADIMIR ARSENJEW Der Taigajäger Dersu Usala (UT 457)
IGNACIO ALDECOA Gran Sol (UT 456)
ZHANG JIE Abschied von der Mutter (UT 455)
MO YAN Die Knoblauchrevolte (UT 454)
NAGIB MACHFUS Radubis (UT 453)
JURI RYTCHËU Polarfeuer (UT 452)
ALAIN GRESH Israel–Palästina (UT 451)
PABLO DE SANTIS Die sechste Laterne (UT 450)
BILL MOODY Moulin Rouge, Las Vegas (UT 449)
ZAKES MDA Der Walrufer (UT 448)
MASAKO TOGAWA Schwestern der Nacht (UT 447)
KAMALA MARKANDAYA Nektar in einem Sieb (UT 446)
SALIM ALAFENISCH Die Feuerprobe (UT 445)
BRUNO MORCHIO Kalter Wind in Genua (UT 444)
MURATHAN MUNGAN Palast des Ostens (UT 437)
HASAN ALI TOPTAŞ Die Schattenlosen (UT 436)
TEVFIK TURAN (HG.) Von Istanbul nach Hakkâri (UT 435)